二見文庫

悲しみは夜明けまで

メリンダ・リー／水野涼子＝訳

SAY YOU'RE SORRY
by
Melinda Leigh

This edition is made possible under a license arrangement
originating with Amazon Publishing, www.apub.com,
in collaboration with The English Agency(Japan)Ltd.

ロクシー、別名〝ロケット犬〟へ。
わたしたちは互いに救いあっています。

悲しみは夜明けまで

登　場　人　物　紹　介

モーガン・デーン	元地方検事補
ランス・クルーガー	モーガンの元恋人。元刑事
アート・デーン	モーガンの祖父。元警察官
ステラ・デーン	モーガンの妹。刑事
エヴァ・デーン	モーガンの娘
ミア・デーン	モーガンの娘
ソフィー・デーン	モーガンの娘
テッサ・パーマー	モーガンのベビーシッター。女子高生
ニック・ザブロスキー	テッサの恋人
ジェイミー・ルイス	テッサの友人
ジェーコブ・エマーソン	テッサの友人
フィリップ・エマーソン	ジェーコブの父親。弁護士
リンカーン・シャープ	ランスの上司。〈シャープ探偵事務所〉所長
ジェニファー・クルーガー	ランスの母親
ディーン・フォス	退役軍人

1

暗闇。

テッサは小さい頃、暗闇を恐れていた。物心がついて以来、寝る時間になるとびくびくしながらベッドの下をのぞきこみ、常夜灯を確認した。

マッチの火ほどの大きさしかない電球に、悪夢を追い払う力があるとでもいうように。

けれども今夜は、漆黒の闇を心から求めていた。月を覆う雲が切れませんように。暗がりに隠れていられますように。

暗闇が敵から味方に変わった。テッサは息を切らし、めまいを覚えながらそこに駆けこんだ。かつては最も恐れていたものが、いまや救いの手となった。奇跡だ。

夜が明けるまで生き延びるためには、暗闇が必要だ。

「テッサーーー!」声が森林を漂う。「逃げられないぞ」

〝彼はどこにいるの？〟

木の枝に腕を引っかけ、顔に引っかき傷を作りながら、パニック状態のシカのごとく森のなかを走り抜けた。獲物となり、心臓がバクバク鳴っている。あまり使っていない筋肉が悲鳴をあげ、テッサは走る速度を緩めた。焼け焦げた木の残骸の、上を向いて黒ずんだ枝が、空に伸ばした黒焦げの手に見える。そびえたつオークの木の陰に隠れ、ざらざらした幹に背中を押しつけて、耳を澄ました。

〝彼はどこへ行ったの？〟

蚊が顔の近くを飛びまわる。右手のスカーレット湖を取り囲む森の音が聞こえてくる。夜の静けさに五感が研ぎ澄まされた。カエルやコオロギの鳴き声。近くの下生えを小動物が走りまわる音。空気はマツの木や湖水、そして恐怖のにおいに満ちていた。

体が縮まって、ウサギの穴に隠れられたらいいのに。

ホーホー。頭上の枝にフクロウが留まった。

テッサは驚き、はっと息をのんだ。あわてて口をふさぐ。指にしずくが垂れ、手をおろすと涙と血で濡《ぬ》れていた。彼に殴られて切れた唇の端にそっと触れる。空き地で彼にされたことのせいで、全身がずきずき痛んだ。そのあと、どうにか彼の股間を蹴り上げた。

そして、彼が手を離した隙に逃げだした。やみくもに。

フクロウが飛びたち、ゆっくりと翼をはためかせて林冠の隙間を飛翔《ひしょう》した。雲に切れ間が生じ、月明かりが降り注ぐ。数秒のあいだ、真っ黒な空にフクロウのシルエットがくっきりと浮かび上がったあと、姿を消した。

テッサはずるずると座りこんで膝を抱えた。

九月で、夜は涼しいのに、まるでガスを吸いこんで炎をのみこんだかのように肺が熱い。テッサはあえいだ。その音が耳の奥でこだまし、木立を通り抜けて一キロ先まで聞こえそうなくらい大きく感じた。

〝静かに！〟

彼に聞こえてしまう。テッサは気分が悪く、必死に走りまわったせいで息を切らしていた。それほど遠くまで行けなかった。彼は近くにいるはずだ。

「テッサーーー！」

彼の声をかき消さんばかりに鼓動が鳴り響いた。声がどの方向から聞こえてくるのか判別できない。

唇を引き結ぶと、息がさらに苦しくなった。視界が赤くなってめまいがする。口を開け、荒い息が実際はそれほどどうるさくないことを願いながら、浅く呼吸をした。

数分が過ぎた。

何も起こらない。

彼は別の方向へ向かったのかもしれない。

呼吸が楽になった。けれども、うずくまっているせいで脚が震えだした。この空き地で何度となく仲間とパーティーをした。でも、暗闇のなかでは右も左も同じに見える。

どこにいるのかわからない。

幹の周囲を見まわした。六メートル前方で、月光が小道に銀色の影を落としている。あれは道路につながる道？　その向こうは木が密集し、暗闇に包まれている。

汗が背中を伝い、ジーンズのウエストバンドを濡らした。テッサは目を凝らした。

どうすればいい？　ずっとここにいるわけにはいかない。

彼に追いつかれてしまう。

殺される。

だが、逃げるためには、木陰から出る必要がある。

〝彼はどこ？〟

関係ない。とにかく移動し続けなければならない。このままではそのうち捕まる。

いまさら逃がしてはくれないだろう。どうしてあんな人を信じてしまったの？　愛していると言われたから？

〝ばかね〟

彼は人を愛することなどできない。テッサは頭ではわかっていたのに、心が信じたがったのだ。

そしていま、そのせいで殺されそうになっている。

今日の夕方、テッサは冷たい湖に入水《じゅすい》して、苦しみを終わらせることを考えた。それなのにいまは、死に直面し、恐怖に取りつかれている。生存本能が未来への不安を上まわった。

〝死にたくない〟

出がけに祖父母と口論になった。祖父母に嘘《うそ》をついた。今日、ここで死んでしまえば、あの喧嘩《けんか》の場面が、祖父母が思いだすテッサの最後の姿になる。祖父母は完璧な人間ではないけれど、テッサを愛してくれている。わたしも愛していると言うことが、大きなトラブルを抱えて動揺しているせいで八つ当たりしてしまったと説明することができなくなる。

謝るチャンスを失ってしまう。

逃げなければ。生きなければ。自分を一番愛してくれるふたりを傷つけたことを謝らなければならない。テッサは立ち上がった。太腿の筋肉が痙攣《けいれん》し、頭がくらくらする。走るのはやめて、小道に向かって慎重に歩き始めた。彼がどこにいるかわからないので、なるべく音をたてないほうがいい。彼の姿が見えないのだから、たぶん向こうからもこちらの姿は見えないだろう。

下生えにむきだしの脚を引っかけながら小道に出ると、ゆっくりと走りだした。スニーカーで踏みしめるかたい土の感触に覚えがあった。角を曲がってペースを上げる。小枝が折れる音がして、脱兎《だっと》のごとく走った。月に雲がかかり、小道に影を落とす。テッサはつまずいて転んだ。露出した木の根に膝頭をぶつけ、鋭い痛みが走る。四つん這《ば》いになり、息を整えて、喉をふさぐ恐怖をのみこんだ。涙が頬を伝う。

〝立ちどまってはだめ!〟

片足をついて立ち上がった。震える脚を無理やり動かし、よろよろと小道を進む。焼け焦げた木を見て、急に立ちどまった。ひとまわりしてもとの場所に戻ったのだ。空き地のほうへ逆戻りしてしまった。

彼のいるほうへ。

枯れ葉がカサコソ鳴る音が、雷鳴のごとく響き渡った。

〝お願い。お願いだからわたしを逃がして〟

涙で視界が曇る。テッサはぐいっと涙をぬぐうと、弱々しく走りだした。

太い木の陰から人影が現れた。テッサはハイカットのスニーカーのすり切れた靴底を滑らせながら、あわてて立ちどまった。

骨まで震えながら彼を見上げる。彼は少しも息を切らしておらず、汗もかいていなかった。

テッサは悟った。そして、平手で頬を叩《たた》かれたような衝撃を受けた。

もうすぐ死ぬのだ。

パニックに襲われ、まるでストローで吸っているように息が苦しくなった。

「逃げられると本気で思っていたのか？」彼が首を横に振った。

テッサは踵《きびす》を返し、木の枝を押しのけながらやみくもに走った。逃げきることはできないだろう。テッサはこんなに疲れているのに、彼は元気だ。彼女は荒い呼吸をしているのに、背後にいる彼の足取りは安定していた。

テッサは森から飛びだした。目の前に湖がぼんやりと見える。暗い水辺でガマの茂みが風に揺れている。茂みに飛びこむと、地面がぬかるんでいた。ひとつのことしか考えられない。

〝隠れて！〟

ぬかるみに足を取られ、ビシャビシャ音がたつ。突然、二の腕をつかまれ、引き戻された。

「やめて」テッサは腕を引き、腰を落とした。

だが、抵抗しても無駄だった。

口を開け、思いきり悲鳴をあげる。

「黙れ！」彼がさっと拳を繰りだした。

拳が顎に命中した。テッサは目をしばたたいた。周囲のガマがぼやけて見える。

やはり、テッサはずっと正しかったのだ。暗闇は味方ではない。彼女を救ってはくれない。二度と浮かび上がれない奈落の底だった。

これで終わり。

じめじめした地面に倒れこんだ。夜空を背景にガマが揺れている。黒い人影が浮かび上がる。金属製の何かが月明かりを浴びてきらりと光り、テッサは引き裂かれるような痛みを感じた。世界が冷たく恐ろしい暗闇に帰した。

2

彼はガマの茂みからよろめきながら出ると、両手を見つめた。

手袋とナイフが、どす黒い血にまみれてぬらぬらと光っている。湖のほうを向いて、水辺にうずくまった。ナイフを地面に置き、手袋をはめたまま手を浅瀬に突っこむ。手のひらをこすりあわせて、できる限り血を洗い流した。それから、手袋を脱いで脇に置いた。前腕に血が点々とついている。湖底の泥をすくい、クレンザー代わりにして血をこすり落とした。

血を浴びすぎた。完全には落としきれないだろう。

背後の茂みを見やった。いったい何をしてしまったんだ?

取り返しのつかないことをしてしまった。

地面に置いたナイフを見おろした。胃がむかむかして、あわてて目をそらした。

テッサを何回刺したのだろう? 思いだせない。激しい怒りでかっとなり、二十分間の記憶が曖昧だった。

暴力と狂乱の二十分。

痛みや恐怖に満ちた悲鳴や泣き声、懇願する声が聞こえる。彼は両手で耳をふさいだが、声は頭のなかから聞こえた。

〝やめろ!〟

血まみれのナイフが彼を非難するようににらみつける。

〝自分が何をしたかわかっているはずだ〟

それを抱えて生きていかなければならない。どうすればそんなことができる?

パニックになりながらも、ある考えがぱっと頭に浮かんだ。

〝それも、捕まらずにだ〟

刑務所に入るわけにはいかない。絶対に生き残れないだろうし、たとえ生き残れたとしても、人生が終わってしまう。終身刑を受ければテッサが生き返るわけでもない。何をしようと彼女は生き返らない。

〝ナイフをどうする?〟犯罪に関するテレビ番組のおかげで、血痕を完全に除去できないのは常識として知っている。ナイフと手袋を処分しなければならない。服もだ。血がついているはずだ。すべて捨てる必要がある。だが、どこに? どうやって?

彼は思案した。

〝考えろ！〟

テッサを殺すつもりはなかった。だが、怒りにわれを忘れてしまった。彼女は自分のものだという思いが募り、衝動に駆られたのだ。

とはいえ、それは事実ではないとわかっていた。テッサは彼のものではない。彼は単に、欲しいものを奪っただけだ。

一方、彼は昔から邪悪な考えを抱いていた。心の闇とずっと闘ってきた。誰にも気づかれないように隠していた。しかし、とうとう抑えがきかなくなった。

テッサを初めて見たときから、まともに頭が働かなくなった。

テッサの姿を思い浮かべる。常に彼を見つめているように思える美しい目。初めて会ったときから、たとえ自分では認めたくなくとも、彼女も彼に強く惹《ひ》かれていた。彼にはわかっていた。だが、彼女は死んでしまった。彼の暗い日々を彼女の笑顔が照らしてくれることは二度とない。

〝きみを愛してる〟

〝すまない〟

胸が痛み、テッサの心臓はもう動かないのだと痛感した。彼女の目から生気が失われるのを見た。体から魂が抜けるのを感じた。

ナイフを持ってきたのは失敗だった。衝動的に思いついたことだった。とはいえ、その衝動こそが、彼の深刻な問題なのだ。

彼は自衛本能に駆られて立ち上がった。やらなければならないことがある。水浸しになった手袋を拾ってはめたあと、ナイフの柄の末端をつまんで持ち上げた。これを隠さなければならない。

どこかに。

だがその前に、敬意を払おう。最後にもう一度彼女の姿を見て、自分がしたことを直視しなければならない。そうしてこそ、今夜を忘れて前に進むことができるのだ。ガマの茂みに戻る途中で、落ちていたテイクアウト料理用のビニール袋を拾い、ナイフを入れてくるんだ。これをどうするかはあとで考えよう。

最後の別れを告げたあとで。

彼はテッサのもとへ戻った。ひざまずいて顔を見つめる——顔だけを。自分の残忍性を思い知らされたくない。その二十分間、まるで誰かに体を乗っ取られたかのようだった。自分にあんなことができるはずがない。彼女を愛していたのに。

しかし、愛には陰がつきまとう。嫉妬や、妄念が。

執着が。
彼女に二度と会えないのだと思うと、涙がこぼれた。
〝愛してる〟
〝ごめんよ〟
〝きみなしでどうやって生きていけばいい？〟

3

モーガン・デーンはステーキサラダをフォークでもてあそんだ。決断の重さに食欲をそがれる。

ウェイトレスがやってきた。「お飲み物のお代わりはいかがですか?」

モーガンは首を横に振った。「結構です」

赤ワインのグラスには、ふた口しか口をつけていない。

テーブルの向かいに座っているブライス・ウォルターズ地方検事は、ワインを飲み干した。「口に合わなかったか?」

「いいえ、そんなことありません。あまりお酒は飲まないんです」正確に言うと、飲まないのではなくて飲めない。ただでさえそわそわしているのに、酔っ払ったらどうなることか。

「それは感心だ」ブライスが微笑《ほほえ》むと、歯並びのいい白い歯が見えた。魅力的な男性なのだろうけれど、モーガンは惹かれなかった。かえってよかった。これはデートではない。いまでもブライスの気持ちが変わっていなければ、彼はモーガンの上司になるのだから。

ブライスがからになったグラスを脇に置いて、コーヒーを注文した。モーガンは遠慮した。

ブライスが優れた遺伝子を持っていることは否定できない。すらりとしていて、日に焼けた肌からアウトドア派だとわかる。上品さと男らしさをあわせ持ち、広い部屋でもよく響く太い声にまで恵まれている。法廷では、口のうまいマーケティング担当者のごとく有罪を売りこむ。

スーツのウエストがきつくて、モーガンはもぞもぞした。シルクのオーダーメイドのブラウスは美しいドレープを描き、胸の谷間は少しも見せていないが、一連のパールのネックレスを引きたてている。女性地方検事補のなかには必死で女性らしさを消そうとする人もいるけれど、モーガンはあえて強調していて、そのせいで見くびられることも多かった。

とはいえ今日は、仕事着というよりもハロウィンの衣装を着ているような気分だ。ジョンの死後、長いあいだ働いていなかった。

抑えこんでいた悲しみが込み上げ、まばたきしてブライスの鋭いまなざしから目をそらすと、ステーキをひと口食べた。肉をのみこんだ瞬間、胃がむかむかした。モーガンは食事をあきらめ、フォークを皿の上に斜めに置いた。

ブライスの視線がやわらいだ。彼は何ひとつ見逃さない。

〝もう！〟

感情的にならずにこの面接を乗りきれると思っていた。

そろそろ仕事を再開してもいい頃だ。

ニューヨーク州北部の田舎の郡では、検事補を数人しか雇わない。スカーレット・フォールズの自宅近くで働く絶好のチャンスを逃したくなかった。

ウェイトレスがブライスのコーヒーを運んできた。

ブライスはそれをブラックで飲んだ。「午後の会議が長引いてしまってすまなかった。予定を変更して夕食につきあってもらって助かったよ」

「ごちそうさまでした」別に金曜の夜だからといって、モーガンに特別な予定があったわけではない。今夜、ブライスと夕食をともにしていなければ、パジャマ姿で子どもたちとディズニー映画を観《み》ていただろう。正直に言うと、面接の時間が遅くなったのは不満だったけれど、それがこれから待っている現実なのだ。働く母親は子どもの就寝時刻までに帰れるとは限らない。

ブライスがテーブルに腕を置いて指を組みあわせ、モーガンに意識を集中させた。

「決心はついたか？」ブライスがきいた。

「はい」頭上の通風口から吹きだす冷たい風が背中に当たり、モーガンは身震いした。「お受けします」

ブライスがにっこりした。満足そうな表情を浮かべ、椅子の背にもたれる。「それはよかった」

ウェイターが皿をさげ、ふたたびウェイトレスが現れた。「デザートのメニューをお持ちしましょうか？」

モーガンは首を横に振った。スカートについた銀色の粉が、光を受けてきらめく。末娘が最近、ラメに夢中になっているせいだ。腕時計を確認する。家を出てからまだ数時間しか経《た》っていない。娘たちは心配ない。

ひと晩娘たちと離れただけで、もう寂しくなっている。仕事を始めて、それが一日じゅう、毎日続いたらやっていけるだろうか。そんなふうに思うなどばかげている。モーガンは三十三歳で、二年前まで地方検事補として成功していた。三人の幼児がいる家庭と仕事を両立させていたのだ。そのあいだ、ジョンはほとんどイラクに派遣されていた。そして、一万キロ近く離れた場所で、簡易手製爆弾によって爆死した。モーガンは打ちひしがれ、何もかも捨てて故郷に帰った。いまこそ自立したキャリアウーマンに戻るときだ。ずっと悲しみを言い訳に立ちどまっていた。

そろそろ前に進まなければならない。

でも、それがこんなにつらいなんて。

ブライスがコーヒーカップを掲げた。「新しい検事補に乾杯だ」

「新たなスタートに」モーガンは水の入ったグラスを持ち上げて、カップと触れあわせた。きっとすぐに昔の自分に戻れるだろう。

〝そうでしょう?〟

「本当にデザートはいらないのか?」ブライスが冗談を言う。「今後はまともな食事なんてとれないぞ。毎日、テイクアウトの中華料理をデスクで食べることになる」

「テイクアウトの中華料理は大好きです」モーガンは自分の笑顔を作り物のように感じた。実際にそうなのだろう。

ブライスが勘定を払い、一緒にレストランを出た。歩道であたたかい握手を交わしながら、ブライスが言った。「じゃあ、月曜にまた会おう。人事部から連絡がいくだろう」

「よろしくお願いします。失礼します」モーガンは彼とは反対方向へ歩き、角を曲がった。そうすれば落ち着きを保てるとでもいうように、トートバッグの持ち手をきつく握りしめていた。

ミニバンは脇道の端に停《と》めてあった。夕日が歩道に長い影を落としている。モーガンはヒールを引っかけてよろめき、靴が脱げた。バランスを取り戻して一歩うしろにさがり、かがんで靴を拾う。七・五センチのヒールがもげ、修復できないほど革が裂けていた。

涙が込み上げ、うろたえた。たいしたことはない。ただの靴だ。片足は裸足《はだし》のまま、無様な足取りで通りを渡り、車に乗りこんだ。こんな姿をブライスに見られずにすんでよかった。弱い自分を見せる必要はない。プレッシャーに糸飴《あめ》細工のように押しつぶされているとしても。

ハンドルを握って目を閉じ、胸のつかえが取れるまで深呼吸した。落ち着きを取り戻すと、壊れていないほうのパンプスも脱ぎ、壊れたのと一緒に助手席に放り投げた。家に着くと、私道の入り口に置いてあるごみ箱に靴を捨てた。そして、家のなかに入った。

リビングルームでは、祖父がコーヒーテーブルに身を乗りだし、チェス盤をにらんでいた。向かいに隣人のニック・ザブロスキーが座っている。ニックは通りの向かいに父親と一緒に住む、小さな造園会社の経営者だ。

「いらっしゃい、ニック」モーガンは玄関の棚にトートバッグを置いた。「今夜は何も予定がないの？」

「うん」まだ二十歳なのに、金曜の夜に近所のお年寄りの相手をしているなんて。ガールフレンドと喧嘩でもしたのかしら？

「子どもたちはもう寝た？」モーガンはきいた。

祖父が顎をかきながらルークに触れたあと、ふたたび手を離した。「ああ」

「ニックがいたのに、どうやってソフィーを寝かしつけたの？」ソフィーはニックのことが大好きなのだ。

ニックが赤面した。「おれが絵本を読んであげたんだ」

〝あらまあ〟

祖父はようやくルークを動かすと、椅子にふんぞり返ってモーガンを見た。「靴はどうした？」

「ヒールが取れちゃったの」モーガンはジャケットを脱いで、トートバッグの上に放った。

ニックがナイトを動かし、ポーンの列を飛び越えた。「そろそろ帰らないと」

祖父がうなずいた。「続きは明日やろう」

「もちろん」ニックが玄関へ向かった。「おやすみなさい」

「おやすみなさい」ニックが出ていくと、モーガンは玄関のドアを閉めて鍵をかけた。

祖父がチェス盤を動かそうとした。

「わたしがやるわ」モーガンはチェス盤を棚に置いた。ここなら、朝になればボウリングのボールのごとくリビングルームを転げまわる子どもたちに倒される心配はない。

「どっちが勝ってるの？」

「いまのところ五分五分だ」

祖父とニックは長年のチェス仲間だ。高校時代、チェスクラブに入っていたニックが有利だが、祖父はときどき奥の手を使うことがある。

「そっちはどうだった？」祖父が尋ねた。

「うまくいったわ」モーガンははなをすすった。

「だろうな」祖父が鼻を鳴らした。そして、サイドテーブルからティッシュの箱を取ってモーガンに渡した。

モーガンは目の下を拭いた。「わたし、どうしちゃったのかしら？　一番やりたい仕事を引き受けたのに」

「おまえはいま、大きな一歩を踏みだそうとしている」祖父がモーガンの腕をさすった。「変わるのは怖いことだ。だが、おまえなら大丈夫。おまえは強い人間だから」

モーガンはうなずいた。感情をコントロールしなければならない。自分が強い人間だとは思えないけれど、そのふりをしよう。キッチンへ行って、冷凍庫からチャンキーモンキー味のアイスクリームを取りだした。「これが子どもたちにとっても正しい選択かしら？　あの子たちの生活も大きく変えることになる」

祖父がキッチンについてきた。「大丈夫だよ。おまえがいなくなって寂しがるだろうが、あの子たちの生活はそれほど変わらない。適応しなければならないのはおまえのほうだ」

モーガンは引き出しからスプーンを取りだし、パイント容器から直接食べた。

祖父もスプーンを取ると、モーガンの隣に来てアイスクリームをすくった。「別に無理して仕事に復帰する必要はない。金の心配ならしなくていい。おれが死んだあともおまえたちが困らないよう——」

「ありがとう」モーガンは祖父の話をさえぎった。いまは、祖父まで失うことを考える余裕がない。「お祖父《じい》ちゃんがわたしたちのことをちゃんと考えてくれているのは知ってるわ」モーガンは祖父の肩に頭をもたせかけた。「でも、お金の問題じゃないの。ジョンの生命保険にもまだ手をつけていないし」実家に戻ったので出費が少なくてすみ、遺族給付金でやっていけている。

「おまえが前に進む気になってくれてうれしいよ。おまえが幸せなら、あの子たちも幸せだ」

「ありがとう。そうだといいけど」モーガンは顔を上げた。「もう寝るわ」

「戸締まりは任せろ」祖父は数カ月前に、防犯システムを設置したのだ。モーガンはアイスクリームをたいらげると、ジャケットを手に取り、糖分のとりすぎによる頭痛が始まるのを感じていらいらしながら寝室へ向かった。

仕事に復帰できるというのに、憂鬱な気分が増すだけだなんて。

娘たちの部屋に立ち寄った。三台のベッドが部屋の大部分を占めている。六歳のエヴァはテディベアを抱いて寝ていた。五歳のミアはシマウマのぬいぐるみを脇に抱えこみ、横向きで丸くなっている。そして、眠っているときでさえじっとしていないソフィーは、毛布をはねのけ、あおむけで手足を投げだしていた。ソフィーはまだ三歳で、とても手がかかる――それは嘘だ。ソフィーは何歳になっても手がかかるだろう。

モーガンは床に落ちた毛布を拾い上げてソフィーにかけてから、廊下の先にある自分の部屋へ向かった。

服を脱いでスーツをハンガーにかけ、ガウンを羽織った。ベッドサイドテーブルに置いた写真のジョンが、こちらを見つめている。モーガンはベッドに腰かけて写真を手に取った。軍の礼服姿のちゃんとした写真もあるのだが、彼女の心に訴えるのはこの写真だった。日に焼けた額に汗が光り、黒い髪はくしゃくしゃで、顔が細く見える。砂漠を背景に黄褐色の戦闘服を着て笑っている。ジョンはそういう人だった。常に物事の明るい面を見ていた。

いま彼がここにいたら、〝きみならできるよ〟と言ってくれるだろう。

「わかってる。あなたに会いたい」モーガンは写真に語りかけた。

重苦しい気分でテーブルの引き出しを開け、奥にしまいこんだまま開封していない封筒を見つめた。〝だめ。まだ心の準備ができていない〟ふたたび引き出しを閉め、写真をテーブルに戻すと、枕に頭をのせた。

人生を取り戻すための、最初の大きな一歩を踏みだした。今日はそれだけでもう充分だ。

電話が鳴って、ぎくりとした。混乱しながら頭を上げる。寝室は明かりがついたままだった。時計に目をやる。夜中の十二時をまわったところだ。いつの間にか寝てしまったらしい。鳴っているのが携帯電話ではなく、家の電話だと気づくまで数秒かかった。いまどき固定電話にかけてくるのは、勧誘販売業者くらいだ。発信者はパーマーと表示されている。

モーガンはコールセンターのさざめきが聞こえるのを予想して受話器を取った。

「もしもし」

「モーガン？」女性の声が聞こえた。不安そうなうわずった声。

「はい」

「イヴリン・パーマーです。テッサの祖母の」

モーガンは体を起こした。テッサはときどき娘たちのベビーシッターをしてくれる子だ。

「テッサは何時にそちらを出たの？」ミセス・パーマーが尋ねた。

モーガンはまだぼんやりしながらも答えた。「テッサは今夜ここに来ていません」

沈黙が流れた。

モーガンは片肘をついて体を支えた。「パーマーさん？　何かあったんですか？」

「テッサがいなくなったの」

「なんですって？」モーガンは受話器を持ち直した。聞き間違えたのかもしれない。

「昨日、あの子が出かける前に大喧嘩をして」ミセス・パーマーの声がかすれた。「あの子は友達のフェリシティの家に泊まると言っていたから、ウェーバーさんのお宅に電話をかけたのだけれど、テッサはそっちにも行っていなかったの」

テッサは嘘をついたのだ。

「じゃあ、昨日から行方がわからないんですね？」モーガンはきいた。

「ええ」ミセス・パーマーが泣きだした。「毎週、金曜の夜はお宅でベビーシッターをしているから、あなたに確認すればいいと思ったの。そうすれば少なくとも、あの子は無事だとわかるから」

「テッサは何週間も前からここには来ていませんよ」

「じゃあ、それも嘘だったのね」ミセス・パーマーは黙りこんだ。

モーガンは枕を脇に置いてベッドからおりた。ガウンをベッドの上に脱ぎ捨てると、化粧だんすの引き出しからジーンズとTシャツを取りだした。「警察にはもう届けましたか？」

「頭を冷やして、今夜は帰ってくると思っていたの。でも、もう真夜中になるのにまだ帰らない」ミセス・パーマーがはなをすすった。「これから警察に電話するわ。警察は何もしてくれないと思うけど。あの子はもう十八歳なんだから」

「テッサの携帯電話の位置情報を確認してみましたか？」

「そんなのやり方がわからないわ」

「捜しに行きましょうか？」モーガンは椅子の下のキャンバス地のスニーカーを捜しながら申しでた。

「どうかしら。いまにもあの子の車が私道に入ってきそうな気もするんだけど。いま、夫が車で捜しまわっているの。わたしはもう、夜に運転することを許されていないから」

ミスター・パーマーも夜は運転しないほうがいいだろう。テッサの両親は、テッサが十二歳のときに交通事故で亡くなった。その後六年間、祖父母がテッサを育ててきたのだ。モーガンの壮健な祖父と違って、パーマー夫妻は健康上の問題を抱えている。

「いま着替えています」モーガンは靴を見つけた。「五分後にそちらへうかがいます」

「ああ、ありがとう」ミセス・パーマーがほっとしたような声を出した。「警察と、あの子の友達に電話してみるわ」

モーガンは受話器をもとに戻すと、Tシャツを頭からかぶった。靴を持って裸足で寝室を出る。いまの電話で動揺したので、下へおりる前に娘たちの部屋をのぞいた。廊下から斜めに差しこむ光で、枕にのった三つの黒い頭が見えた。安堵でかすかに震え、うしろめたい気持ちになる。

〝かわいそうなミセス・パーマー〟

娘が行方不明になるほど恐ろしいことはないだろう。

キッチンに入ると、廊下から足を引きずって歩く音が聞こえてきた。

祖父が戸口に現れ、枠に片手を置いて寄りかかった。オーダーメイドの綿のパジャマの上に、ネイビーブルーのガウンを羽織っている。「どうした？」

「イヴリン・パーマーから電話があったの。テッサが帰ってこないんですって」モーガンは椅子に座って靴を履きながら、詳細を伝えた。祖父が壁に片手をついたまま、革のスリッパをタイルにするようにして近づいてきた。

「杖《つえ》はどうしたの？」モーガンはきいた。

祖父が顔をしかめる。「杖など必要ない」

「お医者さんはそう言ってないでしょう」

「おれのスリッパはあの医者より古いんだ」祖父はその話はこれでおしまいだというように、壁に片方の肩をもたせかけ、腕組みをした。

モーガンはいまのところはあきらめることにした。祖父が年老いたことを認めたくはないけれど、祖父が年相応にふるまおうとしないのも困りものだ。「とにかく、こんなのテッサらしくないわ」

祖父が肩をすくめる。「たしかにそうだが、十代の子はどんなにいい子でも手に余るときがある。信用しきってはならない」

モーガンはパーティーから帰ってきては祖父の詮索の目にさらされた日々を思いだした。革張りの椅子に腰かけ、膝に本を置いた祖父が、読書用の眼鏡越しに鋭い視線でモーガンを品定めする姿がいまでも目に焼きついている。祖父はあからさまにモーガンのにおいを嗅ぎさえした。引退した殺人課の刑事である祖父は、デーン四きょうだいのうち三人を大人になるまで導いた。モーガンが高校生のときに父親が殉職し、母親は子どもたちを連れてニューヨーク州北部の実家に戻ったのだ。その数年後、母親は心臓発作を起こして亡くなった。

「携帯電話の圏外で車が故障したのかもしれない」モーガンは立ち上がり、椅子の背にかかっていたデニムジャケットをつかんだ。「木とかシカにぶつかったのかも」

玄関に通じる短い廊下を、祖父がついてきた。「連絡を入れろよ」

子育ては一生の仕事だというのを、祖父は体現している。

「ええ。パーマーさんのうちへ行って、手伝えることはないか確かめるだけだから」

「十代の子がひと晩帰ってこないなんてよくあることだ」祖父が言う。「だいたいは二十四時間以内に帰ってくる。それに、テッサは法的には成人なんだ。別に罪を犯したわけじゃない」

「わかってる」それでも、モーガンは心配だった。すでに両親と夫を亡くした。愛する人を過度に心配してしまうときがある。悲しい思いをしすぎて、動揺しやすくなっていたのだ。

「ステラに連絡しようか？」祖父がきいた。

モーガンの末の妹ステラは、スカーレット・フォールズ警察の刑事だ。

「まだいいわ。あの子はただでさえ仕事に追われているんだから。何かあったら連絡してね。たぶんテッサはもうじき帰ってくるでしょうし、ミセス・パーマーが警察に電話したから、電話に出た警察官が対応してくれるはず。お祖父ちゃんが言ったとおり、テッサは法を犯したわけじゃないんだから」

ただ、テッサの性格からは考えられないことをしているだけ。

「わかった。気をつけろよ」祖父が言った。「懐中電灯は持ったか？」

「ええ」モーガンはトートバッグをぽんと叩いて、家を出た。

外は真っ暗だったが、私道を歩くと同時に、防犯用のセンサーライトが点灯して前庭を滑走路のごとく照らした。モーガンは軒下に取りつけられたカメラを見上げた。

犬の糞《ふん》を片づけない飼い主を捕まえてやると、祖父がほとんど冗談で防犯システムと一緒に設置したものだ。けれどもいま、モーガンはカメラが見張ってくれていることに感謝した。

昔はスカーレット・フォールズで、ましてやこの農村開発地域で防犯システムが必要だと考える人などいなかった。しかし最近は、犯罪はどこでも起こるようだ。

4

ランス・クルーガーはジープの運転席に腰を据え、通りの向かいにある一階建てのモーテルをじっと見ていた。横に長い建物の中央にある十二号室は、カーテンがしっかり引かれている。助手席で望遠レンズ付きのカメラが待機していた。

ダッシュボードの上の携帯電話が振動した。画面にシャープと表示される。ボスからだ。

ランスは電話に出た。「はい」

「証拠を押さえたか？」スカーレット・フォールズ警察の刑事だったリンカーン・シャープは、二十五年間勤め上げて引退したあと、この五年は私立探偵をしている。

「モーテルの部屋にばらばらに入っていく写真は撮った。まだ出てこない」駐車場で別れを惜しむ写真があれば、夫が不倫しているというミセス・ブラウンの主張を裏づけられるだろう。

「まだ部屋にいるのか?」シャープが口笛を吹く。「そいつはすごいな。ブラウンにそんな元気があるとは思わなかった」

「眠ってるのかも」

シャープが鼻を鳴らした。

「眠れないんなら、今夜の見張りを代わってくれよ」ランスは座り心地が悪くてもぞもぞした。

「ひと晩じゅう車に座りっぱなしなんて、おれみたいな老いぼれにはきつい仕事だ」シャープが言う。「なんのためにおまえを雇ったと思っているんだ?」

「あんたはまだ五十三歳だ。九十三歳じゃない。なあ、いつから浮気調査を引き受けることにしたんだ?」

「家族からの頼まれごとだ」

ミセス・ブラウンは、シャープのいとこの家の隣に住んでいる。ミスター・ブラウンはすでにセクシャルハラスメントで訴えられているから、同僚との不倫が表沙汰になるのを望まないだろうと、ミセス・ブラウンは考えたのだ。フルカラー写真の証拠があれば、財産分与と扶養手当の面で非常に有利になるだろう。

だがこういう仕事を、ランスは好きになれなかった。「最低の仕事だ」

「そういうときもある」電話の向こうから、やかんの鳴る音が聞こえてきた。「進展があったら連絡をくれ。起きて待っている」

シャープが電話を切った。ランスは携帯電話をポケットにしまうと、早く帰れるよう、モーテルの部屋のドアを見つめて開けと念じた。しかし、ドアは開かなかった。

三カ月前にスカーレット・フォールズ警察を退職したとき、まさかこんな仕事をすることになるとは夢にも思っていなかった。戦闘用のカーゴパンツ越しに、太腿のふくらんだ傷跡をさする。この銃創が警察官を辞めた原因だ。怪我《けが》はほとんど治っているものの、完全な状態にはほど遠い。辞めたくはなかったが、自分がついていけないせいで同僚に怪我をさせるわけにはいかない。

失業して一カ月が経った頃には、退屈で頭がおかしくなりそうだった。だから、探偵事務所に入らないかというシャープの誘いに、袖に食らいつく警察犬のごとく飛びついたのだ。この二カ月間、ランスはスカイウォーカーで、シャープは師匠のオビ＝ワンだった。

ランスは姿勢を変えて脚を伸ばした。今後もこれほど長い時間を車のなかで過ごさなければならないのなら、もっと大きな車に買い替える必要があるだろう。

ヘッドライトが道路をさっと横切り、見覚えのあるキャデラックがモーテルの部屋の前の駐車スペースに斜めに停車した。ランスは背筋をぴんと伸ばした。

あれはミセス・ブラウンか？

キャデラックのドアが勢いよく開けられ、跳ね返った。運転席からミセス・ブラウンが降りてきた。おぼつかない足取りで部屋のドアへと歩いていく。

〝まずい〟アルコールは判断力を低下させるだけだ。

ランスは車から飛びおりたが、距離が遠すぎた。

ミセス・ブラウンがドアの三メートル手前で立ちどまった。ハンドバッグから拳銃を取りだして構え、引き金を引く。

〝バン〟

拳銃が彼女の手のなかで反動した。木のドアが裂け、建物じゅうの明かりがついた。

ランスは心臓発作を起こしそうなくらい動悸《どうき》がした。ミセス・ブラウンがふたたび発砲した瞬間、彼は身をすくませて立ちどまった。去年の十一月の銃撃事件を思いだし、全身から汗が噴きだす。

〝しっかりしろ〟

フラッシュバックを起こしている場合ではない。

ポケットから携帯電話を取りだして911にかけ、住所を伝えた。車に戻って警察が来るのを待つべきだと頭ではわかっていたが、それはできない。この小さな安モーテルは町の外れにある。スカーレット・フォールズで深夜に巡回しているパトカーは数台だけだ。その一台が運よく近くを走っている可能性は低い。

ミセス・ブラウンは逆上し、酔っ払っている。危険な組み合わせだ。警察が到着する前に誰かを撃ってしまうかもしれない。

ランスは脈打つ喉をごくりとさせ、無理やり前進した。

「ブラウンさん！」早鐘を打つ鼓動の音で、ほとんど耳が聞こえなかった。「銃をおろしてください」

「いやよ」ミセス・ブラウンが首を曲げて振り返った。「あいつのあそこを吹っ飛ばしてやる」ふたたびドアに狙いを定め、怒りを込めて叫ぶ。「レナード、出てきなさい！」

股間に穴を開けてやると言われて、出てくるはずがない。ミスター・ブラウンはおそらくいま頃、ビール腹をつかえさせながら、バスルームの窓から逃げだそうとしているだろう。

「奥さん、撃ったらだめです」ランスは耳の奥で脈打つのを感じながら、ゆっくりと近づいていった。銃を向けられているわけではないが、もし彼女が振り返ったら……。

ミセス・ブラウンが叫んだ。「どうしてだめなの？　あのろくでなしは浮気したのよ！」

「わかってます」ランスは同情した。「ご主人はろくでなしです。だから、離婚するんですよね？」

さらに一歩近づいた。

ミセス・ブラウンが動きを止めた。小首をかしげ、もともとの復讐《ふくしゅう》計画を検討しているようだ。

「いまご主人を撃ったら、逮捕されます」ランスは威嚇しないよう胸の前で手を組み、そっと足を踏みだした。「そうしたら、あなたはどうなりますか？　刑務所行きです」

銃口が数センチさげられた。

「仕返しをしたいんですよね？」ランスはゆっくりと前進した。「ご主人に代償を支払わせることが、あなたの計画じゃなかったんですか？」

ミセス・ブラウンは目に涙を浮かべながらうなずき、はなをすすった。「あいつは浮気を隠そうともしなかった。町じゅうの人が知ってるわ」屈辱が彼女の顔に表れた苦悩を増幅させた。

ランスはうなずいた。「ご主人は嘘つきで身勝手なくずです。だから、あなたはあの男を捨てるんです。このような仕打ちを、あなたが許すはずがないとみんな知っています」ランスはミセス・ブラウンのプライドをかきたてた。「ご主人は長年あなたにしてきたことに対する報いを受けるんですよ」

ミセス・ブラウンは復讐を想像して、唇を引き結んだ。

ランスは親指でジープを示した。「ふたりがモーテルに入ったところの写真は撮りました。あと少しで、あの男をあなたの人生から永久追放できます」

「でも、愛してるの！」ミセス・ブラウンが顔をくしゃくしゃにして叫んだ。

〝勘弁してくれ……〟

嘘つきで浮気者のばかな夫を、どうしていまだに愛せるのだろう？

「ブラウンさん、銃をおろしてください」ランスは言った。

ミセス・ブラウンは言われたとおりにし、銃口を地面に向けた。

ランスはすかさず拳銃を取り上げた。ミセス・ブラウンがわっと泣きだす。ランスはそのあいだに、弾を抜き取った。

危機が去ると、深呼吸をした。覚醒剤でハイになったかのように、アドレナリンが全身を駆けめぐっている。警官時代は少なくとも仲間がいたし、防弾チョッキを着ていた。私立探偵はひとりきりでおかしな人々と渡りあわなければならない。

おかしな人といえば……。

武器を奪われ、おとなしくなったミセス・ブラウンと一緒に、警察官が来るのを待った。十分後、スカーレット・フォールズ警察の警察官の代わりに保安官代理が到着したが、これはめったにないことだ。パトカーの数が限られているため、郡保安官に応援を頼んだのだろう。

ランスはミセス・ブラウンの拳銃を引き渡し、供述を終えると解放された。あとは報告書を作成しさえすれば、ブラウン家の面倒な離婚問題に関わらずにすむ。愛は人をおかしくする。

携帯電話が振動した。シャープからのメールだ。〝事務所に寄れ〟

警察の無線を聞いていたか、事件について連絡を受けたのだろう。シャープは地元の警察官全員と知り合いだ。

シャープが所有し、探偵事務所兼自宅として使っているメゾネット型アパートメントがある、スカーレット・フォールズの並木道に向かって車を走らせた。時刻は午前一時近くで、町のごく小規模な商業地域は静まり返っている。ランスは道路脇に駐車し、木の階段を上がった。シャープは、改装した寝室がふたつあるアパートメントのリビングルームをオフィスにしている。ランスは第一寝室にトランプ用テーブルと椅子一脚、ノートパソコンを置いて仕事をしていた。唯一の私物はワイヤレススピーカーだ。ランスはパソコンにカメラを接続し、その夜に撮影した写真を取りこんだ。

「いいかげんにデスクを買わないとな」シャープが戸口に現れた。すり切れたジーンズとシンプルなグレーのTシャツといういでたちで、痩せ型だが強靭《きょうじん》なうえ、年齢からは考えられないほど健康だ。二十五年ものあいだ警察にいたおかげで、決して怒らせてはいけない相手だと思わせる表情が刻みこまれている。

「いまのところはテーブルで充分だ」ランスはまだ、シャープ探偵事務所と長期雇用契約を結ぶ気はなかった。警察官に復帰する夢をあきらめきれずにいた。「今度あんたの家族に浮気調査を頼まれたときは、ひとりでやってくれ」

シャープはそれを無視して言った。「話がある」

「わかったよ」ランスはボスのあとについて狭いキッチンへ向かった。

シャープがティーポットに湯を入れた。さらに、ふたつのボウルにそれぞれドッグフードと水を入れ、裏口のドアを開けると、ポーチにそれらを置いた。

「まだ野良犬に餌をやってるのか?」

「彼女は絶対になかに入ろうとしないんだ」シャープはスプーンで茶こしに茶葉を入れたあと、それを陶器のポットに沈めた。

「彼女って？」ランスはからかった。

シャープはタフな男のふりをしようとしたが、無駄だった。

「あんたは茶色の目に弱いんだな」ランスは先に立ってシャープのオフィスへ向かった。使い古しのデスクを挟んで二脚の椅子が向かいあっている。奥の壁際には黒いソファが置かれていた。

シャープは片手でティーポットを、もう一方の手でマグカップをふたつ持った。

「大変な夜だっただろうから、大口も聞き流してやる」

ランスは背もたれのまっすぐな椅子に腰かけた。「こんな衝撃的な体験をした友人には、普通ウイスキーを出すだろ」

シャープはふたつのマグカップに緑茶を注《つ》ぐと、ひとつをランスの前に置いた。

「アルコールには抑制作用がある。いまのおまえさんに最も必要ないものだ」

〝やれやれ〟

「さて、おまえさんが生きてることをこの目で確かめられたから、何があったか聞かせてもらおうか」シャープがデスクの椅子に座った。

ランスは詳細を伝えた。「金曜の夜にはよくあることだ」

シャープが大笑いし、ぜいぜい息を切らした。

「おかしくない」ランスは言った。

「ああ。全然笑えないな」シャープの声は震えていた。「最悪の仕事だった。発砲されたのも、メロドラマを見せられたのも同じくらいいやだった」ランスは何度か深呼吸をした。「自分の立場がわからなくなった」

「顧客が正気を失っちまったら、おれたちにはどうしようもない」シャープが真剣な声で言った。「おまえさんが撃たれずにすんでよかった」

「私立探偵のことはよくわからないが、まだ警官に未練があるんだ」

「わかってる、その理由もな。今日がなんの日か、おれが忘れるわけないだろ?」

ランスは喉が締めつけられた。二十三年前、ランスの父親が失踪した。その事件を担当したのがシャープだった。

「市民を守り、市民の役に立ちたいという気持ちは理解できる。おれは二十五年間そうしてきたんだ。だが、私立探偵にもいくつかいい面がある。独立して自分の好きなように働ける。自分で決断を下せる。捜査を中止しろと命令されることもない」

シャープが唇を引き結んだ。ランスの父親の事件も、そうして迷宮入りになったのだ。

「とはいえ、それがおまえさんの望みなら、完治を目指すといい」

「もっと健康志向になれって?」

「なんでも試してみろ」シャープが腕組みをした。「おまえさんはよくなっている。あのときは無理をしたから治らなかったが、もうリンクに出てかまわないと、理学療法士に言われたんだろ？」

「十五分程度、軽く滑るくらいなら」ハイスクール時代にアイスホッケーをしていたランスは、警察の福祉プログラムの一環として、一年半前に恵まれない子どもたちのために副コーチを引き受けた。だが、銃撃事件後はベンチにさがっていた。アイスホッケーが、そして子どもたちのことが思った以上に恋しかった。

　実は、理学療法士からは何週間も前に許可をもらっていたが、まだリンクに足を踏み入れてはいない。アイスホッケーはしたいものの、怪我をするリスクを冒してまでする価値はない。一度転倒しただけでこれまでの回復が水の泡になる可能性もある。いまはリンクサイドから指導するだけで我慢していた。

　シャープが目をぐるりとまわす。「おれが正しいとわかってるんだろう」

　悔しいが、わかっている。

　それに、シャープの生き方をばかにすることなどできない。シャープはいまでも一・六キロメートルを七分で走れるし、マッスルアップ（懸垂で上半身をバーの上まで引き上げる）もできる。

「ああ、それでもやっぱり、ウイスキーが飲みたかった」ランスは緑茶を飲み干した。

これが三カ月前なら、帰る途中でバーに寄って何杯か引っかけていただろう。だが今夜は、まっすぐ帰って抗酸化作用のあるプロテインシェイクを作るつもりだ。

「少し眠ったほうがいい」シャープが立ち上がってデスクを離れた。

ランスも立ち上がった。「八時間続けて眠ることが次の課題だ」

遊び方を忘れてしまったようだ。

しかし、撃たれてから十カ月経って、ようやく完治するかもしれないと思えるようになった。警察官に復帰できるかもしれない。またコーチをして、活動的な生活を送れるようになるかもしれないと。

携帯電話が鳴り、ランスは画面を確認した。

モーガンからだ。

ランスをベッドから引きずりだせる——あるいはベッドに誘いこめる人がいるとすれば、それはモーガン・デーンだ。ベッドのなかにいる彼女の、いつもの一分の隙もない格好とは違うしどけない姿を思い浮かべる。

ばかげた想像に、ランスはぐるりと目をまわしそうになった。デーン家のことは高校生の頃から知っている。モーガンとは最終学年のときにつきあっていた。ティーンエイジャーらしい不器用な恋愛で、大学に進学して自然と別れた。数カ月前に偶然再会し、高ぶる気持ちを持て余している。モーガンは友人以上の関係になることを望んでいないようで、どうにもしようがない。

〝だから、落ち着け〟

ランスは電話に出た。「モーガン？」

「寝てた？」モーガンは息を切らしていた。

そんな声を聞いたら、落ち着くことなどできない。

ランスは廊下に出た。「いや、起きてたよ」

デジタル時計を確認すると、午前一時をまわったところだった。こんな真夜中にどうして電話をかけてきたんだ？　不安が頭をもたげた。

「どうした？」

「ベビーシッターのテッサが家に帰っていないの。彼女の祖父母が心配してる。これから十代の子たちがたむろする場所へ捜しに行くつもりなんだけど、一緒に行ってもらえないかと思って」

「わかった。十五分後にきみの家へ行く」ランスは電話を切った。

〝とにかく、落ち着けよ〟

「少し眠るんじゃなかったのか？」シャープが戸口に現れた。

「モーガンが助けを必要としているんだ」ランスは自分のオフィスに戻って、クローゼットの銃保管庫からグロックを取りだした。ミセス・ブラウンの思わぬ銃撃事件があったあとでは、用心するに越したことはない。モーガンを危険にさらすわけにはいかない。そう思って、予備の拳銃と足首用のホルスターも持っていくことにした。

「重症だな。さっさとデートに誘え」オフィスを通り過ぎるランスに、シャープが声をかけた。

ランスは玄関のドアノブに手を伸ばした。「おやすみ、シャープ」

そんなに簡単なら苦労しない。ランスは心の病を抱える母親の面倒を見るだけで手一杯だった。父が失踪したあと、母は重度の不安症状を起こし、広場恐怖症になった。この数カ月は比較的安定しているとはいえ、母の世話は片手間にはできない。そのうえ、モーガンのほうも情緒的な問題と三人の子どもを抱えている。

三人もだ。

モーガンと真剣につきあうなら、将来的に彼女の娘たちの父親になることを考えなければならない。ランスは自分にはできないと思うし、親という重要な仕事を中途半端にするつもりもなかった。それでは子どもがかわいそうだ。

ジープの窓をおろして、九月の涼しい夜気で頭を冷やそうとしたが無駄だった。ラジオをつけ、眠気覚ましにグリーン・デイの曲を聴きながら、いつもより三分短い時間でデーン家に到着した。

モーガンのミニバンの隣にジープを停め、玄関へ行ったがノックはしなかった。寝ている家族を起こしたくない。網戸からのぞきこみ、小声で呼びかけた。「モーガン？」

モーガンの祖父、アートがキッチンから出てきて、なかに入るよう身振りでうながした。足元にモーガンが飼っているフレンチブルドッグ、スヌーザーがいる。

ランスが足を踏み入れたときちょうど、モーガンが廊下を急ぎ足で歩いてきた。彼女は青い目の持ち主ですらりとしていて、脚が驚くほど長い。めずらしくカジュアルな服装で、おろした黒髪が肩の上でもつれ、先ほどランスが想像した姿と似ていた。

シャープの言うとおりだ。ランスは重い恋の病にかかっている。だが、大人だから、大人らしくふるまおう。

「悪いな」アートはランスと握手を交わしたあと、モーガンの頰にキスをした。「気をつけろよ」

モーガンが抱擁した。「行ってきます」

ランスは玄関のドアを開け、モーガンを先に通してから外に出た。モーガンは大きなバッグに携帯電話をしまい、ストラップを肩にかけてから、ミニバンのほうへ歩き始めた。

「おれのジープで行こう。若者は道路を外れたがるから」ランスはモーガンをかばって撃たれる覚悟はあるが、ミニバンに乗るつもりはなかった。

「そうね」モーガンがうなずいて歩く方向を変えた。

ふたりはジープに乗りこんだ。エンジンをかけると、音楽ががんがん鳴り響いたので、ランスは音量をさげた。「ごめん。どこへ行く？」

モーガンが唇を引き結んだ。「そうね。テッサの親友の電話番号をお祖母《ばあ》さんから聞いてかけてみたの。でも、出なかったから、メッセージを残しておいた。ティーンエイジャーのたまり場をまわってみようかと思っているの。あなたなら最近の子どもたちの遊び場を知っているんじゃない？」

「いくつか心当たりはある」ランスは警官時代にパーティーを中止させた経験が幾度もあった。「事件の担当者は？」

「カール・リプトンがパーマー家に来たけど、できることはないと思う。テッサは十八歳だから、自由に出ていける。犯罪とは無関係よ」

ランスは携帯電話を取りだして、カールにかけた。元同僚は、スカーレット・

フォールズ警察がテッサのためにしていることをざっと説明してくれた。ランスは礼を言って電話を切った。「捜索指令《BOLO》を出したそうだ。テッサの車はいまのところ目撃されず、携帯電話のGPS信号も送信されていない。残念ながら、彼女は法的には成人だ。彼女の友人たちは何も話してくれないそうだ」

「十代の子は友達をトラブルに巻きこむのをいやがるから」

「テッサと最後に会ったのはいつだ？」

「一カ月くらい前。いまはジャンナが住み込みで乳母《ナニー》をやりたいと言っているの」

頑固な年寄りと、七歳未満の三人の子どもを抱えているだけでも大変なのに、モーガンは三カ月前、重い病気を抱えた身寄りのない若い娘、ジャンナ・レオーネを引き取った。ジャンナはコカイン依存症の売春婦に育てられた。そして、鬱病になって母親と同じ道を歩み、薬物を過剰摂取した。モーガンの妹のステラが勤務中に居合わせ、麻薬拮抗薬《きっこう》を投与してジャンナの命を救ったものの、慢性の腎障害が残った。ジャンナはステラに世話をしてもらい、徐々にデーン家に引き入れられたのだ。

デーン家はすでに完全な混乱状態にある。モーガンのサーカスに一匹サルが増えたところでどうということはない。

「きみたちと暮らし始めてから、ジャンナは調子がよさそうだ」ランスは言った。

「ええ。いまも週に三回透析を受けなければならないけど、体重も少し増えたし、元気になったわ。わたしが仕事を始めたら、ジャンナひとりであの子たちの面倒を見るのは大変だと思うけど」

ランスは小学校のほうへ車を走らせた。「仕事に戻るのか」

「ええ」彼女が思わずもらしたつらそうなため息を聞いて、ランスは胸が痛んだ。

「うれしそうじゃないな」

モーガンが暗い窓に目を向けた。「そろそろ何かしないと。この二年間、何もしないでいたあいだ時間が止まっていた気がするわ」

「子育てしてお祖父さんとジャンナの面倒を見ていたんだから、何もしないでいたなんてとんでもない」いったいどうしてそんなにたくさんのことをこなせるのだろう。ランスは母親の世話をするのがやっとだというのに。「普通の人が一日でやる以上のことを、きみは朝食前にすませている」

「どうかしら。小さな子がいる人はみんな、朝はめちゃくちゃ忙しいわ」モーガンが笑った。

小さな笑い声だったけれど、耳に心地よく響いた。「めちゃくちゃって、きみの家を表すのにぴったりの言葉だな」

「ちょっと普通じゃない人生が好きなの。気が抜けないような」モーガンが真剣な口調で言った。「子育てが大好きなのに、どうしてこんなに疎外感を覚えるのかわからない」

「モーガン、きみの人生は最悪の形でひっくり返ったんだ」

それでもどうにか、大勢の家族の面倒を見ている。

モーガンが長い悲しみのため息をついた。

「きっとうまくいくよ」ランスは言った。「ソフィーはきみがいなきゃだめなんだ」

モーガンの長女と次女はランスを好いてくれているようだが、末っ子の三歳児は打ち解けず、疑いのまなざしで彼を見る。まるで透視眼を持っていて、彼の心のなかを見透かすかのような目で。

「まったくそのとおりだわ」モーガンが微笑んだ。「ありがとう。それに、こんな夜中につきあってくれて感謝しているわ」

「どういたしまして。子どものときからきみのことを知っているけど、ようやく本当のきみを知った気がするよ」ランスは湖につながる田舎道に入った。「そんなカジュアルな格好を見たのは――初めてだ」

ハイスクール時代でさえ、モーガンは常に一分の隙もない服装をしていた。チアリーダーの衣装ときたら……。

モーガンが髪を撫《な》でつけた。

ランスは彼女の手をつかんでやめさせた。「そのままでいい。似合ってるし、おれの前で見栄《みえ》を張る必要はない」

モーガンの体がこわばり、表情が消えた。

〝落ち着いてなどいられない〟

「おれたちは友達だろ？」ランスは手を離した。中途半端に手出しする権利はない。彼女と縁を切りたくないのなら、友情を壊すわけにはいかない。

モーガンの携帯電話が鳴って、緊張の糸が切れた。「テッサの友達のフェリシティからよ。彼女が何か知ってるといいんだけど」

5

モーガンはランスのぬくもりが残る手をぬぐった。自分が生きていると実感できてうれしいけれど、落ち着かない気分だった。まだ心の準備ができていない。

テッサをひとりで捜しに行くつもりだったのだが、ランスを誘うよう祖父に勧められたのだ。彼と一緒なら心強い。でも、今夜の彼は……どこか違う。

わたしに気があるの？

きっと気のせいだ。ランスも言ったように、ふたりは友達だ。友達なら助けあう。それだけの話だ。落ち着かない気分になったのは、カーゴパンツとTシャツをふくらませている彼の身長百八十三センチの肉体や、常にモーガンに向けられているように見える青い瞳、彼女が彼のブロンドの髪やたくましい外見よりも性格を心から好いているという事実とはまったく関係ない。

ジョンがまだ心のなかにいるのに、ランスに心惹かれるなんてとんでもないことだ。

ラジオから流れるラブソングは、状況を悪化させるだけだった。モーガンは手を伸ばしてラジオを切ってから、電話に出た。「もしもし、フェリシティ？」

「はい」ささやくような声が聞こえた。

「モーガン・デーンです。テッサの件で電話したの」

「テッサがベビーシッターをしていた子のお母さんですよね」家の人に聞こえないように話しているのか、小さな声だった。

「そうよ。テッサを捜してるの。あなたとは会っていないとテッサのお祖母さんから聞いたけど、とても心配しているの。彼女がどこへ行ったか心当たりはない？」

「うちの両親には言わないと約束してください」

「どうしても必要でない限り、誰にも言わないわ」モーガンは嘘はつかなかった。ティーンエイジャーの信頼感は卵のごとくもろい。一度壊れてしまえば、修復は不可能だ。

フェリシティはモーガンの答えを検討してから口を開いた。「ゆうべ、パーティーがあったんです」

「テッサも参加したの？」

「そうです」

「どこで?」

「湖畔で」

「テッサと一緒に行ったの?」

「いいえ、テッサは自分の車で来ました。ボーイフレンドと一緒に」

「テッサにボーイフレンドがいるなんて知らなかったわ」

「秘密にしていたんです。お祖父ちゃんとお祖母ちゃんが彼のことを気に入っていないからって」

「誰なの?」

「ニック。名字はZで始まる。あなたの知り合いです。テッサはあなたの家で彼と出会ったんです」

「ニック・ザブロスキー?」モーガンは驚いた。テッサとつきあっているなんて、ニックはひと言も言わなかった。週に何度も会っているのに。

「そうです」

「パーマーさんはどうして反対しているの?」モーガンはニックをとても気に入っていた。働き者だ。二年前に高校を卒業したあと、造園会社を立ち上げた。心優しく、野心がある。小さい子に絵本を読んでやったり、夜の時間を割いて近所のお年寄りのチェスの相手をしたりしてくれる若者はそうそういない。

「大学に行っていないのが気に入らないみたい」

「いつからつきあってたの？」

「一カ月くらい前から」

この一カ月間、テッサはモーガンの家でベビーシッターをすると言って、実際はニックと会っていたのかもしれない。

「パーティーの話を聞かせて」

「最悪だった。テッサとニックが大喧嘩して別れちゃって。わたしが帰ったあとも、テッサは残っていました。それから会っていません」

「今日、テッサは学校に来なかったの？」学校には電話したかどうか、ミセス・パーマーにきくのを忘れた。

「今日は先生たちの研修日で、生徒は休みだったんです」フェリシティがささやいた。

「もう切らないと」

「ありがとう。また何か思いだしたら連絡して」

フェリシティが電話を切った。

「テッサはゆうべ、ニック・ザブロスキーと湖畔のパーティーに行ったそうよ」モーガンはフェリシティとの会話を要約した。

「きみの家の向かいに住んでる男か？」

「ええ。パーマーさんはニックのどこが気に入らないのかしら」モーガンは携帯電話をトートバッグにしまった。

「保護者と喧嘩して、ボーイフレンドのことで嘘をつくなんて、十八歳の子にはよくあることだ」ランスがUターンした。「ゆうべ見つけた友達と一緒にいるんじゃないか？」

「そうだといいけど」

湖はそれほど遠くない。ランスは東屋《ガゼボ》やピクニック場を通り過ぎ、道路を外れて未舗装道路に入った。地元のティーンエイジャーは、公共スペースでない場所にたむろしたがる。駐車場と空き地をつなぐ小道があるが、子どもたちが使っている側道を進んだほうが速い。

車が揺れ、モーガンはドアの上部のグリップをつかんだ。湖畔の空き地に到着する頃には、午前二時になろうとしていた。ヘッドライトが木立や暗い湖面をさっと照らし、湖岸に停まっている白のホンダ・アコードが見えた。

モーガンは指さした。「テッサの車よ。やっぱり友達と帰ったんじゃないかしら」

ジープを停め、ふたりは車から降りた。頭上で翼がはためき、甲高い鳴き声が聞こえて、モーガンは思わずふたたび車に飛び乗りそうになった。

「コウモリかしら？」モーガンはバッグから懐中電灯を取りだした。

「たぶん」ランスも車から懐中電灯を取ってスイッチを入れた。

「銃は持ってる？」

「ああ」

モーガンはランスに近寄った。自立したキャリアウーマンでも、虫やコウモリは苦手だ。「わたしも持ってくればよかった」

ランスが含み笑いをする。「コウモリが襲ってきたらおれが撃退すると約束する」

「絶対よ」

砂地の空き地の中央に、各世代の子どもたちがたき火のために掘った穴が開いている。ランスが懐中電灯で穴のなかを照らしだすと、灰や焦げた木でいっぱいだった。からのペットボトルやビールの空き缶、ファーストフードのテイクアウト用の袋が散乱している。

「警官に何度追い払われようと戻ってくるんだ」ランスがモーガンの隣に立った。

モーガンは水辺のさらに散らかった場所に目を向けた。「わたしたちもこんなに身勝手でだらしなかったかしら?」

「おれたちがここに来たときは、食べ物のことなんて頭になかった」ランスが少しためらってから続けた。「車の後部座席でいちゃつくのに夢中だったから」

「でしょうね」モーガンは懐中電灯の光を彼の顔に浴びせた。

ランスは満面に笑みを浮かべていた。「きみだっておれの車の窓ガラスを曇らせたのを忘れちゃいないだろう」

「さあ」モーガンもよく覚えていた。「たいしたうぬぼれ屋ね」そう言ってランスの腕を小突いた。「そのうち筋肉より頭のほうが大きくなるわよ」

ランスが眉を上下に動かした。「おれの筋肉に目をつけたな」

モーガンは鼻で笑い、懐中電灯を地面に向け直すと、テッサの車に注意を戻して、彼もそうしてくれることを願った。そのとき、腕に鳥肌が立った。「タイヤがパンクしてる」

「四本ともか?」ランスが懐中電灯で白い車を照らした。

「ええ」

ふたりは車に近づいた。ランスが身を乗りだして車のなかをのぞきこんだ。「何もない」

森は暗く鬱蒼《うっそう》としていた。テッサは歩いて帰ろうとして道に迷ったのだろうか？　あるいは、誰か友達と一緒に帰ったのかもしれない。ティーンエイジャーが友達を両親や警察からかばうのはよくあることだ。

ランスが携帯電話を取りだした。「テッサの車を見つけたと警察に通報する」

「ニックに電話してテッサと会ったかきいてみたほうがいいわね」

ランスが首を横に振った。「問題になるかもしれないから、警察に任せよう」

「問題って？」

「誰かが彼女の車のタイヤを切り裂いたんだ」ランスが表情の読み取れない目をそらした。

「ニックはそんなことしない」モーガンはそう言ったものの、電話はかけなかった。

ランスが電話で話しているあいだ、モーガンは車と周囲の地面を調べて手がかりを探した。三、四メートル離れた場所で、何か金属製のものがきらりと光った。鍵束だった。一番大きな鍵はホンダのイグニッションキーだ。どうしてテッサの鍵が地面に落ちているの？　歩いている途中に落としたのだとしたら……。

モーガンは鍵の横を素通りした。懐中電灯の光で地面を照らすと、湖に近いコケむした木の根元にピンクのものが見えた。近づいて目を凝らす。携帯電話だ。モーガンは立ちどまって拾い上げた。何か黒いものが飛び散っている。

風向きが変化し、心細い気分になった。モーガンは身震いし、暗い森を見まわした。暗闇のなかで枝とその影が揺れている。

空き地に向かって呼びかけた。「ランス?」

うなじの毛が逆立つのを感じた。テッサはこの方向に進んだの? 鍵か携帯電話のどちらかをうっかり落としてしまったというのならわかるけれど、両方を落とすなんてことがある? モーガンは携帯電話のケースについた赤黒い染みを見おろした。

血痕?

モーガンは悟った。

テッサは歩いていたのではない。逃げていたのだ。

鍵束と携帯電話が落ちていた場所を結ぶ線をたどった。下生えにジーンズを引っかけながら地面を見渡したが、土やコケや枯れ葉しか見えない。そのまま同じ方向へ、湖へ向かう獣道が続いている。

「モーガン、どこにいる?」空き地のほうからランスの声がした。「何か見つけたのか?」

ランスが近づいてきて、小枝が折れる音がした。モーガンは驚いて跳び上がったものの、返事はしなかった。何かがおかしいと、体じゅうの細胞が叫んでいる。

絶対に変だ。

「ここよ」モーガンはランスが背後に来た音が聞こえるのを待ってから、湖につながる道を歩き始めた。水辺に近づくにつれて、雑草のあいだからガマが伸びている。地面がぬかるみ、足がめりこんだ。前方に折れたガマを見つけ、その辺りを懐中電灯で照らした。

あれは青い服？

「警察が来るのを待つべきだ」背後でランスが言った。

「何か見えたの」モーガンは二歩近づいた。知る必要があるという気持ちと恐怖心がせめぎあう。近づいていくにつれて不安が募り、その先に見たくないものがあると知っているかのように、足が重くなった。

さらに一歩進む。青い布。デニム生地だ。ジャケットの袖はモーガンが着ているのとよく似ている。懐中電灯の光が、長い黒髪をとらえた。モーガンは寒気がした。

テッサ？

ガマにほとんど覆われている。

「見つけたわ！」モーガンは駆け寄った。そして、二メートル離れたところでぴたりと足を止めた。テッサの遺体に光を当てる。胴体から流れでた血が乾いて赤黒くなっている。ランスが腕を突きだして、モーガンの行く手をさえぎった。

「これ以上近づくな」ランスが言う。「現場を荒らしてしまう」

「でも、まだ……」モーガンはそう言ったと同時に、テッサはすでに死んでいると気づいた。大量に出血している。

「その可能性はない」ランスが声をやわらげた。

モーガンの懐中電灯を持つ手が震えた。身を乗りだしてテッサの顔に目を凝らす。全身がぞくぞくしても、震える光が照らしだすものから目をそらせなかった。

まるで心臓が軟氷を血管に送りだしているかのように、体の芯から冷えきった。

ランスがモーガンと向かいあい、テッサとのあいだに立ちはだかった。「おれを見ろ、モーガン」

モーガンは彼の胸の真ん中を見つめたものの、脳裏に映像が浮かんだ。鍵を落とし、車に乗りこもうとしたがタイヤがパンクしているのに気づいて、森のなかを走り抜けるテッサ。

何か——誰かに追われて。

湖の近くで捕まった。

「モーガン」ランスが両手でモーガンの腕をつかんだ。そっと力を込める。「なあ、おれを見ろ」

だが、モーガンは体がこわばって動けなかった。優しく揺さぶられ、まばたきして顔を上げた。月明かりのなか、ランスの痩せた顔は鋭く陰影があり、青ざめていた。内心では動揺しているのだろう。品定めするような目つきでモーガンの顔を眺めている。

口を開いたとき、その声は確信ではなく苦悩でかすれていた。「大丈夫だ」

そんなはずはないと、モーガンは知っていた。

モーガンはランスの向こうを見た。目がテッサに――ずたずたに切り刻まれ、乾いた血に覆われた遺体に引き寄せられる。顔は灰色で、かつてはあたたかかった茶色の目が夜空を見上げていた。

そして、額に赤錆《あかさび》色の文字がつづられていた。

〝ごめん〟

6

「さがろう」ランスはモーガンを遺体から遠ざけた。

遺体を詳しく調べたい気持ちもあった。その一方で、一目散に逃げだしたかった。ひと目見ただけで、とりわけひどい状態だとわかった。

いずれにせよ、ランスに遺体に近づく権利はない。もう警察官ではないし、スカーレット・フォールズ警察がこちらに向かっているところだ。

ランスの手の下で、モーガンの体が震えていた。歯がカチカチ鳴っている。彼女が心配で、自分のことはどうでもよくなった。ランスは殺人現場を見たのはこれが初めてではないが、元地方検事補のモーガンは、一歩離れた場所にいた。写真を見るのと、死体をこの目で見るのとでは別物だ。

ランスはモーガンをジープへ連れていった。後部ドアを開けてあたたかいジャケットを取りだし、彼女に着せる。袖が両手を覆い、裾は太腿まで届いた。

考える前に、モーガンに腕をまわして抱き寄せていた。腕のなかにしっくりとなじむ。背後の状況は最悪だが、彼女を抱きしめるのは心地よく、ランスも慰められた。

モーガンがもぞもぞし、彼の胸に顔をうずめたまま話した。「あの子の身に何が起きたの？」

ランスはしぶしぶ体を引き、モーガンに着せたジャケットのファスナーを上まで締めた。「意見を言うには早すぎる。憶測にしかならない。事実がわかるまで待とう」

法律家としての彼女に訴えた。

「そうね」モーガンの青い瞳は暗く淀《よど》み、顔は月よりも青白かった。

モーガンは視線を木立へさまよわせ、大きく息を吸ってから言葉を継いだ。「まだ犯人はあそこにいると思う？」

「それはないだろう」とはいえ、ランスは念のため周囲の木々に目を光らせた。死体はちらっと見ただけだが、肌にこびりついた血は乾いているように見えた。「死後数時間は経っていると思う」

十五分後、暗闇のなか、回転灯が近づいてきた。パトカーがジープの隣に停車し、険しい顔をしたカールが降りてきた。挨拶は省略し、ランスが死体のある場所へ案内した。

「くそっ」カールがパトカーのほうを振り返った。

　夜明け前の薄明かりが現場を照らす頃には、さらに二台のパトカーと検死官、鑑識班が到着した。鑑識班はうしろのほうで、検死官が仕事を終えるのを待っている。検死官は道具を手に重い足取りで空き地を歩いた。灰色の光のなか、白衣がぼんやりと見える。大勢の人が集まっているにも関わらず、不気味なほど静かだ。いつもなら、殺人現場では悪趣味なジョークが交わされる。ブラックユーモアは効果的なストレス対処法だが、犠牲者が子どもの場合はそれは許されない。

　ダークブルーの覆面パトカーが列の最後尾に駐車した。ふたり降りてくる。

　ブロディ・マクナマラ刑事とステラ・デーン刑事が急いでやってきた。

　ステラが姉に駆け寄った。「大丈夫？」

　モーガンはぎこちなくうなずき、心もとなかったものの、落ち着きを取り戻していた。

　鑑識班が個人用防護具《PPE》を身につけ、ブロディとステラは検死官のあとについてガマの茂みに入っていった。モーガンとランスが待っているあいだに、地平線が灰色からピンクに変化した。十分後、ブロディとステラが戻ってきた。

「疲れているでしょうから、調書を取ったらお帰りいただいて結構です」ブロディがモーガンについてくるよう合図し、三メートルほど離れたところへ連れていった。

ステラがランスに言った。「何があったか話して」

ランスは、モーガンから電話がかかってきてから死体を発見するまで、その夜にあったことをすべて話した。ステラはメモを取ったあと、メモ帳をポケットにしまった。「姉のこと、お願いね」

「わかってる」ランスはうなずいた。

だが、供述を終えて戻ってきたモーガンは、背筋を伸ばし、顎を高く上げていた。

ふたりはジープに乗りこんだ。ランスはエンジンをかけ、ヒーターをつけると、デーン家へ向かった。モーガンは黙りこんでいた。家に着くなり、頬をつねって髪を撫でつけてから車を降りた。

ふたりが玄関にたどりつく前に、険しい顔をしたアートがドアを開けた。問いかけるような視線をランスに投げかける。

ランスは首を横に振った。「あとにしてください」

長年警察官だったアートは、理解してうなずいた。

ランスとモーガンは玄関で泥だらけの靴を脱いだ。キッチンから甲高い話し声が聞こえてくる。ランスはモーガンのあとについてキッチンへ行った。朝食をとる三人の子どもたちはプラスのエネルギーを放っていて、快い眺めだった。

　娘たちはテーブルに着き、エヴァはシロップでびしょびしょになったパンケーキにかぶりついていた。ミアは積み重ねたパンケーキにバターを塗っている。一日三食のオート麦入りシリアルで生き延びているらしい小さなソフィーは、食事に手をつけていなかった。紫色のレギンスと蛍光グリーンのTシャツ、左右でそれぞれ異なるブルーの色合いの靴下を身につけている。髪は落ち葉を吹き飛ばして集める機械《リーフブロワー》でセットしたかのようにふくらんでいる。食事をする代わりに、紙にスティックのりを塗りつけ、その上で銀色のラメ粉が入った小さな容器を振っていた。ソフィーは最近、ラメに夢中なのだ。

　ジャンナがコンロの前に立ち、パンケーキの生地をお玉ですくって熱したフライパンに移していた。

　モーガンが入ってくるや、子どもたちは「ママ！」と叫びながら駆け寄った。

「おはよう、みんな」モーガンは三人をまとめて抱きしめ、心からの笑みを浮かべた。

モーガンが椅子に腰かけると、子どもたちは彼女を取り囲み、おしゃべりが過熱した。ランスは頭が混乱したが、モーガンは三人の話を同時に聞けるようだ。今朝あったことを聞いているうちに、彼女は穏やかな表情になった。朝からどうしてそんなに話すことがあるのか、ランスは不思議だった。

「おはよう、ランス」エヴァが椅子に座り直して言った。ミアはさっとランスを抱きしめてから、朝食に戻った。

ソフィーはキッチンを横切り、ランスの前で立ちどまると、すべてを見通すような大きな青い目で彼を見上げた。冗談でなく、ソフィーは歩く嘘発見器だ。「ママが悲しそう」

ランスを責めているのだ。

「ああ」ランスは慎重に言った。

「すぐ元気になる？」つまり、〝どうするのか？〟ときいている。

「そうだといいな」

「うん」ソフィーは三歳児とは思えないほど重々しくうなずいた。

「もう行かないと」骨の髄まで疲れきっているのは、徹夜したからだけではない。未来ある若者が無惨にも殺されたせいだ。

モーガンが玄関まで見送ってくれた。「いろいろありがとう」

「どういたしまして」ランスはドアの外に出た。「何かあったら電話してくれ」

「そうする」

ランスは町にある小さな自宅へ帰り、私道に車を停め、寝室がふたつある平屋に入った。混沌《こんとん》としたモーガン家と比べると、がらんとしていて空虚に感じる。まさか三人の小さな子どもたちの絶え間ないおしゃべりが恋しくなるとは思わなかった。

寝室で服を脱ぎ、バスルームへ行った。冷たいシャワーを浴びて、頭をすっきりさせる。五分後、体を拭いて服を着たあと、ベッドを見つめた。今朝の犯行現場が頭から離れないうちは、眠らないほうがいいだろう。ダイニングルームにあるピアノの前に腰かけたものの、弾く気にはなれなかった。誰もいない寒々しい部屋で、壁を見つめてただ座っているつもりもない。

土曜日だが、仕事で気晴らしをしたかった。

鍵をつかんで家を出た。職場までは六ブロックしか離れていない。通勤時間は三分未満だ。

事務所に現れたランスを見て、デスクに着いていたシャープが言った。「ひどい顔をしてるぞ」

「それはどうも」ランスは奥にあるキッチンへ行った。「コーヒーはないのか？」

「副腎に負担をかけたいのか？」シャープが否定するような口調できいた。

「ああ」ランスは頭蓋底の辺りがずきずきした。

シャープがミキサーと葉物野菜を取りだした。「そんなことより、ゆうべの話を聞かせてくれ」

「もう知ってるんだろ」ランスは小さな木のテーブルの椅子に腰かけた。

「テッサ・パーマー、十八歳がスカーレット湖のパーティー会場近くで死体で発見されたというのは聞いた」シャープが最近気に入っているサツマイモの葉と、冷凍果実をミキサーに突っこむ。「発見したのはおまえさんとモーガン・デーンで、凄惨な殺人だったってことも」

ランスは息を吐きだした。「つまり、そういうことだ」

それでも、昨夜の出来事を詳しく話した。話が終わると、シャープはミキサーを動かし、できあがった気持ち悪い緑色の液体をグラスに注いだ。「抗酸化物質はストレスにきくんだ」

味は見た目ほど悪くないと知っているので、ランスはそれを飲んだ。「何か仕事はないか？」

「もちろんあるぞ」

ランスはシャープのあとについて自分のオフィスに入った。

シャープはマグカップをデスクに置くと、ファイルの山から一冊選びだした。「これだ。ジェイミー・ルイス、十六歳が二カ月前から行方不明になっている。スカーレット・フォールズ警察は手がかりをつかんでいない。母親が打ちひしがれている。家出したことは前にもあるが、警察が見つけられないのは今回が初めてだ」

ランスはファイルを手に取って開いた。二十×二十五センチのフルカラー写真に写っている少女と目が合った。学校で撮った写真だが、ジェイミーは笑っていなかった。しかめっ面で口がゆがんでいる。とはいえ、衝撃を受けたのはその目だった。怒りに満ちた挑むようなまなざしは、十六歳の少女とは思えない。

「これより穏やかな表情をした重犯罪者もいる」ランスは言った。

「たしかに」シャープが説明を続けた。「彼女は注意欠陥障害《ADD》と反抗挑戦性障害《ODD》だと診断され、八歳のときからさまざまな薬を処方されている。十二歳になる頃には薬を拒むようになり、アルコールやマリファナで自己治療していた。二年前、さらに双極性障害と診断された。両親は離婚し、お互いに相手のせいにしている。義理の親とは衝突が絶えない。母親は地元の人間だ。父親はカリフォルニアへ引っ越して再婚した」

「深刻な問題を抱えているみたいだな」

「ああ」シャープがため息をつく。「警察は町で彼女の足取りをつかめなかった。遠くへ逃げたと確信している。両親はその可能性も認めつつ、とにかく早く見つけてほしがっている」

ランスはファイルをざっと見た。シャープはジェイミーの母親に直接会って話を聞き、父親とは電話で話していた。さらに、ジェイミーの寝室を調べた。女の子っぽい女の子ではないようだ。クラシックロックと漫画が好きで、絵を描くのが得意だが、なかには不穏なスケッチもあった。「町を出たのなら、地元の警察にできることといったら、百万人の行方不明の子どもたちが登録されているデータベースに書き加えることとくらいだろう」

別の地区の警察に捕まったら、全米犯罪情報センター《NCIC》で検索される。ジェイミーは家出人として登録されているから、保護者のもとへ帰される。

「おれは何をすればいいんだ？」

「ジェイミーのＳＮＳのアカウント情報を入手した。行方不明になってからはアクセスしていないが、いまの子たちはなんでもＳＮＳに投稿する。いなくなる前の数カ月間の投稿を調べろ。何か手がかりが見つかるかもしれない。両親の知らない友達とか。彼女が行きたがっていた場所とか。怪しいネット上のつながりとか」

ランスはキーボードの上で指関節を鳴らした。「了解」

シャープがポケットから鍵束を取りだし、自分のオフィスを顎で示した。開いたドアの向こうに、壁際の黒革のソファが見える。「それと、昼寝をしろ」

「眠れないかも」

「今日はお袋さんのところへ行ってきたのか？」

「まだだ」死体を発見したあとで、母親の相手をする準備ができなかった。「昼寝したあとで行くかも」

一瞬の間のあと、シャープが言った。「おれが代わりに様子を見てこようか？」

ランスの母親の様子を見に行くのは、ちょっと訪問するのとはわけが違う。シャープは、不安症の母が自宅に入ることを許す数少ない人物のひとりだ。シャープがいなければ、去年の秋、ランスが入院しているあいだに、母を訪ねたり、グループセラピーに連れていったりしてくれる人は誰もいなかっただろう。

「いや、自分で行くよ。気を遣ってくれてありがとう」

「気が変わったら連絡しろ。それから、裏口のボウルに水を入れておいてくれ」

シャープがそう言って出ていった。

ランスは裏口へ行った。野良犬がぱっと階段の下に隠れ、白と黄褐色の痩せた体が一瞬だけ見えた。ボウルをキッチンへ持っていき、水を注いで裏口に戻した。犬は痩せていたし、餌のボウルもからだったので、ドッグフードを少し入れてやった。彼を見守る犬の目が輝いていた。

「シャープはそんなに悪い人間じゃないぞ。ぶっきらぼうに見えるが、喜んできみの奴隷になる」

犬は信じなかった。

ランスは自分のオフィスに戻ると、ワイヤレススピーカーでクラシックロックのラジオを流し、パソコンの前に腰を据えた。ファイルをめくって親の情報が載っているページを開く――ティーンエイジャーの遺体の映像を頭から追いだせるならなんでもいい。

三時間かけて調べ物をしたら、どっと疲れが出た。ジェイミーのSNSのアカウントからは何も見つからなかった。彼女の病歴を考えると、両親にオンライン活動を監視されている可能性が高い。ジェイミーはおそらくそれを知っていて、投稿を控えているのだろう。

ランスはコーヒーとドーナツを買いに行こうと思った。いま眠れば、テッサ・パーマーの遺体が夢に出てくるだろう。だが、玄関へ向かう途中で太腿に鋭い痛みが走り、ランスは引き返した。キッチンへ行ってプロテインシェイクを飲んでから、ソファに横になった。

悪夢に——ほかの何ものにも回復の邪魔はさせない。

ところが、安眠を妨げたのはテッサではなかった。夢に出てきたのはモーガンだった。自分を苦しめる力を持つのは彼女だと、ランスは夢のなかでさえ理解していた。

7

水曜の午後、ランスはジープに寄りかかって、ジェイミー・ルイスの親友を待っていた。トニー・アレッシ、十七歳はハイスクールを中退し、ボウリング場で働いている。警察もジェイミーの両親も、彼から情報を引きだすことはできなかった。だが、権威を持たないランスが相手なら、何か話してくれるかもしれない。ジェイミーの行き先を誰かが知っているはずだ。ティーンエイジャーなら友達が知っている。

駐車場を横切るトニーを、簡単に見つけられた。百九十センチの長身に加えて、赤と青に染めた長さ十センチのモヒカン刈りは、どこにいようと目立つ。まるでオウムみたいだ。

ランスはジープから離れた。「やあ、トニー!」

トニーは名前を呼ばれて振り返った。破れたジーンズとラモーンズのヴィンテージTシャツを身につけている。

「ジェイミー・ルイスと仲がいいんだよな」ランスはノーズリングや、ディナープレートくらい大きなイヤーゲージをつけたトニーの顔をじっと見た。

その目は鋭く、警戒の色が浮かんでいた。「ああ。だからどうした?」

「彼女を捜してるんだ」

「なんで?」

ランスは名刺を渡した。「先週起きた事件のことは知ってるだろう?」

トニーはうなずき、唇を引き結んだ。「ああ。テッサとはそれほど親しくなかったが、あんな目に遭ういわれはない」

「ああ。まだ犯人が捕まっていないのに、ジェイミーがひとりぼっちで外にいるとは考えたくないな」ランスは言葉に含みを持たせた。

トニーが両手を上げて背中をそらした。「おいおい、ダチを警察に売るようなまねはしないぜ」

〝つまり、ジェイミーと会っているのだ〟

「おれは警察じゃない」ランスは言った。「ジェイミーの両親が死ぬほど心配してるんだ。殺人事件のニュースが流れるたびに、ジェイミーの身に何かあったらと思うみたいで」

ランスもそうだった。土曜の朝から、テッサ・パーマーの遺体が頭から離れない。ジェイミーの身に恐ろしいことが起きる前に、なんとしても見つけたかった。路上の子どもはありとあらゆる犯罪者に狙われやすい。

「悪いが、おれは力になれない」トニーは言い張った。「あいつがどこにいるのか知らないんだ」

「ジェイミーに会ったら、おれに連絡するよう伝えてくれ」ランスはもう一枚名刺を渡した。「無事だとわかれば、親御さんも少しは安心するだろうから」

「わかった」トニーはそれをポケットにしまい、建物のなかに入っていった。

「よう、そこのおまわりさん」誰かに声をかけられた。

ランスはぱっと振り返った。おんぼろのトヨタの横に、赤毛の十代の少年が立っていた。小柄で痩せていて、日焼けした肌にそばかすが散っている。

「ジェイミー・ルイスを捜してるのか?」

「きみの名前は?」

「あんたは警官か?」

「違う」ランスは右腰につけた拳銃がシャツの裾に隠れているのを確かめた。どうしてみんな彼のことを警官だと思うのだろう?

「なら、あんたには関係ないことだ」

いまは午後一時。子どもは学校にいる時間なのだが。

「ジェイミーについて何か知ってるのか？」ランスはきいた。

「いくらだ？」赤毛《レッド》が片手を差しだし、指をひらひら動かした。

ランスは財布から二十ドル札を取りだした。

レッドは首を横に振った。「そんなはした金じゃ足りない」

ランスは二十ドル札をしまって、五十ドル札を抜いた。レッドが手を伸ばしたが、ランスは少年よりはるかに大きい。紙幣をレッドの手の届かないところに掲げた。

「何を知ってる？」

レッドはいらだたしげにため息をつき、彼の車よりも高そうな携帯電話を取りだすと、スクロールした。「先週の木曜の夜に湖で大きなパーティーがあったんだ」

ランスは背筋を伸ばした。「それで？」

「ジェイミーも来てた」レッドが携帯電話を差しだした。音を消した動画が再生されている。ふたりの少年がど突きあいながら口論していた。

レッドが画面を指で叩いた。「うしろを見ろ」

ふたりの少年を、子どもたちが取り囲んでいる。喧嘩をあおっているように見えた。

レッドが一時停止ボタンを押した。「ジェイミーがいる」

「このなかにほかに知ってる子はいるか？」ふたりの少年に焦点を合わせてあり、背後に映っている人々はぼやけている。ランスは誰の身元も特定できなかった。もっと大きな画面で映像を見る必要がある。

「おい、おれは告げ口なんてしないぞ」

ランスは五十ドル札を振った。「動画を送ってくれるか？」

レッドが目をぐるりとまわした。「ユーチューブにアップされてる。好きなようにすればいい」

ランスはURLを控え、金を渡した。

「悪いな」レッドは紙幣と電話を受け取った。

レッドが車に乗りこむあいだに、ランスはナンバープレートの数字を暗記した。五分もあれば、レッドの身元を特定できるだろう。

ランスは事務所へ行った。シャープはデスクでパソコンを使っていた。ランスも自分のオフィスで折りたたみ椅子に座り、パソコンに向かった。

「そんな小さな椅子で落ち着かないだろう？」廊下の向こうからシャープが声をかけてきた。

「平気だ。ミニマリストだから」パソコンの画面が光を放った。ランスはブラウザを開いてユーチューブにアクセスした。二十秒後、動画を発見した。「これを見てくれ」

シャープが部屋に来て、ランスの肩越しに動画を見た。ランスはレッドが止めたところで映像を停止した。「ジェイミー・ルイスか？」

「なんてこった」

「町を出たわけじゃなかったんだ」

「いつの映像だ？」

「木曜の夜」ランスは動画をもう一度再生した。レッドの姿も、トニーのモヒカン頭も見当たらない。とはいえ、拡大しても、背景の映像は不鮮明なままだった。

シャープが画面に顔を近づけた。「テッサ・パーマーが最後に目撃されたパーティーか？」

「ああ」ランスはふたたび映像を停止した。「テッサだ」

「警察はこの映像を見たのか？」シャープが体を引き、顎をかいた。

「さあ。ブロディに電話してみる」

「そうしたほうがいい。地元警察を敵にまわしたくはない。ホーナーは避けられない悪で、最悪の敵になり得る」

「くそったれだ。市長が選挙で負けてくれればいいんだが。そうしたら、たぶんホーナーもクビになるだろう」警察活動よりも政治を優先するホーナーの下で十年働き、ランスは嫌気が差していた。

「もっと悪くなる可能性だってある。見知らぬ悪魔よりもなじみの悪魔のほうがましだ」

「たしかに」

「喧嘩をしている少年たちの身元はわかっているのか？」

「黒髪のほうは、モーガンの家の向かいに住んでいる。名前はニック。テッサのボーイフレンドだ。もうひとりは知らない」ランスは画面を指さした。「今日アップロードされたばかりみたいだな」

もう一度動画を再生した。音量を上げてみたものの、子どもたちが〝やれ！　やれ！〟とあおりたてる声しか聞こえなかった。

ニックが怒りで顔を真っ赤にしながら、両手で少年を突き飛ばした。

「喧嘩の原因を知りたい」シャープが言う。「この前の映像もあればよかったな」

テッサがふたりの少年のあいだに割って入った。ニックはうしろへさがったが、もうひとりの少年がテッサのうしろにまわりこんでニックを攻撃しようとした弾みに、彼女にぶつかって地面に倒した。テッサが画面から外れ、何人かの少年が喧嘩を止めに入り、地面のロングショットで映像が終わった。

「少なくとも、先週の木曜の夜に、ジェイミーがまだ町にいたことは間違いない」シャープがドアから出ていきながら、振り向いて言った。「ジェイミーの両親に電話する。警察がユーチューブから動画を削除するかもしれないから、ダウンロードしておこう。五分待ってくれ」

「ジェイミーが生きているとわかって、親御さんはほっとするだろうな」

シャープが自分のオフィスに戻ったあと、ランスはブロディに電話をかけたが、相手は出なかった。メールボックスがいっぱいで、メールも送れない。廊下に出て、シャープのオフィスをのぞきこんだ。「ブロディが電話に出ないから署へ行ってみる。ダウンロードしたか?」

シャープがキーボードから顔を上げた。「ああ」

ランスは外に出て車に乗りこみ、タウンシップの建物へ向かった。スカーレット・フォールズ警察は、二階建てのコロニアル様式の建物の一階にある。二階は税務署と町役場が占めている。ランスはグレーのタイルが敷かれたロビーを横切り、受付へ行った。建物の外観は、青いニューイングランド風の羽目板と赤茶色の鎧戸《よろいど》が使われていて、家庭的で古風な趣があるが、なかに入ると、二十年前から改装が必要だったとわかる。

内勤の巡査部長が微笑み、顔にブルドッグのようなしわを寄せて挨拶した。「やあ、ランス。私立探偵の仕事はうまくいってるか？」

「ぼちぼちだ」ランスはカウンターに身を乗りだした。「待遇に問題はないか？」

「ああ」

「ちゃんとしないとぶっ飛ばすと、シャープに言ってやれ」巡査部長がにやりとした。

「ブロディはいるか？　連絡が取れなかったんだ」

巡査部長が声を潜めた。「ホーナーがまた記者会見を開いたから、市民からの〝情報〟が押し寄せているんだ」その情報のうち九十九パーセントは、結局、なんの役にも立たないだろう。

「かわいそうに」

「情報を選《よ》り分けようと努力しているが、人手が足りなくて」

「いつものことだろう」

巡査部長がため息をついた。「わかるだろ？　市民は〝刑事〟と話したがるんだ」

「じゃあ、ステラは？　パーマーの事件に関する情報があるんだ」

　巡査部長が禿《は》げ頭を横に振った。「いない。それに、ステラは事件の担当から外れた」

「本当か？」

「ああ」

「じゃあ、ブロディの相棒は？」ランスは制服警官時代、刑事を補佐したことがあった。

　巡査部長が周囲を見まわす。ロビーに人けはなかった。「ホーナーだ」

「なんだって？」最も予期しない答えだった。

「驚くよな」巡査部長が同意した。「でもそうなんだ。情報があるんならホーナーに話したほうがいい」

「そうだな」ランスは歯の根幹治療をするほうがましだと思った。

「ホーナーに伝える」巡査部長が受話器を取って、ホーナーの秘書と話をした。

「入っていいって」

「どうも」ランスはカウンターを迂回《うかい》し、入り口を通って、金属製のファイリングキャビネットが並び、パーティションで区切られた広々とした細長い部屋に入った。

制服警官がデスクで報告書を作成している。奥にあるホーナーのオフィスへ向かうランスに挨拶をした。ホーナーのブロンドの秘書が、マニキュアを塗った手を振ってなかに入るよううながした。「どうぞ」

ランスは礼儀正しくノックしてから部屋に入った。夕方になっても、ホーナーの糊《のり》のきいたネイビーブルーの制服にはしわひとつなく、いつものようにヘアスタイルもばっちり決まっていた。

「ランス、座ってくれ」ホーナーがデスクの向かいの椅子を勧めた。「元気そうだな」

「おかげさまで」ランスは椅子に腰かけた。「回復に時間がかかりましたが」

六月、銃撃事件から七カ月後にランスは職場復帰したのだが、早計だった。同僚についていけず、危険な状況に追いこんでしまった。脚が完治しない限り、二度と復帰するつもりはない。

「それはよかった。だが、辞めずに障害給付金に頼ってもよかったのに」ホーナーの髪が、まるでニスが塗ってあるかのように光を受けて輝いた――プラスチックみたいだ。エヴァのバービー人形の恋人のケンに似ている。

「当時は完治するかどうかわからなかったので、その気になれなかったんです。働くほうが性に合っていますし」

「その気持ちはわかるし尊重する」ホーナーがうなずいた。「さて、用件はなんだ?」

ランスはポケットから携帯電話を取りだした。「これを見てもらえますか」ユーチューブアプリを開いて、電話を渡した。「この動画のタイムスタンプによると、木曜の夜に湖で撮影されたもののようです」

ホーナーが映像を見て目を輝かせた。

「画面が小さくて見にくいですが、喧嘩を止めようとしているのがテッサ・パーマーです」ランスは言った。

ホーナーがL字型デスクの突出部に置いてあるデスクトップパソコンのほうを向いた。ブラウザを開いて動画にアクセスし、テッサがふたりの少年のあいだに割って入ったところで停止した。「片方はテッサのボーイフレンドのニック・ザブロスキーだな」

「そうです」

「どうやってこの動画を見つけた?」ホーナーがむっとして唇を引き結んだ。

「行方不明の高校生――ジェイミー・ルイスの調査をしていて、たまたま情報を入手したんです。動画は今日アップロードされたばかりです」ジェイミーはスカーレット・フォールズ警察に捜索願が出されているので、守秘義務に違反することにはならない。

「この映像の撮影者はわかっているのか?」ホーナーが尋ねた。

「いいえ」ランスはレッドのナンバープレートの数字をホーナーに教えるかどうか考えた。だが、警察は動画をアップロードした人物のアカウント情報を開示するよう、ユーチューブに命じることができる。一方、ランスはジェイミーを捜すうえでレッドからさらに情報を引きだす必要があるかもしれない。そういうわけで、とりあえず数字は教えないことにした。

「情報を提供してくれて感謝する。また何か見つけたら、連絡してもらえると助かる」ホーナーが手を差しだした。

ランスは握手した。「もちろんです」

「スカーレット・フォールズ警察署に三人目の刑事と、制服警官をさらに二名増やすよう要請したところだ。最近の犯罪の増加が予算の増加をあと押しするだろう。われわれは市長の全面的な支援を受けている。もちろん、選挙が終わるまで議会は承認を控えるだろうが、市長が再選されれば間違いなく認められるはずだ」

ランスは興味を抑えこんだ。「そうでしたか。パーマーの事件が早く解決するよう

光った。

「一週間以内に解決すると確信している」ホーナーの目が獲物を狙うようにきらりと

祈っています」

「容疑者が浮かんだんですか？」

ホーナーが髪と同様に完璧な白い歯を見せて微笑んだ。「いまはまだ、近々解決するとしか言えない。この映像は役に立つだろう。改めて礼を言うよ。ポジションが増えたあかつきにはきみのことを思いだそう。きみがいまでも刑事の仕事に興味を持っていればの話だが」

「考えてみます」ランスは言った。

数々の疑問を抱きながら、署長室を出た。車のなかからシャープに電話して、ホーナーとの会話の内容を伝えた。「ホーナーはどうして今回の事件に個人的な関心を持っているんだろう？」

「テッサ・パーマーの祖父母と知り合いなんだ。市長も。気取ったカントリークラブのお仲間だ。それに、ホーナーは世間の注目を浴びるのが大好きだからな」

「なるほど」ランスはホーナーからそれとなく復帰を持ちかけられたことを話した。

「あいつの下で働きたいとまだ思っているのか？」シャープがきいた。

「まあね」思っている。

「いいか、おまえさんは事件を選べない。復帰しても、ホーナーに顎で使われるだけだぞ」

「あんたに顎で使われる代わりにか？」

「ホーナーとおれを一緒にするのか？　ひどい侮辱だ」シャープが言い返した。

「ホーナーがステラから事件を取り上げたのは、自分と市長の名を売るためだとわかってるんだろ」

「近々犯人を逮捕すると、ホーナーはほのめかしていた」

「ああ。ＤＮＡ鑑定の結果を待っているところだそうだ」

「誰から聞いた？」

「おれには情報源がある」シャープはかつての警官仲間が集まる地元の飲み屋に週に何回か通って、情報を入手している。〈ザ・パブ〉はシャープのためだけにオーガニックエールを置いている。

「この車の所有者を調べてくれ」ランスはレッドの車のナンバープレートの数字を伝えた。

「わかった。結果をメールする」ビープ音が鳴り、シャープが言った。「キャッチホンが入った。パーティーに参加していた子たちの身元をできるだけ突きとめろ。ジェイミー・ルイスが隠れている場所を知っているかもしれない」

「了解」ランスは電話を切り、コンソールの上に置いた。映像に映っていたなかで確認できたのは三人――テッサ、ジェイミー、ニック。そのなかで話を聞くことができるのは、モーガンの隣人のニックだけだ。ランスはモーガンの家に向かって車を走らせた。

8

キッチンの窓に雨が打ちつけている。モーガンはコーヒーを飲みながら、地区検察局と人事部から送られてきたメールを読んだ。雇用契約書や保険契約書に記入していると、仕事に復帰するのだという実感がわいてくる。そして、家の外のことに対する興味もわずかながらわいた。

隣でソフィーが、小さく三角に切ったピーナッツバターとジャムのサンドイッチを食べながらお絵描きをしている。モーガンはその絵をちらりと見た。荒々しい色どりの弧。ソフィーらしい。

突然、新たな悲しみと怒りが込み上げた。

かつてはテッサも、キッチンのテーブルでお絵描きをする小さな女の子だった。幸福な長い人生を送るはずだった。

モーガンはまばたきして、遺体の映像を振り払った。毎晩、テッサの遺体が夢に出てくる。

「お昼寝の時間よ」モーガンは言った。

ソフィーがいびつな虹の絵から顔を上げた。いつものごとく、もつれた髪が顔の周りで揺れている。「もう大きいからお昼寝しない」

モーガンは聞き流した。「その虹は冷蔵庫に飾っておくわ。行くわよ」

ソフィーは椅子から滑りおり、のろのろと寝室へ向かった。とはいえ、午前中に保育園へ行ったせいで疲れていて、数分後には眠りについた。顔が紅潮している。九月病だろうか。モーガンは数分間、ソフィーの寝姿を見守った。いまはまだ寝ている時間が長い。バラのつぼみのような口が緩んでいて、起きているときはめったに感じさせない無邪気さが伝わってくる。

もうじきソフィーは昼寝を必要としなくなるだろう。姉たちのように、『おやすみなさいおつきさま』を繰り返し読むことも、トーストをまったく同じ三角に切る必要もなくなる。そんな安らかでささやかな時間を、モーガンは懐かしむようになるだろう。

モーガンは忍び寄る悲しみを押し戻した。

人生は変化する。前に進んでいるのだ。

寝室のドアを少しだけ開けたままにして、リビングルームに戻った。リクライニングチェアに座っていた祖父が、iPadを脇に置いた。「お手上げだ。防犯カメラが作動しないいんだ。明日にでも点検しなきゃならない」モーガンは梯子《はしご》をのぼる祖父を想像して言った。「警備会社に連絡すればいいじゃない。そのためにお金を払っているんだから」

「そうだな」祖父がモーガンをじっと見た。「大丈夫か？　数日間家から出ていないだろう。不健康だ」祖父は常に率直に話す。「ランスに折り返しの電話もかけていないんだろ？　おまえのことを心配してるぞ」

そのとおりだ。おそらくテッサの噂話《うわさばなし》をしたがっている、隣人からのメールも無視している。

祖父が眉根を寄せた。「テッサの死について話しあうことさえしていない」

モーガンはその話をしたくなかった。考えたくない。テッサが殺されたことを頭の隅に追いやり、悲しみに浸っていた。けれども、頭から消し去ることはできなかったので、この数日はインターネットを使うのを避け、工芸や子ども向けアニメで気を紛らしていたのだ。

「感情を内に秘めるのはよくない」祖父の声は優しかった。「セラピーはどうなったんだ？」

「もう通っていないの。効果がない気がしたから」モーガンは進歩したくなかったのだ。

祖父が片手を伸ばしてモーガンの手に重ねた。「それなら、新しいセラピストを探せばいい」

モーガンは作り笑いをした。「仕事に復帰したらきっと元気になるわ。自分のことをきちんとしなきゃ」

祖父は納得していない様子だった。

モーガンは立ち上がった。「そういうわけで、ソフィーが目を覚ます前に書類仕事をすませてしまうわ」

ところが、キッチンにたどりつく前に呼びとめられた。

「これを見ろ」祖父がテレビの音量を上げた。リクライニングチェアの脚部を押しさげ、身を乗りだす。

演壇の片側に集まっている警察署長と市長、地方検事が映っていた。旗が飾られた演壇の反対側の後方にブロディが立っている。

ホーナー警察署長が演壇に上がった。「わたしのうしろにいるのはブライス・ウォルターズ地方検事、リッチ・ディグリオ市長――」そこで反対側に視線を移した。「そして、スカーレット・フォールズ警察のブロディ・マクナマラ刑事です」カメラマンがシャッターを切り、フラッシュがたかれた。

モーガンはソファに戻って、浅く腰かけた。

ホーナーが大勢のマスコミに向き直った。「テッサ・パーマー殺人事件の捜査に進展がありました」

記者が前方に押し寄せ、マイクを差しだしながら大声で質問した。

ホーナーが片手を上げて制した。ざわめきが小さくなる。「土曜日の早朝、スカーレット・フォールズ警察は残虐な性的暴行を受け、殺害された被害者を発見しました」

〝性的暴行〟という言葉を聞いて、モーガンはたじろいだ。知らなかった。

ホーナーが言葉を継ぐ。「被害者の若い女性は、スカーレット・フォールズ在住のテッサ・パーマーさんと判明しました。木曜午後十時半から金曜午前四時のあいだに殺害され、遺体はスカーレット湖の近くに遺棄されました。われわれはこの凶悪犯罪を徹底捜査しています。主任捜査官のマクナマラ刑事がご質問にお答えします」

ブロディにマイクの前に立つよう身振りでうながした。

ブロディは指示に従ったものの、うれしそうではなかった。

記者が叫んだ。「マクナマラ刑事、容疑者がいるんですよね」

ブロディが首を横に振る。「参考人はいますが、現時点では誰も逮捕の段階には至っていません」

別の記者がマイクを掲げた。「スカーレット・フォールズに連続殺人犯が現れたと思いますか？」

「いまの段階ではまだ——」

「ありがとう、マクナマラ刑事」ホーナーがさえぎった。礼儀正しくうなずきながらも、ブロディの首を叩ききりたいと思っているような顔をしている。「この事件が個人的な怨恨によるものでないと考える理由はありません」

「スカーレット・フォールズに住む女性たちはいつも以上に用心すべきですか？」また別の記者が叫んだ。

「女性住民は常に周囲への警戒を怠らないようご忠告しますが、現時点では特別な注意をうながすことはありません」ホーナーがひと息ついて、群衆をさっと見まわした。「本署は、この町の住民に衝撃を与え、戦慄させた事件を速やかに解決できるとわたしは確信しています」

記者会見が終わりに近づくと、祖父はテレビの音量をさげた。「ホーナー署長は出たがりだな」

「市長が再選されなければ失職するわ。連続殺人犯が町に現れたなんてことになったら、再選も遠のくでしょうね」

警察署長は市長と市議会に雇用される。町の指導者が変われば、ホーナー署長は新たな陣営に解雇される可能性がある。

「犯人を迅速に逮捕するよう市長が強い圧力をかけるだろう」祖父が言う。「選挙まであと六週間しかない」

「何かしなきゃいけないような気がするの」

「たとえば?」

「わからないけど、テッサを殺した犯人が捕まってほしい」五分前、モーガンはテッサの死について話したくなかった。けれども突然、ニュースから目をそらすのは臆病者のすることだと感じるようになった。

「来週から犯罪者を刑務所に入れる仕事に戻るんだろう」

「待てないわ。それより、どうしてステラは記者会見に出なかったの?」モーガンはきいた。妹はブロディと一緒に現場へ現れたのだ。「いつもホーナーは、カメラの前にあの子を立たせたがるのに」

「さあな。捜査中なんじゃないか?」

「電話してみる」モーガンは短縮ダイヤルで妹に電話をかけた。

ステラは二回目の呼び出し音で電話に出た。「モーガン?」

「ねえ、記者会見を見たわ。あなたはどこにいたの?」

「ホーナーに事件からおろされたの」風の音で、ステラの声がかき消された。

「何?」

「ちょっと待って。ここは風が強いから、車のなかで話す」ドアが閉まる音がし、風の音がやんだ。ステラが言葉を継ぐ。「事件から外されたの。わたしは関係が近すぎるからって」

「被害者が知り合いだったのは、これが初めてじゃないでしょう。小さな町なんだから。しかたないことよ」

「そうだけど」ステラがためらった。「それだけじゃない気がするの」

「どういうこと?」

「取り調べを受けた人の半分が知り合いだった」ステラが声を潜める。「事件から外されたのは、わたしが被害者じゃなくて、犯人と知り合いだからかもしれない」

統計的に、男性の殺人の被害者は見知らぬ人に殺される可能性が高いが、女性の場合、犯人はたいてい知人だ。スカーレット・フォールズは小さな町だ。たぶん、テッサは知り合いに殺されたのだろう。

モーガンは電話を切って置いた。リビングルームの窓の外の動きに目を引かれる。三台のパトカーがザブロスキー家の私道に乗り入れた。二台は白黒パトカーで、一台は覆面パトカーだ。

「どうした?」

「通りの向こうにパトカーが停まってるの」覆面パトカーからブロディが降りてきた。

「ニックに話を聞きに来たんだろう。テッサのボーイフレンドだったんだから」祖父がやっとのことで立ち上がり、窓辺に来た。ブロディが玄関へ行く。バドがドアを開けると、ブロディは折りたたんだ紙を手渡した。

「令状を持ってきているな」祖父が言った。

モーガンは玄関へ向かった。

祖父が顔をしかめる。「関わらないほうがいい。来週から検察局で働くんだぞ」

「様子を見に行くだけだから」

モーガンは心配に駆られ、通りを横切った。川沿いの区画はそれぞれ数エーカーあり、家々は遠く離れている。ザブロスキー家は平屋で寝室がふたつある簡素な長方形の家だ。そこから川は見えないものの、景観にこだわっている。アイルランド風の緑の芝生やオークの高木が生えた前庭は、まるで公園のようだ。ニックは若いのに腕がいい。

モーガンはれんがの歩道を進んだ。玄関前の階段にたどりつく前に、バドがドアを開けた。

「電話しようと思ってたところだ。どうすればいいかわからなくて」町のスピーディー・ループ（自動車整備業者）で店長をしているバドは、赤いロゴ入りのポロシャツと黒のズボンを着たままだった。

ザブロスキー家の事情はよく知らないが、ニックが小さい頃からバドがひとりで育てていたようだ。祖父の家の向かいに引っ越してきてから十年経つのに、母親の話が出たことは一度もなかった。

芝生と同様に、家のなかもきちんとしていた。家具は黒革やオークをたっぷり使った男所帯らしく簡素なもので、装飾品は写真立てと、ニックが高校時代にチェスで獲得した数個のトロフィーだけだ。ブロディは部屋の真ん中に立って、三人の制服警官に指示していた。四人とも手袋をはめ、ソファのクッションをどかしたり、家具をひっくり返して引き出しの下面を調べたりしている。

バドはキッチンへ向かった。ニックがテーブルに着き、両手を組みあわせて指が白くなるほど握りしめていた。驚きと悲しみ、恐怖の入りまじった表情を浮かべている。五人目の警察官が戸口に立って、ニックを監視していた。

バドが書類をモーガンに渡した。「これを警察に渡された。おれたちは土曜日に警察署へ行って、ニックが取り調べを受けたんだが、そのあと何も連絡はなかったんだ。それで終わりだと思っていた」

モーガンはフェリシティと話したときのことを思いだした。警察は木曜の夜のパーティーに参加していた子たちを全員調べたのだろうが、テッサのボーイフレンドのニックは、特に関心を持たれただろう。書類を開き、習慣的に名前と住所、その他の情報に誤りがないか確認した。ニックとバドの車それぞれに捜索令状が出されている。下のほうに記述された押収物を読む――ナイフ、衣類、証拠となる体液、繊維……。

警察はニックがテッサを殺したと考えているのだ。単なる容疑者ではない。第一容疑者だ。

家と土地、ニックが造園業の用具を保管している大きな物置小屋も捜索の対象に含まれていた。ニックのパソコンと携帯電話も押収された。

モーガンはニックを見た。木曜の夜にテッサを惨殺し、その翌日に何事もなかったかのようにモーガンの家に来て、祖父とチェスができたとは思えない。とはいえ、あの日ニックはどこかうわの空だったし、金曜の夜に家を訪ねてくるのはめずらしいことだった。

「ニック？」モーガンは隣の椅子に腰かけた。

ニックはうつむいたままで、肩をこわばらせている。

モーガンは戸口に立っている警官をちらりと見て、声を潜めた。「土曜日に取り調べを受けたの？」

ニックが顔を上げた。その目に浮かんだ傷ついた表情を見て、モーガンははっとした。

ニックがうなずいた。「警官がふたり家に来て、警察署で話を聞きたいと言われたんだ。パトカーで連れていかれそうになったけど、親父《おやじ》が送ってくれた」

土日に大勢を尋問して、目撃者と容疑者を選り分けたのだろう。

「どうだったの？」

「別に問題ないと思った」ニックが目を伏せた。「でも、違ったみたいだ」

「ミランダ権利の告知は受けた？」

「ああ」

ミランダ権利は通常、目撃者ではなく容疑者に読み上げられる権利だ。警察は最初からニックに的を絞っていたのだ。それだけならさほど憂慮すべきことではないが、捜索令状を執行するには相当の理由を確立する必要があるから、警察はニックが犯人だという確信を持っているのだろう。相当の理由に関する宣誓供述書は添付されていなかった。捜索を早めるため、二十四時間以内に宣誓供述書が添付されるという了解のもとで裁判官が令状にサインする場合がある。

だが、モーガンはいますぐ証拠の程度を知りたかった。

「尋問を受けるあいだ、弁護士を同席させられたことは理解していた？」モーガンはきいた。

「ああ。でも、必要ないと思ったんだ。協力したかった。警察に見つけてほしかった……」ニックが目に込み上げる涙をまばたきしてこらえた。「テッサにあんなことをしたやつを」

「取り調べをした警察官の名前は？」

「質問をしたのはホーナー署長だ。でも、リビングルームにいる刑事もその場にいた」

つまり、ステラが事件から外されたのは、第一容疑者であるニックの知り合いだからに違いない。

「弁護士の立ち会いなしで、これ以上何も話してはだめ」モーガンは言った。

「おれは何もしていない。どうしておれが……」ニックが言葉を詰まらせた。

「ニック、弁護士の立ち会いなしで、これ以上警察の質問には答えないと約束して。大事なことよ」

「ああ、いまならわかる」ニックが視線を上げた。「口のなかを綿棒でこすらせたのもばかだったんだろうな。でも、心配することは何もないと思ったんだ。テッサを傷つけてなんかいないんだから」目からこぼれた涙を、ぐいっとぬぐった。

モーガンは胃がむかむかした。警察は土曜日にニックのDNAを採取したのだ。警察はどれだけの証拠を握っているのだろう?

モーガンは罪悪感に駆られた。この数日間、現実から目をそむけていた。ニックが取り調べを受けることになるのはわかっていたのに。声をかけてやればよかった。

「外に出てもいいですか?」モーガンはニックを見張っている警官に尋ねた。「ここにいても邪魔でしょうから」

警官はうなずき、うしろにさがってモーガンとバド、ニックを通した。そして、ニックのあとにぴったりついてきた。前庭の芝生へ出ても、状況は改善しなかった。さらに一台パトカーが増えていて、二名の警官が屋外を調べている。

ニックが拳を握りしめ、体をこわばらせた。泣くのを必死でこらえているように見える。外へ連れださないほうがよかったのかもしれないが、あのまま警察に家宅捜索されるのを見ていても、動揺するばかりだ。

「大丈夫だ、ニック」バドの声は落ち着いていた。

ニックは首を横に振った。警察官は庭を歩き、定期的に立ちどまってしゃがんでは芝生を調べている。ニックの苦しむ姿を見て、モーガンは胸が痛んだ。いつもはおっとりした青年なのに。

警察官たちが家の反対側へまわり、姿が見えなくなった。バドはそわそわと歩きまわり、モーガンは木に寄りかかり、ニックは芝生の中央に突っ立っていた。二十分が経過した。

「ブロディ！」家の側面から警官が走ってきた。

ブロディが外に出てきて、家の反対側へ向かった。数分後、三人のいるほうへ戻ってきた。険しい目をしている。モーガンをちらりと見た。気が重そうだ。

ニックの前で立ちどまった。「ニック・ザブロスキー、テッサ・パーマー殺害容疑で逮捕する」

ニックの体が震えた。真っ白な顔で、口をあんぐり開ける。「違う」

手錠を持った制服警官が前に出た。「向こうを向いて、頭のうしろで手を組め」

ニックは命令に従わず、あとずさりした。「違う。何かの間違いだ。おれはテッサを傷つけたりなんかしない。おれはやってない」

「ちょっと待ってくれ」バドが言う。

「向こうを向け」警官が手を伸ばした。

その手が腕に触れた瞬間、ニックはびくっとし、逃げようとして脚がもつれた。警官がニックに飛びかかってうつぶせに組み伏せ、背中にまたがった。

「やめろ！　おれに触るな」ニックが怯《おび》え、地面に向かって叫ぶ。

モーガンは絶望に襲われ、目に涙が込み上げた。

「ニック、落ち着いて」モーガンは言った。「抵抗したら状況が悪化するだけよ。おとなしく協力すれば、もっと楽になる」

ニックは動かなくなったが、これから起きることが決して楽でないのは、みな知っていた。

9

〝いったいなんの騒ぎだ？〟

ランスはモーガンの家の前の路肩に車を停めた。通りの向かいにあるニックの家の私道に、パトカーが四台停まっている。テレビ局のバンも来ていた。レポーターとカメラマンがマイクを持ったネズミのごとく、芝生の上をあわてて走っている。

前庭の中央で、警官が男を地面に押さえつけていた。その警官に、赤いシャツを着た男が飛びかかろうとした。〝ニックの父親か？〟モーガンが男の前に立ち、両手で胸を押して止めた。

レポーターが髪を振り払い、マイクを持ち上げ、カメラのレンズで口紅をチェックした。警官が手錠をかけられた男を引っ張って立ち上がらせた。

〝くそっ〟ニックだ。

ランスは状況を理解し、ぞっとした。

ニックがテッサの殺害容疑で逮捕されたのだ。

ニックが抵抗するのをやめた。体をこわばらせ、まるでスイッチが切れたかのように無表情だった。

ランスは車から降りた。テッサ・パーマーの事件に関わるつもりはない。モーガンもそれはできないはずだ。彼女が第一容疑者の自宅にいることを知ったら、地方検事はよく思わないだろう。

「いやーっ!」背後から甲高い叫び声が聞こえた。ランスはぱっと振り返った。ソフィーが玄関の階段を飛びおりてきた。ジャンナが追いかけてくる。

「ソフィー、行っちゃだめ!」ジャンナが叫んだ。

ソフィーの顔は恐怖と怒りに満ちていた。ランスはすばやく左に移動し、ソフィーの腰に片腕をまわしてつかまえた。

「いやーっ!」ソフィーがわめく。「ニックをいじめないで。やめて!」

ランスはソフィーを抱えて抱きしめ、視界をさえぎろうとした。もはや無意味だが。ソフィーはすでに最悪の部分を目撃してしまったのだから。

小さな拳がランスの胸を叩く。「おろしてぇっ!」

「しぃっ」ランスはきつく抱きしめ、背中をさすった。「大丈夫だから」

レポーターがランスを指さすと、カメラマンがさっとこちらを向いて彼にレンズを向けた。ランスはソフィーを覆い隠し、カメラに映らないようにした。

通りの向こうで、ニックが引きずるようにしてパトカーへ連れていかれ、後部座席に押しこまれるのを、モーガンが打ちのめされた表情で見ていた。カメラマンがふたたびニックにカメラを向ける。モーガンは赤シャツの男から手を離した。男はくずおれ、片手で顔をぬぐいながら、モーガンの言うことにやたらうなずいた。

ランスはソフィーを連れて家のなかに入った。

「ありがとう」ジャンナが両腕を差しだした。

「落とさないように」ランスは身をかがめてソフィーを渡した。華奢《きやしや》な手足は驚くほど力が強かったものの、ソフィーはあらがうのはやめて泣きだした。「外に出さないで。マスコミのやつらに撮らせたくない」

ジャンナはソフィーの小さな体をしっかりと抱いて、家の奥へ向かった。ソフィーがジャンナの肩越しにランスをにらんだ。涙に濡れた顔は怒りで赤くなっている。絶対にランスを許さないだろう。

ランスは玄関の階段に立って状況を見守った。ニックを乗せたパトカーは姿を消していた。ブロディや警官たちは庭に集まっている。モーガンは赤シャツの男を隅のほうへ連れていき、話しかけ続けた。男の表情は苦悩と絶望に満ちていた。

モーガンは最後に男の腕に触れたあと、振り返ってランスに向かって歩いてきた。ランスも歩きだし、モーガンの家の私道の中央で行きあった。いつもは悲しみをたたえている彼女の目が怒りに燃えている。この数カ月のあいだ、モーガンが生き生きとしていて心からうれしそうに見えるのは、子どもたちと遊んでいるときだけだった。その奥には悲しみが潜んでいて、ひとりになると、落ちこんでいることが多かった。

「何があった？」ランスはきいた。

「血のようなものがついたナイフが見つかったの。物置小屋の裏に埋められていたそうよ」モーガンがランスの目を見た。それだけではないのだ。「洗濯かごからも、血のついたTシャツが発見されたわ」

「まさか」

赤シャツの男が走ってきた。「モーガン？」

モーガンは振り返り、手で示しながら簡単にふたりを紹介した。「ランス・クルーガー。バド・ザブロスキー、ニックのお父さんよ」

「何かの間違いだ」バドが言う。「ニックは人を傷つけるような子じゃない。血を見るのも苦手なのに。そのたびに吐くんだ。あいつには絶対に……」バドはニックが問われた罪を口にすることができなかった。「あんなことはできない。ましてや、テッサを傷つけるなんてあり得ない。彼女のことが本当に好きだったんだ」

バドが苦しそうに深々と息を吸いこんだ。「どうしよう。弁護士を雇う余裕がない」

「国選弁護人がつくわ」モーガンが言った。

バドはかぶりを振った。「頼りになるのか？」

それは誰が任命されるかによって決まる。いい国選弁護人も悪い国選弁護人もいるが、それ以前に全員働きすぎだ。

「わからない」モーガンは嘘をつかなかった。

「家を抵当に入れてみるが、たいした金にはならないと思う。ニックが事業の用具を買うとき、第二抵当に入れたんだ。いい弁護士を知ってるか？」バドがモーガンにきいた。

モーガンはうなずいた。「何人か教えるわ」

「助かる。とにかくやってみないと」バドが首を横に振る。「住宅抵当会社に電話してみる」急いで家へ戻った。

モーガンは玄関の階段に腰をおろした。ポケットから携帯電話を取りだしてスクロールする。「家を抵当に入れたとしても、一流の刑事事件弁護士の費用は高くて大変よ」

「そもそも、引き受ける弁護士がいるか？　ナイフから検出されたＤＮＡがテッサと一致したら……」

「わかってる」

「有罪かもしれないぞ」ランスはニックのことをあまりよく知らなかった。

「違う」

「どうして言いきれる？　ブロディが逮捕したのなら、確実な証拠がたった数日の捜査で見つかったってことだ」

モーガンが顔を上げた。「数週間前、お祖父ちゃんが庭仕事をしていて剪定《せんてい》ばさみで指を切ったとき、ニックがそばにいて、血をひと目見ただけで吐いたのよ。反射的に」

「それだけじゃ弁護できない」

モーガンが立ち上がって、ズボンについた埃《ほこり》を払った。「疑惑の影にはなるでしょう。それを否定するの？」

「かなり薄い影だ」

「まだこれからよ。事件について何もわかっていないんだから。ＤＮＡはテッサと一致しないかもしれない」

「血のついたナイフが裏庭に埋めてあったんだぞ」

モーガンが体をこわばらせた。「もしニックがテッサを殺したのだとしたら、凶器を持ち帰るなんておかしいわ。テッサは湖畔で殺されたのよ。ナイフを湖に捨てていくことも、現場に置いてくることもできた。ガールフレンドを殺すのに使った凶器を家に持って帰るのなんてばかだけよ」

「ほかにもいる」ランスは反論した。「初めて罪を犯した人間だ。パニックになった人間。犯罪者はへまをする。だから捕まるんだ」

「わかってるけど、ニックが人を殺したなんて信じられないの。お祖父ちゃんとチェスをして、子どもたちに絵本を読んでくれるような子なのよ」

だから、モーガンはこれほど取り乱しているのだ。ニックは地域社会の一員だった。モーガンはニックを信用していた。自宅に上げ、子どもたちに近づくことを許した。ニックが殺人犯だったとしたら、誰のことも信じられなくなる。

「ニックがかっとなったところなんて見たことない」モーガンが言った。

だが、あの動画に映っていたニックは激怒していた。

ランスは手を伸ばしてモーガンの腕に触れた。「信じたくない気持ちはわかるが、ブロディは優秀な刑事だ」

「そんなのわかってるけど、今回ばかりは彼が間違っているのよ」

そうなのか？　モーガンはニックのことをどこまで知っているのだろうか。それを言うなら、誰しも隣人のことを、閉じたドアの向こうで起きていることをどこまで知っているというのだ？

10

彼はテレビを消した。ニック・ザブロスキーがテッサを殺害した容疑で逮捕された。彼の計画がうまくいったのだ。喜ぶべきだが、現実味がなかった。

立ち上がって窓辺へ行った。すぐそこにパトカーが停まっているような気がした。だが、外の風景はいつもと同じだった。一匹のリスが芝生を横切り、木を駆けのぼった。

これで本当に罰を逃れることができたのか？

彼は両手を見おろした。何度洗っても、血の跡が取れないような気がした。拳を握りしめ、爪を手のひらに食いこませる。鋭い痛みが走った。

表を歩いても、誰にも正体を見破られないのが不思議だった。彼は自分が普通でないことに気づいていた。彼が夢見ていることを知ったら、みな身震いするだろう。彼は一生懸命、普通のふりをしていた。

木曜の夜、自制心を失ったあとは、その努力が報われた。落ち着きを取り戻して、すべきことをした。

いまは、何も問題がないふりをしなければならない。しかし、自分を偽るのが難しくなってきた。モンスターが普通にふるまうのは大変だ。

しばらく耳を澄ましたが、何も聞こえなかった。家には誰もいない。外にパトカーは停まっていない。彼の秘密を暴こうとする者はいない。

クローゼットへ行き、明かりをつけて、箱をいくつか脇にどけた。裏側の隅の絨《じゅう》毯《たん》を持ち上げたあと、床の一角をこじ開けた。なかに靴箱が入っている。彼はぞくぞくしながらその箱を取りだした。あれこれ入っている割には軽く感じる。

彼の秘密。

彼のなかの悪魔。

彼の罪。

箱を床に置き、蓋を開けた。写真のなかのテッサが彼を見上げる。彼はその写真を手に取った。ひと粒の涙がこぼれて写真を濡らす。怒りに駆られてそれを拭き取った。胸の痛みが増していく。

〝愛してる。ただ愛してほしかっただけなのに〟

彼女なしでどうやって生きていけばいいのだろう。

彼女は完璧だった。優しく純粋で、美しかった。

テッサは彼の愛に応えることはできないと言った。彼を拒絶しようとした。だが、自分に嘘をついていたのだ。どれだけ否定しようと、彼女も彼を求めていた。彼に逆らったのは、究極の裏切りだ。

しかし、テッサはもう死んでしまった。最初こそかっとなった自分を責めたが、よく考えると、彼女のせいでこんなことになったのだ。テッサは彼が短気だと知っていたのに、彼を追いつめ、脅した。彼に選択肢はなかった。彼女の自業自得だと気づいたら、楽になった。

挑発するほうが悪いのだ。

写真の山をぱらぱら見ていくと、一枚一枚に胸を刺されるような痛みを感じた。だが終わりに近づく頃には、痛みに慣れていた。写真を何度も見返して、動じずに見られるようになると、ふたたび箱にしまった。

箱の底から、彼女を殺した夜に切り落とした髪の房を引っ張りだした。指を通すと、何かかたいものに引っかかった。彼は髪を光にかざした。

血だ。

彼女が死んでしまったことをまたしても実感させられた。もうもとに戻ることはない。

彼は髪を握りしめた。クローゼットから離れてバスルームへ向かう。洗面台に栓をして水をため、シャンプーで髪を洗った。

そして部屋に戻り、髪を箱にしまった。箱を床の穴に入れ、床板と絨毯をもとどおりにした。ここに何を隠したか、誰にも知られることはない。

彼がしたことに誰も気づかないのと同じように。この計画がうまくいけば、彼が警察に疑われることは決してない。たしかに彼は自制心を失った。かっとなった。しかし、冷静さを取り戻してあと始末をした。

次は人生を立て直さなければならない。

テッサは死んでしまったが、彼は生きている。彼女がいなくなって寂しいなら、代わりを探せばいい。彼のなかのモンスターを満足させなければならない。

生きている限り、この欲求は消えないだろう。

邪悪な欲求。

欲求を満たしてくれる相手が必要だ。

11

頭がずきずきし、モーガンは目を覚ました。テッサの遺体を発見して以来あまり眠れないうえ、昨日ニックが逮捕され、夜中になるまで寝つけなかった。どうにかうとうとし始めると、テッサやニックや血の映像が浮かんできた。やがて、モーガンの子どもたちがテッサと入れ替わった。

ニックが罪を犯したと認められないのは、そのせいもあるだろうか？　殺人犯を子どもたちのいる家に招き入れたのだと、自分が殺人犯とテッサを引きあわせたのだと信じたくないから。

ベッドサイドテーブルの上の時計に目をやった。午前七時！　もう何年も、こんな時間まで寝たことはなかった。よろめきながら廊下に出て、子どもたちの寝室をのぞいた。誰もいなかった。ミアとエヴァは学校がある。準備はできているかしら？

キッチンへ行くと、流しに汚れたシリアルボウルが置いてあった。食事はすませたようだ。モーガンはコーヒーをマグカップに注ぎ、頭痛薬をのんでからふたたび子どもたちを捜した。

くすくす笑う声に導かれ、テラスに出た。フェンスで囲まれた裏庭で、子どもたちが朝日を浴びながら、大きなシャボン玉を追いかけていた。ジャンナが長い棒を振りまわし、きらきら光るシャボン玉を飛ばしている。

子どもたちは全員着替えていた。そして、奇跡的にソフィーの髪にブラシがかけられ、ツインテールに結ばれている。

モーガンはテラスのテーブルにカップを置き、裸足で階段をおりた。彼女に気づいて芝生を駆けてくる子どもたちを見ると、不思議なほど気分が高揚した。エヴァとミアを抱きしめる。跳び上がるソフィーをつかまえると、ソフィーがモーガンにしがみついてきた。

モーガンはソフィーの額に手を当てた。熱はないが、はなをすすり、鼻の下をぬぐっているところを見ると、風邪を引いたのだろう。

「見て」ソフィーが自分の頭を指さした。「ジャンナが子猫の耳にしてくれたの」

ソフィーの協力を得るためのすばらしい方法だ。

ソフィーは三つ数えるあいだ力いっぱいしがみついてから、地面に飛びおりて走り去った。モーガンは胸がいっぱいになった。子どもたちへの愛情に圧倒されるときがある。とりわけ、その笑顔にジョンの面影が見えたときは。

ジャンナがにっこり笑いながら近づいてきた。「やったわよ」

「すごいわ。今朝は子どもたちの面倒を見てくれてありがとう。寝坊するなんて信じられない」

「疲れてるのよ。おかげで楽しい時間を過ごせたわ」ジャンナがふたたびシャボン玉を飛ばした。

「あなたのほうこそ、子どもたちの世話で疲れ果ててしまうんじゃないかと心配なの」

「あたしは楽しんでる」ジャンナの目に涙が光った。「ここに来て初めて、本当の家族の一員になれたの。ここで暮らせて幸せよ。まるで夢のようで、いまだに信じられないの」

「夢じゃないわ」モーガンはジャンナの腕に触れた。「あなたが来てくれてわたしたちも喜んでいるわ」

ジャンナが目をしばたたき、涙をぬぐった。

「祖父を見なかった？」モーガンはきいた。

「買い物に出かけたわ。朝食をとって、シャワーを浴びたら？　あたしがミアとエヴァをバスに乗せるから」

「ありがとう。助かるわ」モーガンは楽しそうな子どもたちを最後にひと目見てから、家のなかに戻った。

熱いシャワーを浴びると、人心地がついた。服を着替え、髪をとかして歯を磨いた。キッチンに戻り、二杯目のコーヒーをカップに注ぐ。キッチンの窓の外にふと目をやると、私道の端で子どもたちとジャンナがスクールバスを待っていた。ミアとエヴァはピンクと紫色のバックパックを背負っている。ジャンナはソフィーの手を握っていた。昨日の出来事で、ソフィーが小さな足でものすごく速く走れることを思い知らされたのだろう。

モーガンは通りの向こうに視線を移した。ザブロスキー家は暗かった。ニックはどんな夜を過ごしただろう？　調書を取られ、郡拘置所に移送されたのか、それともまだスカーレット・フォールズ警察の留置場にいるだろうか。

玄関のドアが開いて、ソフィーがキッチンに飛びこんでくると、ほっとした。三歳児ほど気を紛らしてくれるものはない。すぐあとにジャンナがついてきた。

「今日、わたしは子猫になるの」ソフィーがぴょんぴょん飛び跳ねた。

それから数時間、三人で工芸の材料をあさり、去年のハロウィンで余った黒のフェルトを使ってお粗末な子猫の衣装を作った。朝の時間が穏やかに過ぎていった。祖父が帰ってきて、リクライニングチェアで居眠りした。正午になると、ソフィーはピーナッツバターのサンドイッチを三口食べてあとは残した。

玄関の呼び鈴が鳴り、モーガンはぎくりとした。ジャンナとソフィーをキッチンに残して、窓の外を見る。「バドだわ」

ジャンナがソフィーに手を差しだした。「そろそろお昼寝の時間よ。いますぐお部屋に行けば、絵本を二冊読んであげられるわ」テーブルの上のティッシュを一枚引きだしたが、ソフィーは鼻を拭かれる前に廊下へ飛びだした。

「ありがとう」モーガンはジャンナに言ったあと、玄関のドアを開けに行った。「どうぞ」

「いいのか？」バドが家のなかに足を踏み入れた。顔が青白く、暗い目をしている。

「無理しないでくれ」

モーガンは手を振って招き入れた。「ゆうべはどこにいたの？」

「うちの副店長の家のソファで寝かせてもらった」警察はバドの家を朝まで捜索したのだ。

らない」

「今日は家に戻れるの？」

バドがうなずいた。「まだなかには入ってない。何を持っていかれたのかすらわからない」

「押収品の目録をもらえるわ」モーガンは言った。「ニックはどうなったの？」

「今朝、罪状認否が行われたんだが、まったく予想外の展開になった。ニックが何もしゃべらなかったんだ。初めて会う弁護士が同席した。私選弁護人をまだ見つけてやれなくて。抵当会社に電話で申請したが、承認待ちだ。少なくとも、依頼料をまかなえるだけの価値があればいいんだが。貯金もあまりないし」バドはモーガンのあとについてキッチンへ向かった。「とにかく、ニックは有罪かどうかきかれもしなかった。たった数分ですべてが終わったんだ」

「ニックはクラスAの重罪で起訴された。最初の罪状認否は形式的なものなの。あとで答弁する機会があるから」

「ほとんど理解できなかった。裁判官は保釈金を百万ドルに決定した。保釈保障業者は、現金で十万ドル必要だと言った。おれにそんな大金は工面できない。抵当が承認されても、全部弁護士費用に消える。有罪が確定していないのに、どうして閉じこめられなきゃならないんだ？」

「ニックは暴行殺人、それも特別凶悪な殺人罪で起訴されたの」モーガンは惨殺された遺体を思いだして、身震いした。「逮捕から六日以内――つまり火曜日までに大陪審に正式に起訴される」

とはいえ、大陪審による正式起訴も形式的なものだ。モーガンはブライスのことをよく知っている。有罪に足る証拠がなければ、ニックを起訴しなかっただろう。

「そのあとはどうなるんだ？　どうすればニックを家に連れ戻せる？」

「どうかしら。弁護士が保釈金の減額を申し入れることはできるわ」

「でも、無駄だって口ぶりだな。つまり、裁判までニックは拘置所から出られないってことか？」

「そうね」

「どれくらいかかるんだ？」

「裁判が始まるまで一年くらいかかるかもしれない」

バドの顔が真っ青になった。「そのあいだずっと、ニックは拘置所にいなきゃならないのか？」

「その可能性はあるわ」モーガンは裁判にそれ以上時間がかかる可能性があることは、言わずにおいた。

モーガンは地方検事補時代、逮捕された人のほとんどが有罪だと信じていた。無実の人を刑務所に入れたと感じたことは一度もない。だが、ニューヨークで、罪のない人々が裁判を待つあいだに拘置所で何年も過ごす事例があった。無実の人が不当に拘束される確率は低いとはいえ、自分の大事な人がそのごく一部の少数に含まれたとしたら、耐えがたい状況と言える。

「どうすればいいんだ？　何年も弁護士費用を払い続ける金なんてどこにもない。国選弁護人っていうのが今日ニックを弁護した弁護士みたいな人間のことなら……」バドが途方に暮れた表情をした。「はなからニックが有罪だと考えてるように見えた」

「国選弁護人はたくさん仕事を抱えてるのよ。でも、ほとんどの人がとてもよくやっているわ」

とはいえ、全員ではない。たくさん仕事を抱えているということは、つまり時間がないということで、それぞれの訴訟に充分な注意を払えない。ニックは来年いっぱい拘置所にいる可能性が高いだろう。裁判を待つ人々を収容する、特別な安全な場所は存在しないため、ほかの囚人たちと過ごすことになる。無実にしろ有罪にしろ、若いニックは本物の犯罪者たちと一緒に閉じこめられるのだ。創業したばかりの会社はつぶれるだろう。襲撃されるかもしれない。確実に心の痛手を負うはずだ。

ニックの人生が台なしになる可能性がある。少なくとも、二度ともとには戻れないだろう。

考える前に言葉が口をついて出た。「わたしがニックを弁護しましょうか？」

何を言っているの？　デーン家は犯罪者を刑務所に入れるのが仕事だ。刑務所から出すのではない。父は草葉の陰で泣くだろう。ブライスの反応は考えるまでもない。

バドが顔を上げた。「本当か？　あまり金はないんだが」

「何か考えましょう」モーガンは言った。ほかに選択肢はない。ニックにはほかに味方がいないのだ。「わたしが事態を変えられる保証はないけど、ニックの無実を証明するために全力を尽くすと約束する」

「無実だと思っているのか？」

モーガンはテッサの惨殺された遺体をまざまざと思いだした。「ニックにあんなことができるとは思えない」

バドが帰ったあと、モーガンは冷蔵庫のなかを見た。昼食の時間だが、食欲がわかなかった。自分が下した決断を消化しきれていない。

ニックを弁護すると約束した。検事補の仕事――モーガンを苦境から救いだしてくれるはずの仕事がおじゃんになる。

祖父が足を引きずりながらキッチンに入ってきた。「話が聞こえた」

モーガンは冷蔵庫を閉めた。「人生最悪の決断だと言いに来たの？」

祖父が椅子に腰かけた。「前から考えていたのか？」

「正直に言うと、全然」モーガンは祖父と向きあい、腕組みをしてカウンターに寄りかかった。「ニックが無実だと思う人はいないでしょう。ひとりも。バドはあまりお金がない。無料で喜んで弁護を引き受ける弁護士がいるとすれば、宣伝のため。ニックの訴訟はマスコミに注目される。メディアにおもねる弁護士はニックの要求を優先しない。見世物になるだけよ」

この事件はマスコミの格好のネタだ。

「検察の仕事はどうするんだ？　ブライス・ウォルターズが許さないだろう」

モーガンは目を閉じ、感情をこらえた。「縁がなかったってことね」

「ニックのために全部捨てるのか？　警察がどんな証拠をつかんでいるかすらわからないのに」祖父が言う。「おまえはずっと、犯罪者を刑務所に入れる仕事をしてきた。逮捕され、起訴される人間のほとんどが有罪なんだぞ」

「ニックがやったと思うの？」モーガンは尋ねた。

祖父がため息をつく。「いや。しかし、それは感情論だ。おまえはキャリアを棒に振ることになるかもしれない」

「わかってる。でも、こうするしかないの。ニックが無実だったら？　ニックみたいな若い子が刑務所に入れられたらどうなるかはわかるでしょう？」

ニックは囚人たちに最も狙われやすいタイプだ。若くてルックスがよく、世間を知らない。格好の餌食だ。

「だからといって、ニックが無実だということにはならない」

「だから、真相を突きとめるつもり」モーガンは祖父の向かいの椅子に座った。「わたしに失望した？」

「どうしてそんなふうに思う？」

「鞍替《くらが》えしたから。うちの家族はみんな犯罪者を刑務所に入れることに人生を捧《ささ》げているのに、わたしは殺人の嫌疑を晴らそうとしているから」

「うちの家族に、無実の人を刑務所に入れたがる者はいない」祖父が静脈の浮きでた薄い手をモーガンの手に重ねた。「デーン家は正義のために戦う。おまえも同じだ。ニックにはできる限り最高の弁護士を求める権利がある。おまえのことだ。おまえ以上にニックのために必死で戦ってくれる弁護士はいない」

「この二年間、怠けていた気がするの」

「なんだって？　冗談だろう？」祖父がいらだった声を出した。「夫を亡くして、ひとりで三人の子どもを育てなきゃならなくなったんだ。その若さで。休みを取って、子どもたちと一緒に悲しみを乗り越える時間が必要だった。おまえとジョンはあと四十年人生をともにするはずだったのに」

「でも、そうはならなかった。人生は公平じゃない。それを受け入れて、前に進むべきときが来たのよ」言うのは簡単だ。「わたしが立場を変えたことに、お父さんはがっかりするかしら？」

「おまえが何をしようと、誇りに思うだろう。おまえはいま立場を明らかにした。正義の名のもとに個人的な犠牲を払おうとしている」祖父がモーガンの手を握りしめた。

「おれは心から誇りに思う。おまえの父親もだ」

　外が騒がしくなった。モーガンは立ち上がって窓辺へ行った。バドの家の前にパトカーが停まっている。「ちょっと様子を見てくる」

　モーガンは玄関ポーチに出た。通りに人だかりができている。

〝大変〟

12

バローネ家に忍び寄ることはできない。

ランスが家の前に車を停めると、鎖につながれた二匹の大きなジャーマン・シェパードが吠《ほ》えだした。

レッドことロビー・バローネは、町の外れにある小さな農場で両親と暮らしていた。二階建ての青い家屋の屋根の上に、衛星放送用のパラボラアンテナが取りつけられている。クローバーだらけの芝生は刈りたてだった。花壇も風鈴も見当たらない。風雨にさらされた灰色のポーチを飾る家具もない。裏庭は子どものおもちゃやブランコの代わりに、二本の物干し用ロープと、整然と植えられた菜園が占めていた。

敷地の奥に納屋やいくつかの離れ屋が並んでいる。囲いと大きな小屋に何羽もの鶏がいた。有刺鉄線が張りめぐらされた狭い放牧場で、二匹の豚と三頭の牛が草をはんでいる。納屋のそばに、家畜用のトレーラーと古いスクールバスが停まっていた。

余分な飾りがなく、実用性を重んじていることが伝わってくる。いくら農場とはいえ、殺風景すぎる印象を受けた。

玄関の木の階段を上がっていくと、堆肥のにおいが喉を刺激した。ランスは口を閉じ、呼び鈴を押した。音が鳴らなかったので、戸枠をノックする。

風向きが変化し、ハーブのいい香りが漂った。二重窓の下に、植物であふれた植木鉢が兵士のごとくずらりと並んでいる。窓ガラスの向こうでカーテンが揺れ、人影がちらりと見えた。木のドアが鋭い音をたて、女性が顔をのぞかせた。

ランスは網戸越しに微笑みかけた。「おはようございます。バローネさんですか？」

女性がうなずいた。「ご用件は？」

ミセス・バローネが査定するような目つきでランスを見た。ロビーは赤毛と低い身長とそばかすを母親から受け継いだようだ。ミセス・バローネは、色褪《いろあ》せた淡いブルーの、花柄の綿のワンピースに、白いエプロンをつけていた。髪をきっちりと細いポニーテールにまとめている。膝丈のスカートの下は素足だった。おそらく三十代半ばだろうが、乾燥し、赤みを帯びた肌や生活苦のせいで、老けて見える。

ランスは笑顔を保ち、相手を怖がらせまいと努力した。彼のような大柄な男にはたやすいことではない。「ロビーと話がしたいんです。お母様ですか？」

私道にロビーの車は見当たらないが、離れ屋のひとつはガレージだろう。シャッターがおろされていてなかは見えなかった。

「はい。あの子が何か問題を起こしたんですか？」ミセス・バローネがドアノブを握りしめた。

「違います。ただ、協力してもらえたらと思いまして」

ミセス・バローネの茶色の目がいぶかしげに細められた。

ランスは言葉を継いだ。「ジェイミー・ルイスを捜しているんです」

動画のことは伏せておいた。湖畔でパーティーがあったことをミセス・バローネが知らなかったとしたら、ランスが告げ口したと思われて、ロビーの協力を得られなくなる。

「じゃあ、テッサ・パーマーの事件とは関係ないんですか？」ミセス・バローネがきいた。

「はい」

どうしてそんなふうに考えたのだろう？

ミセス・バローネがランスの肩越しに私道を見渡し、目尻にしわを寄せた。「警察の方？」

「いいえ」ランスはポケットから名刺を取りだした。「シャープ探偵事務所の者です。ジェイミーのご両親から捜索依頼を受けました。ジェイミーを知っているかもしれない子どもたち全員に話を聞いているんです」

〝嘘だ〟

ランスは罪悪感を押し殺した。嘘じゃない。彼らの身元を特定できたら、全員に話を聞くだろう。

ランスはミセス・バローネの肩越しに家のなかをのぞいた。開いた戸口から、リビングルームが見える。家具はどちらかというとくたびれているものの、奥にLEDテレビが置かれ、ニュース番組が映っていた。コーヒーテーブルの上には、新しそうなノートパソコンがある。バローネ家は電化製品には金をかけているようだ。

ロビーか誰かが、違法な収入を得ているのだろうか？

ランスの視線の先を追ったミセス・バローネが外に出て、重い木のドアを閉めた。エプロンのポケットに両手を突っこみ、肩を丸める。「ロビーはまだ学校から帰ってきていません」

「何時頃帰るかわかりますか？」学校は十五分前の二時に終わったのを、ランスは知っていた。

「いいえ」ミセス・バローネは首を横に振ったが、ふたたび視線を私道にさまよわせた。「それに、あの子が力になれるとは思いません。もう長いこと誰もジェイミーを見かけていないんです」

「ジェイミーとロビーは親しかったんですか?」ランスは尋ねた。

「いいえ」ミセス・バローネがポケットから手を出し、拳が白くなるほど握りあわせた。「夫が戻ってくる前に帰ったほうがいいですよ」

〝さもないと、どうなる?〟

これは脅しだろうか。それとも、ミセス・バローネは夫を恐れているのか?

ランスはバローネ家全員、特に父親の身元調査を行おうと心に留めた。「どんな情報でもかまいません。些細《ささい》な事柄が役に立つこともあるんです。ご両親が気の毒で」

突然、ミセス・バローネの目に涙が浮かんだ。「わかります。テッサにあんなことがあったから、なおさらでしょう」

「あの事件にはみんなショックを受けています」ランスは同意した。

「テッサはシャイで優しくて、気立てのいい女の子だった」ミセス・バローネがポーチの端まで歩き、自分を抱きしめるように腕をまわした。「まだ気持ちの整理がつかなくて」

「ひどい事件でした」ランスは言った。「テッサのことをよく知っていたんですか?」

ミセス・バローネは少しためらってから答えた。「長女のレベッカと同い年なんです。うちの娘たちは自宅で教育しているんですけど、テッサとレベッカは教会の青年部で知りあいました」

「週末にあんな事件が起きたからには……」ランスは言葉に含みを持たせた。「ジェイミーをなんとしても見つけて無事に帰してあげたいんです」

ミセス・バローネがうなずいた。「かわいそうなテッサ。近所の人に殺されたなんて信じられないわ。隣人がどういう人間なのか、実際にはわからないってことね」

有罪と立証されるまでは無罪だ。

ランスはそう言いたくなるのをこらえた。ミセス・バローネには、調査に協力するよう息子に言ってもらわなければならない。刑法の細かい点について講義しても反感を買うだけだ。

「もう少ししたら、ロビーは帰ってきますか?」ランスはきいた。

「さあ」ミセス・バローネはランスに渡された名刺をポケットに入れると、あたためるように腕をさすった。「ジェイミーのためなら、あの子も協力を惜しまないでしょう」

喜んで協力してくれるはずだ、とランスも思った。さらに五十ドル渡せば。

「ありがとうございます」ランスはポケットから写真を取りだし、ミセス・バローネに見せた。動画から抜きだした、ニックと喧嘩をしていた少年の静止画だ。「この少年を知っていますか?」

ミセス・バローネが写真を手に取った。「ジェーコブ・エマーソン」

「たしかですか?」

「ええ。この辺りの人ならみんな、エマーソン家を知っています。ミスター・エマーソンは弁護士なんです。ジェーコブは厳しく育てられていますけど、昔からやんちゃな子で」

〝耳寄りな話だ〟

そのとき、不機嫌なエンジン音がして、ロビーのおんぼろトヨタの到着を知らせた。ロビーはフロントガラス越しにランスを見つけた。Uターンするかのような素振りを見せたものの、結局、ランスのジープの隣に停車した。車から降りて、気取った態度で歩道を歩いてくる。

ミセス・バローネがランスを顎で示した。「クルーガーさんがジェイミー・ルイスのことで話を聞きたいんですって」

「ああ」ロビーがうなずいた。だが、母親と同様に、次に帰宅するはずの人物を気にして、私道に目を光らせている様子だった。

「この少年を知っているかききたかったんだ」ランスはジェーコブ・エマーソンの写真をちらりと見せた。「でも、お母さんが教えてくれた」

「なら、もう用はすんだな」ロビーが母親と視線を交わした。「さっさと帰ってくれ」

ランスはミセス・バローネに言った。「ありがとうございました」

ジープに乗りこむと、シャープにメールを送った。〝この住所の居住者全員の詳細な身元調査を頼む〟バローネ家の地方郵便配達路番号を入力した。

バローネ家は怪しいにおいがする。ロビーと母親は何をあんなに怯えているのだろう。法を犯しているわけではないのかもしれないが、ランスは直感を無視すべきでないことを身をもって知っていた。ミスター・バローネが犯罪者なのか？　虐待しているのか？　その両方か？

ランスは車を発進させた。町へ戻る途中、考える前にモーガン家のある通りへとまわり道した。自転車で片思いの女の子の家の前をゆっくり走る十二歳の少年になった気分だ。角を曲がり、ブレーキペダルを踏む。三軒先の道路の真ん中に人だかりができていた。全員、ザブロスキー家の私道に注目している。

〝何事だ？〟

破れた立ち入り禁止テープが私道や敷地の周囲に垂れさがっていた。高齢の夫婦が道をふさいでいる。老人は腰が曲がり、O脚になっていた。老婦人はまっすぐ立っているものの、紙クリップのごとく華奢だ。強い風が芝生の上の枯れ葉を吹き飛ばしたとき、老婦人が倒れなかったのが不思議なくらいだった。

モーガンが小走りで通りを横切った。

ランスはドアを開け、車から降りた。あ然としている見物人の横を急いで通り過ぎる際、陰口が聞こえた。

「父親は気づいていたはずよ」

「前から変わった子だと思ってた」

「近所に人殺しが住んでいたなんて信じられないわ」

ランスは彼らの誤った考えを訂正したかった。ニックは有罪が立証されるまでは無罪なのだと。だが、そんなことをしても無駄だ。群衆は事実や理性に耳を傾けない。感情に従って行動し、その感情は群衆の規模に比例して増幅する。

ランスは彼らを無視して、モーガンのあとを追った。

ピンクのトレーニングウェアを着た女が、通り過ぎたモーガンの背中にいぶかしげな視線を投げかけた。

モーガンはバドの隣に立つと、同情の表情を浮かべて言った。「パーマーさん、この度はご愁傷さまでした」

ランスは人ごみの合間をすり抜け、モーガンのそばへ行った。

O脚の老人は無言でモーガンを一瞥《いちべつ》したあと、バドに視線を戻した。「あんたの息子がテッサを殺した」

〝なんてこった〟テッサの祖父がニックの父親と対決しに来たのだ。

バドがかぶりを振った。「違う」

「テッサはいい子だった。なのに、あんたの息子に殺された」ミスター・パーマーが詰め寄り、震える指をバドに突きつけた。「息子がやったことに気づかないなんて話があるか？」

「テッサのことはお気の毒でした。だが、息子はやっていない」バドが張りつめた声で言った。

ミスター・パーマーの顔が真っ赤になった。「犯人はあんたの息子だと、警察が言っている。警察は無実の人間を捕まえたりしない」

群衆から叫び声があがった。「おまえんちの小屋の裏でナイフが見つかったんだ！」

モーガンがミスター・パーマーとバドのあいだに割って入った。「パーマーさん、テッサは若く美しい女性でした。うちの娘たちにとても優しくしてくれたことを、一生忘れません。心よりお悔やみ申し上げます」

ミスター・パーマーがそっけなくうなずいた。

モーガンが言葉を継ぐ。「どうか今日はお帰りください。あとは警察に任せましょう。こんなことをしてもいいことはありません」

前に出ようとしたバドを、モーガンが押しとどめた。

ミスター・パーマーがモーガンのほうへ身を乗りだした。「きみはどっちの味方なんだ?」

「敵も味方もありません」モーガンが答える。「ニックは有罪と立証されるまで無罪なんです」

ミスター・パーマーの顔が険しくなった。「敵か味方かだ」

「裁判には時間がかかります」モーガンが冷静に言う。「でも、信用してください」

「テッサはどうなる?」ミスター・パーマーの顔がいまにも発作を起こしそうなほど赤くなる。「あの子に対する正義は?」

「本当にお気の毒です。どなたか呼んできましょうか? ご家族とか」

「家族などいない。わたしたちにはテッサしかいなかった」ミスター・パーマーの怒りがしぼんだ。「あの子は死んでしまった。何をしようと生き返らない」

ミスター・パーマーは沈みこみ、顔をそむけた。すると、ブロンドの華奢な老婦人が進みでて、バドを思いきり引っぱたいた。バドはじっと動かなかった。ミスター・パーマーに立ち向かう覚悟はしていても、ミセス・パーマーから与えられる罰は、なんにせよ甘受しようとしている様子だった。

「あなたの息子はモンスターよ」ミセス・パーマーは矯正靴を履いた足でくるりと振り返ると、夫の腕を取って歩み去った。

群衆もひそひそ話しながら散り散りになる。誰かがバドの庭に唾を吐いた。

誰もいなくなると、モーガンはバドにきいた。「大丈夫？」

頰に赤い手形が残っていたが、バドは触れて確かめようともしなかった。「こんなことになるとは思ってもみなかった。テッサはいい子で、みんな彼女の死を悼んでいる。だが、おれたちだって隣人だと思っていた。みんなニックの味方をしてくれると期待していたんだ」

それは考え違いだ。

「みんな怯えている」ランスは言った。「近所でこんなことが起きるとは考えたくもないんだ」

マスコミが煽情《せんじょう》的な見出しで、彼らの不安や怒りをあおっていた。〝地元の女の子がボーイフレンドに殺害される〟とか、〝隣の女の子が地元の男に殺害される〟とか。

「現実を直視するより、おれとニックに憎しみをぶつけるほうが楽だってことか」バドが家のほうを見た。ガレージの前面に、鮮やかな赤のスプレー塗料で〝殺人犯〟と落書きされている。「あれを消してくるよ」

「大変ね、バド」モーガンがバドの腕を取った。「手伝いましょうか？」

「いや」バドが首を横に振った。「あんたにはもう充分世話になっている。何かやることがあったほうが気が紛れるしな」

バドが家のなかに姿を消した。モーガンとランスは通りを渡った。

「バドに手を貸しているのか？」ランスは尋ねた。「関わらないようにしないと」

「もう遅いわ」モーガンが急ぎ足で私道を歩く。

「どういう意味だ？」ランスは歩調を合わせた。

モーガンが立ちどまった。「ニックの弁護人になったから」

〝なんだって？〟

ランスは彼女の腕をつかんで振り向かせた。「気でも違ったか？」

モーガンはキャリアを棒に振ろうとしている。

「いいえ。ばかかもしれないけど」モーガンはヒールのない靴を履いていて、ランスより頭ひとつ分背が低い。だが、顎を上げ、胸を張ったその姿は迫力があった。見たこともない決然とした表情を浮かべている。美しい青い目が鋭くなった。これが法廷にいるときの彼女の顔なら、みな怖気《おじけ》づくだろう。

「町の人はニックが犯人だと決めてかかっている。きみがニックの弁護をすると知ったら、きみにも敵意を抱くぞ」

「それはないわ。みんなわたしのことを知っている。十五年前から、わたしの家族を知っているの。お祖父ちゃんを尊敬している」

「モーガン、みんな、ニックが隣の女の子を殺したと思ってるんだ。パーマーさんが言ってただろ。みんなどっちかを選ばなきゃならない。きみは反対側につくことになる。敵になるんだ」

「つまり、嫌われないようニックを見捨てろってこと?」

「そうは言ってない」

「じゃあ、どういうこと?」モーガンが詰問した。

ランスは彼女と向かいあった。「きみを心配してるんだ」

モーガンがうなずいた。「それはわかるけど、ここでニックを助けなかったら、人としてどうなの？」

「ニックが無実だと本気で思ってるのか？」ランスはきいた。

「ええ。証拠がすべてじゃない」モーガンがザブロスキー家を振り返った。「一連の事実を論理的に説明する方法はひとつじゃない」

「被告側の弁護士には絶対になれないと、前に言ってたよな。犯罪者が処罰を免れる手伝いをしなければならないなんて良心がとがめるからって。きみがニックは無実だと思っているのはわかってる。たとえそれを証明できたとしても、裁判が終わったあとはどうするんだ？　そんなことをしたら、ブライスはもう雇ってくれないぞ。失業する」

「わかってる」モーガンがため息をつく。「でも、だからといって手を引けない」

ニックの弁護を引き受けたと知れ渡ったら、どれほどの怒りを買うことになるのか、モーガンは本当に理解しているのだろうか。みんな激怒するだろう――怒った人間は危険だ。

「これを見ろ」ランスは携帯電話を取りだし、パーティーでの喧嘩の動画を見せた。

モーガンが青ざめた。「どこで手に入れたの？」

「先週の木曜の夜、湖畔のパーティーに参加していた少年から。といっても、ユーチューブにアップされている」ランスはジェイミー・ルイスの調査について話した。

「きみの依頼人は癇癪《かんしやく》持ちだ」

「ああ、もう」モーガンは家へと急ぎながら、振り向いてきいた。「ニックと喧嘩してる男の子は誰?」

「ジェーコブ・エマーソン」ランスは走って彼女に追いついた。「何をする気だ?」

「その動画がソーシャルメディアやマスコミに流れる前に、ユーチューブから削除するよう差し止め請求するの。陪審員たちに悪影響を与えないように」モーガンが玄関のドアを開け、家のなかに入った。

公平な陪審はもう期待できないだろうと思いながら、ランスはモーガンのあとに続いた。

「モーガン、見ろ」リクライニングチェアに座っていたアートが言った。

テレビ画面の下部に〝ニュース速報〟と表示され、ニックとジェーコブ・エマーソンが喧嘩をしている映像が流れていた。

陪審員への悪影響を防ぐことはできなかった。

13

拘置一日目

ニックは裸で服を小脇に抱え、震えながら急いで部屋に入った。

背後でドアがガチャンと非現実的な音をたてながら閉まり、手続き所から聞こえてくるうめき声や叫び声が小さくなった。郡拘置所はほとんどがコンクリートブロックと鋼鉄でできていて、最初の一時間、耳障りな音が響くたびにニックはぎくりとした。その狭い部屋はシンダーブロック造りで、両端に施錠されたスチールドアがあった。そのドアに鋼入りガラスの小さな窓がついていて、数秒置きに看守がのぞきこんでくる。漂白剤と小便のにおいが漂い、隅のステンレス製のトイレの周りが尿で濡れていた。用を足すときは、どうしても足が汚れるだろう。

明るい面を見るとすれば、部屋に自分以外誰もいないということだ。

この建物に連れてこられてから初めて、まともに息をすることができた。天井の隅に監視カメラがあっても、同房者がいないというのはつかの間の安らぎだ。ニックは神経がぴりぴりしていた。

まもなく集団にまじることになる。最悪なのは、ニックは凶悪犯罪に問われたため、最も危険な囚人に割り当てられたDブロックに入れられることだ。ここに収容されている有罪が確定していない殺人犯は、ニックだけではない。

有罪が立証されない限り無罪というのは嘘っぱちだ。

午後いっぱいをかけて、受け入れ手続きをすませた。裸になって所持品検査を受け、シラミを駆除し、シャワーを浴びた。駆除剤が目に入って赤くなり、涙が出た。手続きは人生最高に屈辱的で恐ろしい体験だった。人間性をはぎ取られ、動物になった気分だったが、動物園の動物のほうがはるかに丁寧に扱われるだろう。

壁にボルトで固定されたスチールベンチに支給されたオレンジ色の服を置き、着替えた。白のボクサーパンツをはいてきてよかった。ほかの色だったら没収されていた。今朝、格子縞《こうしじま》のを選んでいたら、下着をつけずにズボンをはくはめになった。下着がなければ、さらに無防備な気分になっていただろう。

囚人服は予想していたつなぎではなく、ちくちくする病院の手術着に似ていた。ズボンをはいたあと、支給されたゴムサンダルに足を突っこんだ。中学時代に履いていたサッカーサンダルを思いだす。シャツはサイズが大きすぎて、薄い生地を通して寒さがしみこんだ。

かたく冷たいベンチに腰かけ、呼吸に集中した。あらゆる恐ろしい考えが脳裏を駆けめぐる。冷静にならなければならない。ここで怯えた様子を見せるわけにはいかない。チェスの試合を思い浮かべ、一手一手を考える——混乱状態に秩序をもたらすのだ。

背後のドアが開き、その金属音にぞっとした。オレンジ色の服を手にした白人の大男が入ってくる。拳もタトゥーの入った胸も腕も、どこもかしこも大きい。ブロンドのひげも胸毛もふさふさしていた。男は落ち着いてゆっくり着替えた。その観念した様子からすると、拘置されるのは初めてではないのだろう。ニックはびくびくしないよう努力したものの、うまくいかなかったようで、男が面白がっている顔をした。

「おれはザ・マンだ」男はそのあだ名を、王室の称号のごとく発音した。そして、ニックの向かいのベンチに座ると、彼を何気なく見た。「初めてか?」

ニックは認めるべきかどうかわからなかった。完全に場違いで、火星かどこか敵の惑星に連れてこられた気分だ。手の震えを止めようとするだけで精一杯だった。拘置所で弱さを見せるのは、サメだらけの海で血を流すようなものだと、言われなくてもわかる。

「答える必要はない。おまえは新入り《フィッシュ》だ」ザ・マンが忍び笑いする。「だんまりは賢いやり方だが、話すのを怖がってると思わせたらだめだ。それから、ブロックのボスを無視したらやられる。自力でやっていけないやつもだ」

ニックは理解したふりをしてうなずいた。わかったのはひとつだけだ。これまでのところ完全にお手上げ状態で、絶望的な状況だ。

ザ・マンがたくましい脚を前に伸ばした。「おれは三度目だ。アドバイスしてやろう。おれたちはつるむ。白人は白人と。白人は数が少ないし、差別的でない言葉遣い《ポリティカル・コレクトネス》なんてもんはここには存在しない。生き延びることがすべてだ。おまえは白人に引っついてろ」

ニックは無言で耳を傾けた。

「うつむいて口を閉じろ。質問はするな。誰かに聞いたことを他言するな。チクったら怪我をする」ザ・マンが腕を裏返した。白い前腕の一面に青いタトゥーが刻まれている。「わかるか?」

「ああ」ニックは一対の稲妻の意味も88という数字の意味も知らなかったが、鉤《かぎ》十字は誰でも知っている。

ザ・マンは白人至上主義者だ。

「おまえみたいな若い新入りは、保護してもらわないと誰かのお気に入りにされる」

ザ・マンが鉤十字をぽんと叩いた。「これが保護を受ける方法だ」

〝くそっ〟

ニックはギャングについて考えたことがなかった。拘置所生活に関する知識がないことが、恐怖の原因のひとつだ。一度ギャングに加入したら、二度と戻れない気がする。

永続的な結果をもたらす重要な約束だ。

「レイプ犯に反感を持つやつらもいるが、おれはちっとも気にしない」

ニックはぞっとし、背筋をぴんと伸ばした。「おれが誰か知っているのか？」

「いずれみんなに伝わるだろう。ここでは話すくらいしかやることがないんだ。噂はすぐに広まる」ザ・マンが肩をすくめる。「さっきも言ったように、おれはおまえになんの反感も持ってない。女には、ときには痛い目に遭わせて身のほどを思い知らせてやらないと。だが、レイプ犯ってだけでおまえを殺したがるやつもいる。それを言うなら、単なる気晴らしで殺したがるやつも。いいか、有罪が確定したら、一生出られないやつもいる。失うものは何もないんだ」

ニックは思わず言った。「おれはやってない」

「だろうな。ここではみんなそう言う。みんな冤罪《えんざい》なんだ」ザ・マンが含み笑いをする。「生き延びるチャンスは一度だけだ」ふたたび鉤十字を叩いた。

「あんたはどうしてここに入れられたんだ？」ニックはきいた。ニックがレイプと殺人の罪で起訴されたという事実に怯《ひる》まないということは、ザ・マンも重罪に問われているに違いない。

「故殺罪だが、もちろんおれも無実だ」ザ・マンがふんぞり返って腕組みをした。

「おれがおまえなら、冤罪だと言い張る。誰だって、おまわりに濡れ衣《ぎぬ》を着せられたやつには共感する。それがうまくいかなきゃ……」ザ・マンがタトゥーを指さした。「看守は守っちゃくれないぜ」

ドアが開き、裸の男がふたり入ってきた。黒人の男は二十五歳くらいで筋骨たくましく、背中がタトゥーに覆われていた。白人のほうは十九歳くらいで爪楊枝《つまようじ》みたいにひょろりとしていて、遠目でも椎骨の数を数えられそうだ。その少年が三サイズ大きすぎるズボンをはくと、ザ・マンは鼻で笑った。少年はちびりそうなほどびくびくしていた。

自分も怯えたウサギのような目をしているのだろうかと、ニックは考えた。そうでないことを願った。ずぼらで、毎日ひげを剃《そ》る習慣がなくてよかった。四日分の無精ひげのおかげで老けて見える。高校を卒業して以来肉体労働をしていたから、筋肉もついている。一方、痩せっぽちの少年は歩く標的だ。

獲物。

ザ・マンが黙りこんだ。ようやく反対側のドアが開いた。看守が命令し、四人の囚人は護送されながら廊下を歩いた。それぞれ、ビニールの折りたたんだ薄いマットレスと、すり切れた毛布を持っている。

ニックはザ・マンのまねをし、寝具を肩に担いだ。目隠しにもなる。ブロックの半分の人にしか顔を見られずにすむ。痩せっぽちの少年はマットレスを盾のように抱きしめていて、Dブロックに入っていくと顔が骨よりも白くなり、恐怖で目がぎらぎら光った。

ニックは必死で無表情を保った。

テレビで見た刑務所のように、独房が並んでいるのだと思っていた。ところが、郡拘置所のDブロックは、コンクリート造りの広々としたひとつの部屋だった。囚人たちが自由に歩きまわっている。部屋の片側に開いた戸口が並んでいた。〝これが独房か？〟ニックは通り過ぎる際にちらりとなかをのぞいた。それぞれの狭い房に金属製の二段ベッドがふたつ、コンクリートの上に約一メートル離れて設置されている。四人部屋だ。囚人たちが戸口に立ち、獲物を狙うような目つきで新入りを品定めしていた。

房は満杯らしく、壁一面に二段ベッドが並んでいた。どのベッドにもすでに寝具が置かれ、床にマットレスが連なっている。部屋の中央を金属製のテーブルとベンチが占めていた。

単純計算するとこのブロックの定員は四十名だとわかったが、少なくとも六十人が収容されていた。スカーレット・フォールズ警察の留置場にいた収容者が、郡拘置所の過密状態について文句を言っていたが、ニックは深く考えていなかった。つまり、夜になっても誰も閉じこめられないということか？

三人の同房者だけでなく、ブロックにいる全員に命を狙われる心配をしなければならないのか？　秩序や規律があるものと思い、閉所恐怖症の心配までしていたのに、ひとつの部屋に六十人の犯罪者と一緒にすることもなく閉じこめられるなど、混乱の極みだ。

戸口を通り過ぎる際にかけられる言葉に、たじろがないようこらえた。

「白くていいケツしてるぜ」

「おれがいただく」

「ウマウマ、新鮮な肉だ」

ニックと痩せっぽちの少年、どっちのことだろうか？　利己的な考えだが、ニックは自分でないことを願った。

ザ・マンが、毛深い白人の男と拳を突きあわせた。そして、ひげを蓄え、恐ろしいタトゥーを入れた人々に迎え入れられた。略奪に成功して帰郷したヴァイキングの戦士のようだった。

ひとりの囚人が急いでマットレスと毛布をどかし、二段ベッドの上の段がザ・マンに与えられた。拘置所の慣習を知らずとも、ザ・マンが尊敬を集めていて、恐れられているのは理解できた。

一緒に来た黒人の囚人が、アフリカ系アメリカ人の集団に溶けこんだ。ここの事情に詳しい様子だった。

白人の少年は、怯えた子猫のごとく震えている。

ニックは本能的に少年と距離を空けた。彼は獲物で、ニックにはどうしてやることもできない。罪悪感を抱く余裕はなかった。危険と生き延びる可能性を見極めるのに精一杯で、他人を守る立場になどない。これは『蠅《はえ》の王』の百倍まずい状況だ。性犯罪者として起訴されたニックはすでに不利だ。

ニックは床を見つめた。留置場と違って、コンクリートは比較的きれいだった。ほかにすることもなく、マットレスを列の端に敷いた。誰も文句をつけなかったので、問題ないだろう。

マットレスの上に座り、壁に背中をつけた。

少年はすでに弱虫というレッテルを貼られた。その行く末については知る由もないが、いまのところは全員、ニックをじろじろ見ている。うつむいてシンダーブロックの壁に溶けこむ作戦はうまくいかなかったようだ。新しい作戦を練る必要がある。

このとき初めて、嫌疑の重みを実感した。

このなかに連続殺人犯がいない限り、ニックが最も重い罪に問われているのだ。どうしてこんなことになったのだろう。

テッサの死を悼む暇もなかった。彼女の姿が頭に浮かび、悲しみに押しつぶされそうになる。それを抑えこみ、健全な怒りを呼び起こした。涙を流したら、痩せっぽちの少年と同じくくりに入れられる。

胸の奥で、激しい怒りといらだちがわきたった。ニックがここに閉じこめられているあいだ、テッサを殺した真犯人は大手を振って歩きまわっているのだ。誰がやったんだ？　ジェーコブか？　あの傲慢な野郎ならやりかねない。

口笛が聞こえて、ニックは物思いから覚めた。

いまのところ、起訴された強姦《ごうかん》殺人犯はニックだ。罪状の凶暴さに、ほかの囚人たちが怯んでくれればいいのだが。実際は、彼らがニックを叩きのめし、レイプし、殺す気になったとしても、止められないだろう。

ここには六十人の囚人がいる。そしてニックは、鍵付きの房にさえ入れない。

この瞬間、全員の視線がニックに集中していた。ニックは逃げだし、Dブロックのドアを叩きながら叫びたかった。

〝おれはやってない〟

〝おれは無実だ〟

ザ・マンの言葉が頭のなかで鳴り響いた。〝看守は守っちゃくれないぜ〟

視線をドアにさまよわせた。ドアが開いて外に連れだされ、誤認逮捕だったと謝罪されるのを期待して。

だが、そんなことは起こらない。ニックには気にかけてくれる弁護士さえいないのだ。罪状認否のために審問のきっかり三秒前につけられた国選弁護人は、裁判官が保釈金を百万ドルに決定したときも抗議しなかった。父にそんな金はない。

ニックは囚人たちに目を光らせ、黙って周囲の会話に耳を傾けた。頭のなかでチェスをし、くつろいだ態度を取ろうと努力する。

選択肢を検討した。

悪ぶる。ばかげた考えだ。ニックは環境のいい地域に住む中産階級の白人だ。こわもてとはほど遠い。スポンジ・ボブのタトゥーシールを貼るくらいが精一杯だ。なんのアイデアも浮かばず、そのままじっと動かず、余計なちょっかいも出さずにいた。遅かれ早かれ誰かが近づいてくるだろう。そのときは全力を尽くさなければならないが、いまは成り行きを見守るしかない。

だが、夜がやってくる。明日の朝まで生き延びられるだろうか。

14

オレンジ色の囚人服を着ていると、誰でも犯罪者に見える。

金曜の朝、モーガンは郡拘置所の狭い接見室のテーブルに着いていた。灰色に塗りこまれた部屋で、コバルトブルーのスーツが鮮やかに見える。昨日の午後、ニックに接見しようとしたのだが、スカーレット・フォールズ警察から移送され、郡拘置所に収容される手続きが完了していなかったのだ。

司法制度において、事務手続きより重要なものはない。

看守がニックを連れて部屋に入ってきて、手錠を外した。ニックは手首をさすりながら、モーガンの向かいの椅子にそっと腰かけた。無表情で、顎にあざができている。看守が離れるまで、壁をじっと見つめていた。

「逮捕されてから、ほとんど口をきいていません」看守が言った。

〝よかった。ニックは忠告に従ったのだ〟

「ドアの外にいます」看守が警告するようにニックをにらんだ。

「ありがとうございます、でも大丈夫です」看守が反対側のドアから出ていった。

ドアが閉まると、ニックはモーガンを見た。「本当におれの弁護士になってくれるのか？」

「ええ」

「どうして？」

「あなたのことをよく知っているから」

ニックが背中をそらす。「みんなおれが犯人だと思ってる」頭を傾けてドアを示した。

「あなたのことを知らないからよ。わたしは違う」モーガンは身を乗りだし、ニックの目をのぞきこんだ。「一度しかきかないわ。あなたがテッサを殺したの？」

モーガンが知っている被告側の弁護士の大半は、依頼人に罪を犯したかどうか絶対にきかない。知りたくないというだけでなく、弁護士は依頼人が法廷で偽証し、無実を主張することを許すわけにはいかないからだ。きかざる・言わざる政策で倫理的ジレンマを回避しているのだ。

被告人にも弁護士がつかなければ、司法制度は機能しない。すべての被告人が望み得る最良の弁護を受ける権利があると、モーガンは頭では理解しているものの、犯罪者を自由にする手助けをして、その犯罪者がさらに暴力的な罪を犯しでもしたら、自尊心を持って生きていけないだろう。

ニックはモーガンの質問に怯みもうろたえもしなかった。澄んだ目で彼女の視線をしっかり受けとめて答えた。「殺してない」

「あなたを信じるわ」

ニックは言葉が見つからない様子だった。「ありがとう」

「お礼ならあとにして。先週の木曜の夜、何があったか正確に教えて」モーガンはペンを法律用箋《リーガルパッド》の上で構えた。

「湖畔のパーティーでテッサと会った」

「何時に？」

「九時頃。それで、着いたとたんに、テッサが前にデートしたことのあるジェーコブ・エマーソンってやつが近づいてきて、彼女をあばずれって呼んだんだ。おれは――」ニックが言葉を切り、真っ赤になった顔をそむけた。

「ニック、全部話してくれないと。たとえ人聞きの悪いことでも」モーガンは前腕をテーブルについた。「検察局で六年働いたの。何を聞いても驚かないわ」

ニックは目をそらしたまま言った。「家でオナッてろって言った」

「それから？」

「やつは、その必要はない、もうテッサとやったから、町じゅうの男がやってるって答えた」ニックがひと息入れてから続ける。「テッサは止めようとしたけど、おれはジェーコブを突き飛ばした。エリート意識丸出しの、むかつくやつなんだ」

「それからどうなったの？」モーガンは誘導尋問するつもりはなかった。

ニックが肩をすくめた。「喧嘩はすぐに終わった。押したり、押されたりしているうちに、テッサが割って入って、ジェーコブが間違って彼女を突き飛ばした。おれは頭に来てやつを殴った。やつも殴り返した。そしたら、周りのやつらが止めに入って、それでおしまいだ」首を横に振る。「おれは鼻血が出た。おれが血を見たらどうなるか知ってるだろ。たいした量じゃなかったのに、吐きそうだった」

モーガンは細かくメモを取った。「昨日、喧嘩の動画を見たわ。ネットでもニュースでも流れている。誰が撮影したか知ってる？」

ニックはかぶりを振った。

「陪審員に悪影響を与えないために、ネットから削除するよう差し止め請求しようとしたんだけど、残念ながら手遅れだった。裁判地の変更も要求したの。却下されると思うけど、有罪を宣告された場合、少なくとも記録に残って控訴理由になる」

ニックの顔が青ざめた。「有罪になると思っているのか?」

「そうならないよう努力するけど、控訴の下準備をするのもわたしの仕事の一部なの」

「わかった」ニックが甘皮を嚙《か》んだ。「誰が動画を撮ったんだ?」

「まだわからないけど、調べるわ」現時点でモーガンが目にした証拠は、罪状とユーチューブの動画のふたつだけだ。予備知識なしで一回目の接見を行いたかった。いったん証拠を見てしまえば、ニックの話を先入観を持たずに聞くのは難しくなる。「正式にあなたの弁護人になったのだから、警察や検察が集めたすべての証拠の控えを手に入れられる」

ニックがうなずいた。

「喧嘩のあとは何があったの?」モーガンは質問を続けた。

「テッサとおれの車に乗った。彼女がおれの顔を拭いてくれた」ニックがもそもそと身動きした。顔が赤くなっている。「それから、湖の反対側へ行って車のなかでセックスしたんだ」

「合意のうえ?」

「ああ」ニックがぴんと背筋を伸ばし、怒りで目を光らせた。「当たり前だ。テッサはレイプされたって聞いた。おれは絶対に……」

モーガンは片手を上げて彼をなだめた。「わかった。あなたとテッサは、あなたの車のなかで合意のうえで性行為をした。座席は前とうしろのどっち？」

「うしろ」

「コンドームを使った？」

「いや。ばかなことをした」ニックの顎がいらだちと後悔でこわばった。「持ってなかったんだ」

モーガンはリーガルパッドの上にペンを置いた。「ニック、わたしはあなたの親じゃない。弁護士なの。個人的なことを話すのに慣れてもらわないと。どうせ裁判になれば、すべてが明るみに出るのよ」

ニックがわずかにうなずいた。

モーガンはふたたびペンを手に取った。「それは何時のこと？」

「正確な時間はわからないけど、たぶん十時頃」

「そのあとはどうなったの？」モーガンは時系列表を作成し始めた。

「テッサが泣きだした。理由は話してくれなかった。おれとジェーコブの喧嘩や、ジェーコブが言ったことと関係があると思った。それから、空き地に戻った。彼女の車はまだそこにあった」ニックの目が陰りを帯びた。「そのあと、振られた」

「テッサはあなたとセックスして、そのあとであなたを振ったの？」モーガンは話を整理した。

「ああ。おれは理由をきこうとしたけど、何も言ってくれなかった」ニックの目に涙が浮かんだ。「結局、おれはひとりで帰った。テッサは自分の車に乗った。彼女も運転して家に帰るんだと思ってた」はなをすする。「それが彼女を見た最後だった」

「あなたとテッサが口論しているところを、ほかの子たちは見ていたの？」

ニックが親指の爪の先を噛み切った。「ああ。たぶん。おれたちが空き地に戻ったとき、まだ何人か残ってたから」

「あなたが彼女を置いてひとりで帰ったところを見た人はいる？」

「いるかも」

「その子たちの名前を教えて」

「ああ。ロビー・バローネがいたと思う。それからフェリシティと、テッサの友達のジェイミーも」ニックが必死に考えた。

「頑張って思いだして」モーガンは名前を書き留めた。「あなたはそのあと、どこへかった」

「しばらくその辺をドライブした。振られたことが信じられなくて」ニックの声が悲しみに震えた。「警察に写真を見せられなきゃ、彼女が死んだってことも信じられなかった」

モーガンの脳裏にテッサの血まみれの遺体が浮かんだ。裁判が始まれば、モーガンとニックはその写真を繰り返し見ることになる。慣れるものだろうか？　慣れたくないと思った。

そんなふうに考えたらだめだ。ニックの無実を証明するのだ。

「途中でハンバーガーを買わなかった？」モーガンは尋ねた。「コンビニエンスストアに立ち寄らなかった？　あなたがドライブしているのを目撃した人はいる？」

ニックはかぶりを振った。「いや。どこを走ったかさえはっきり覚えていない」

「電話をかけなかった？」GPSがニックの居場所を記録しているかもしれない。

「テッサにメールを送ろうとしたんだけど、バッテリーが切れてた」

これでGPSの線は消えた。

「家に着いたのは何時？」

「午前零時頃」

行ったの？」

「お父さんは起きてた？」

「いや。もう寝てた。金曜の朝は店を開けなきゃならないから」つまり、ニックはひと晩じゅうアリバイがないということだ。

「警察にはどこまで話したの？」

「全部。何も隠す必要はないと思った。おれはやってないから。テッサを殺した犯人を探すためだと言われて、信じたんだ」ニックの顔が怒りでこわばった。

警察が容疑者を尋問する際に嘘をつくことを、ほとんどの人が知らない。法的にはなんの問題もなく、しょっちゅう行われていることだ。

ニックがはなをすすり、目の下をぬぐった。「彼女が死んだなんて、いまでも信じられない」

「わかるわ。わたしもよ」モーガンは顔を上げた。「これからどうなるか説明するわ。火曜日までに大陪審の審理が行われ、検察官が証拠を提示し、陪審があなたを正式に起訴するかどうか判断する。といっても実際は、形式的なものなの。わたしたちは出席さえしない。あなたが証言したいなら別だけど、この段階でいかなる証言をすることも勧めないわ。その後、地方検事に起訴状が発付される」

ニックが困惑の表情を浮かべた。

「検察官から司法取引の申し出があるかもしれないけど、当てにはできない」市長も警察署長も地方検事も、この事件を利用してアピールしようとしている。「それから、これは言っておかなければならないけど、有罪判決を受けたら、一生刑務所で過ごすことになる可能性がある」

ニックが口を開き、何も言わずにふたたび閉じた。

「あなたのお父さんと事件について話しあう許可がいるの」

「いいよ。もちろん。ここから出してもらう方法はないのか？」ニックがきいた。

ニックの暗い目を見て、モーガンは打ちのめされた。「裁判官は保釈金を百万ドルに決定した。お父さんはその十パーセント、十万ドルを工面しなければならない」

ニックが肩を落とした。「うちにそんな金はない」

「いまのあなたにお金の心配までさせたくないけど、有効な弁護には費用がかかるの。わたしは無料で弁護を引き受けるつもりだけど、鑑定や証拠の追加検査、調査員などの費用を支払う必要が出てくるでしょう。ここから出してあげたいけど、あなたは限られた資金の使い道を選ばなければならない。保釈を選んだら、弁護費用は残らない」

「じゃあ、ずっとここにいなきゃならないのか？」ニックが取り乱した。

モーガンは彼の手に手を重ねた。「残念だけど」

「モーガンはここがどんなところかわかってないから……」ニックが怯えたまなざしで狭い部屋を見まわした。

「あなたにこの先二十五年間、刑務所で過ごしてほしくない」モーガンは彼の指を握りしめた。「こんなことになって、本当に残念だわ」

ニックは震える息を吸いこんだあと、勢いよくはなをすすり、顎を上げた。「おれは大丈夫だ。あなたには感謝している」

「差し当たって、あなたはとても慎重に行動しなければならない。誰にも事件のことは話さないで。同房者にも看守にも。ひとり言を言いながら考えるのもだめ。収容者が自分の訴訟のために、あなたの情報を利用しようとするかもしれない」モーガンは地方検事補時代、検察官が囚人から情報を引きだすのを見てきた。「電話でも事件の話はしないで。相手がわたしやお父さんでも。電話が傍受され、記録されているかもしれないから。権利をいっさい放棄しないで。わたしが同席していないときに、捜査官と話をしないで。検察官は、ほかの法執行官がした約束を守る必要はないの」

「こんなの何もかも間違ってる」

「そうね。でも、できるだけ早くあなたをここから出してあげられるよう全力を尽くすわ」モーガンは看守を呼び、ニックが手錠をかけられて連れ去られるのを見送った。

憂鬱な気分を振り払い、ノートをまとめて部屋をあとにした。拘置所の外に出ると、地区検察局へ車を走らせた。

そろそろプライスと話をしないと。モーガンがニックの弁護を引き受けたことはすでに耳に入っているだろうが、直接会って話す義務がある。検察局は、郡拘置所がある通りの先にある市のビルに入っている。モーガンは来訪者用の駐車場に駐車し、車から降りた。パンプスの音を響かせながら入り口へと歩く。

「ミズ・デーン?」

モーガンは立ちどまって振り返った。こちらに向かってゆっくり走ってくる男に見覚えがあった。地元のケーブルテレビ局のレポーターだ。少し遅れて、カメラマンが追ってくる。モーガンは真摯な表情を浮かべた。ニックには代弁者が必要だ。

レポーターが立ちどまってスーツの襟を直し、カメラマンが追いつくのを待った。レンズが向けられ、緑のライトが点灯すると、話し始めた。「テッサ・パーマー暴行殺人事件で起訴された被告人をあなたが弁護するというのは本当ですか？」

「わたしはニック・ザブロスキーの弁護人です」言葉が重要だ。モーガンは言葉を慎重に選んだ。常にニックの名前を使うか、依頼人と呼ぶつもりだ。マスコミや検察は被告人か被疑者と呼び、有罪を印象づけようとするだろう。モーガンはニックがゆがんだ司法制度の犠牲者、手に負えない状況に陥った人間に見えるよう努力する。ニックの身に起きたことは、誰の身にも起こり得ることを世間に示すのがモーガンの役目だ。

「あなたは元地方検事補ですよね。容疑者を刑務所に入れるのではなく、自由にしようとするのはどんな気分ですか?」レポーターがマイクをモーガンに突きつけた。

マスコミは読者を惹きつける煽情的な見出しで、ニックに重大な損害を与えた。あいにく、彼らにとっての成功とは最初に報道することで、正確さは関係ない。とはいえ、マスコミを怒らせるわけにはいかない。

「現時点でお話しできるのは、依頼人は無実であり、なんとしてもそれを証明するということだけです」モーガンは顎を上げ、自信に満ちた真摯な表情でカメラを見た。

「テッサ・パーマーについてひと言お願いします」

モーガンは表情をやわらげた。目に浮かんだ涙を隠さずに答えた。「テッサの身に起きたことは恐ろしい悲劇です。彼女は輝かしい未来がある、優しく聡明《そうめい》な若い女性でした。誰の身にも起きてはならないことです」モーガンは罪を憎み、被害者に同情することを避けるつもりはなかった。「しかし、恐ろしい犯罪が起きたからといって、性急な有罪の推定や早まった逮捕が許されることにはなりません」

モーガンはレポーターからカメラに視線を移した。「わたしはニックの無実を証明するだけでなく、テッサを殺害した真犯人が逮捕されることを望んでいます。この恐ろしい罪を犯したのはわたしの依頼人ではありません。つまり、ほかの誰かがやったのです」ひと息ついてカメラを見据える。「ニックが不当に勾留されている限り、本物の殺人犯が野放しになるのです」

そう言い残して、ビルのなかに入った。

五分後、デスクを挟んで地方検事と向きあっていた。「辞退することを直接お話しすべきだと思いました」

「それはどうも」ブライスが彼の向かいの椅子を勧めた。「残念だ」

「申し訳ありません」モーガンは椅子に浅く腰かけた。

一見、穏やかだが、ブライスが怒りに駆られているのがわかった。モーガンの決断に納得していない。「勝ち目のない訴訟のために、条件のいい仕事を棒に振るなど信じられない。ニック・ザブロスキーは確実に有罪だぞ」

モーガンは何も言わずにおいた。反論しても意味はない。モーガンはまだ証拠を見てさえいない。ブライスはこのような煽情的な殺人事件で、司法取引をするつもりはないだろう。テッサは善良な女の子だった。地元で惨殺された。汚された純真の象徴だ。この殺人事件は、すべての親やきょうだい、隣人の感情を揺り動かした。自分の娘をレイプし、殺害する凶暴な人間より恐ろしいものがあるだろうか。

そんなものはない。

ブライスが腕をデスクに置いた。白いシャツのダブルカフスがジャケットの袖からのぞいた。カフスボタンは純銀とオニキスでできた円形のもので、オーソドックスで控えめだ。「きみの依頼人が罪状を認めて、納税者の時間と金を節約する方向で話しあおう」

「どうぞ続けてください」モーガンは言った。「わたしはまだすべての証拠を知らされていないので、一方的な話し合いにならざるを得ません」

「テッサ・パーマーは九回刺される前に、性的暴行を受けていた。精液のDNAがきみの依頼人と一致した。被害者の親指の爪の下に入りこんでいた血液も、きみの依頼人のDNAと一致した。これらはすべて宣誓供述書に記載されているから、捜索令状の相当の理由に異議を申したてることはできない」

ブライスはどうしてこんなに早くDNA鑑定の結果を入手できたのだろう?

ブライスが言葉を継ぐ。「被害者が殺害される直前に、きみの依頼人と口論しているのを見た目撃者がいる。その一時間前に、被害者の元ボーイフレンドときみの依頼人が喧嘩をしている映像もある。映像を見る限り、明らかにきみの依頼人が攻撃していた」

決定的な証拠のように思えても、モーガンは取り乱さなかった。検察官はあらゆる事実を利用してニックが有罪である証拠にするだろう。代わりの説明を見つけ、検察の理論に疑いを投げかけるようなほかの証拠や証言を明らかにするのがモーガンの仕事だ。

ブライスがふんぞり返り、組みあわせた手をデスクの吸い取り紙の台の上に置いた。全身に自信がみなぎっている。手ごわい相手だ。「テッサが妊娠していたことは知ってるか？」

〝まさか〟

法廷での経験を生かして、モーガンは無表情を保ったが、本当はショックを受けていることを、ブライスはその目に読み取っただろう。

「検死報告書を見ればわかることだが、気になるだろうから言っておくと、父親はきみの依頼人ではない」ブライスがモーガンの表情をうかがった。

ＤＮＡ鑑定を急がせるために、ブライスはどれだけの借りを返してもらったのだろう。それに、どうして検査結果を受け取る前に、ザブロスキー家に捜索令状を出さなかったの？　ほとんどの裁判官は、テッサが殺される直前にニックと口論していたという目撃者の供述に基づいて令状にサインしただろう。相当の理由はしばしば、被疑者が処分する前に証拠を集める必要性と比較検討される。だが、ブライスは隅々まで手抜かりがないようにしていた。

モーガンは思案しながら、ただうなずいた。ブライスと同じ立場で仕事をしていたとき、犯罪者に脅されたり、いやがらせをされたりすることがあった。どんなことに対しても、毅然《きぜん》とした表情を保つことを学んだ。

「まだ何も言わないのか？」ブライスが眉を上げた。

「この段階では」

「わたしの見解を述べよう。きみの依頼人は、テッサが浮気をしたことを知った。ほかの男に妊娠させられたことを。彼女に振られ、嫉妬した。怒りに駆られた。だから、レイプして刺した」

「それはずいぶんなこじつけですね」

ブライスが身を乗りだした。「きみの依頼人が受けられる申し出はひとつだけだ。第一級殺人と強姦の罪を認めれば、仮釈放なしの終身刑ではなく、懲役二十五年を求刑する」

ニューヨーク州では、死刑は選択肢にない。

「すべての証拠を検討したあとで、必ず依頼人に伝えます」

「ああ」ブライスが背筋を伸ばした。冷静を装っているが、デスクの上で握りしめた拳にいらだちが表れている。「大陪審が招集され次第、この申し出はなかったことになる」

「はい、ありがとうございました」モーガンは立ち上がり、ブライスに手を差しだした。

「これだけは言っておこう、弁護士さん」ブライスはその手を申し訳程度に握った。「きみは一流の人材だ。キャリアを棒に振ったことを残念に思う」

モーガンは重い気分でブライスのオフィスをあとにした。ブライスの理論がこじつけだろうと、ニックに不利な、有力な証拠がある。陪審はDNA鑑定の結果を重視する。モーガンは廊下を急いで歩き、エレベーターに乗った。証拠書類の一部がセキュリティで保護された電子メールで送られ、数時間後には彼女の受信箱に届くはずだ。モーガンは一刻も早く仕事に取りかかりたかった。いくつか決断しなければならないことがある。報酬なしで調査員を雇う方法は――。

ひとつしかない。ランスだ。

事件のことを考えながらうわの空で運転し、自動操縦のごとく自宅の私道に車を乗り入れた。家には誰もいなかった。腕時計を確認する。まだ昼食の時間にもなっていない。金曜の午前中は、たいていみんな留守にしている。ジャンナは透析を受けに行っていて、ソフィーは保育園で、祖父は運転手を務めている。

モーガンはバッグを持って車から降り、歩道を歩いた。メールの着信音が鳴った。バッグのポケットから携帯電話を取りだし、メールアプリを開きながら玄関へ向かう。ドアの前まで来て、ようやくそれが目に留まった。携帯電話が手から滑り落ち、れんがの道にぶつかる。

〝まさか〟

脳が目にしたものを受け入れるのを拒否した。目をぎゅっと閉じてから、ふたたび開ける。それはまだそこにあった。

モノグラムの白目のノッカーの下に、血まみれの心臓がナイフで突き刺して留めてあった。

15

「心臓にナイフだと？」ランスはモーガンに渡された写真を見て、怒りが込み上げた。

「メッセージは明らかかね」モーガンは二の腕をさすったあと、ランスが間に合わせのオフィスに運びこんだ二脚目の折りたたみ椅子に腰かけた。

ニックの弁護を引き受けたモーガンは、隣人から見れば敵だ。

「牛の心臓よ。警察に届けたの」モーガンが身震いし、長い脚を組んだ。「警察は写真を撮って、報告書を作成した。でも、どうにもならないと思う。この地域でニックの味方はバドだけだから」額に手を当てる。「牛の心臓なんてどこで手に入れられるの？　地元の食料品店と精肉店に電話してみたけど、成果はなかったわ」

「エスニック食品の店は当たってみたか？　州間高速道路の近くに、アジア系のスーパーマーケットがある。シャープがそこでサツマイモの葉を買ってるんだ。普通の肉の切り身以外のものも扱ってるぞ。丸ごと一羽の鶏や、豚の頭を見たことがある」ランスは写真を返した。「アートが設置した防犯カメラは？」

「壊れているの」モーガンがブリーフケースに写真をしまった。「この前警備会社に来てもらったんだけど、直らなくて。月曜日に交換してもらう予定よ」

モーガンが玄関に突き刺されていた牛の心臓の話をしに来たわけではない感じがして、ランスは気になった。どうして訪ねてきたんだ？

廊下から足音が聞こえた。

「ランス？」シャープが呼びかけた。

「ここだ」ランスは返事をした。

シャープが戸口に現れ、ランスはふたりを紹介した。

「ちょうどよかった」モーガンが言う。「おふたりに話があったんです」

「なら、おれのオフィスへ行こう。本物の椅子がある」シャープがうしろにさがり、廊下を指し示した。「お茶でいいかな？」

「はい。ありがとうございます」モーガンが答えた。

シャープがモーガンを自分のオフィスに案内した。「すぐに戻ってくる」それから、キッチンへ向かった。

ランスはモーガンの隣の椅子に座った。キッチンで水が流れる音と、コンロの火をつける音がした。

モーガンがランスに言う。「急だったかしら。ふたりきりで話したほうがよければ……」

ランスはさえぎった。「いいんだ。シャープの前で遠慮する必要はない」彼の過去について打ち明けるべきかどうか、少し考えてから続けた。「おれの父親について話したことはあったっけ？」

「お父さんがいないのは知ってるけど、詳しい話は聞いたことがないわ。あなたは話したくないみたいだったし」モーガンが小首をかしげた。「お父さんは家を出たのだと思ってた」

みんなそう思っている。「おれが十歳のとき、親父は姿を消した」

モーガンが背筋を伸ばした。「姿を消したって？」

「ある晩、パンとミルクを買いに行ったきり、二度と戻ってこなかった」

「恐ろしい話ね」モーガンが喉に手を当てた。

ランスはモーガンから、同情から目をそむけた。オフィスの窓の外で、前庭の枯れ葉の山を風がまき散らすのが見える。枯れ葉は宙を舞ったあと、風に翻弄されて芝生を転がった。人生が手に負えなくなっていくのをなすすべもなく見守っていた十歳のランスのように。ランスは少年時代を忘れたくとも、父の生死を知りたい気持ちが消えなかった。父は犯罪に巻きこまれたのだろうか、それとも本当に家族を捨てたのか？

「警察は見つけられなかったの？」モーガンがきいた。

「ああ」ランスは感情を抑えこみ、モーガンに視線を戻した。「父の事件を担当した刑事がシャープだったんだ。一年くらい経った頃、上に捜査を打ちきるよう言われた。もちろん、非公式に。表向きは、警察は事件を解決するまで捜査を続けることになっている。でも実際は、人手が限られているから、最新の事件に集中しなければならない」

「つらかったわね」

「ああ。だが、シャープは事件が迷宮入りになったあともずっと、おれとお袋のことを気にかけてくれたんだ」

それどころか、シャープがいなければ、ランスは大学にも行けず、警察官にも立派な社会人にもなれなかったかもしれない。

「つまり、何が言いたいかというと、シャープはおれのことをよく知ってるってことだ。単なる上司じゃない。だから、気にせずになんでも話してくれ」

「打ち明けてくれてありがとう」モーガンがあたたかい目をした。

どうしてこんな話を彼女にしたのだろう、とランスは思った。彼の憂鬱な十代について知っている人は、シャープのほかにそれほど多くはない。つらすぎて話題にできなかった。子どもの頃は、両親が離婚し、母親は稼ぐために残業しているから姿が見えないのだとみんなに思わせておくほうが楽だった。家庭環境のせいで社会生活が制限され、数少ない友達にも母親がノイローゼだということは打ち明けなかった。

モーガンが母のことをどう思うか、気にせずにはいられなかった。これまでつきあった女性たちには、父が失踪したことも話さなかった。〝実はさ、お袋が重い精神病なんだ〟などと言ったら、続くものも続かなくなる。真剣につきあおうとした相手も何人かいたが、親に紹介した時点でだめになった。母親の問題に一緒に取り組んでほしいと他人に期待するほうが間違っている。モーガンはすでに人並み以上の責任を背負っている。これ以上の責任を押しつけることなどできない。

だから、ランスはどれだけ彼女に惹かれていようと、友人でいるしかなかった。

キッチンからカップの鳴る音が聞こえてきた。数分後、シャープがトレイを運んできてデスクに置いた。そして、カップをモーガンに渡した。

モーガンは両手で受け取り、指をあたためるようにカップを包みこんだ。「すでにご存じかもしれませんが、ニック・ザブロスキーの弁護を引き受けたんです」

シャープがうなずいた。「ニュースできみを見た」

「嘘はつきません。ニックの弁護は簡単ではありません。地方検事はすでにニックが有罪だと世間を納得させましたし、証拠からいっても悲観的な状況です」

ランスは身を乗りだした。「今日、モーガンの家の玄関に、牛の心臓がナイフで突き刺して留めてあったんだ」

「上等だな」シャープが息を吐きだし、心配と尊敬の入りまじった表情を浮かべた。

「それでも手を引かないのか」

「はい」モーガンが顔を上げた。青い目に決意がみなぎっている。「ニックは何年も前から祖父の家の向かいに住んでいます。芝生を刈ってくれるし、祖父のチェス仲間なんです。わたしの子どもたちも彼のことが大好きです。ニックがそれほどの怒りを抱えていたなんて信じられません……」言葉を切り、カップを置いた。「うちの辺りは近所づきあいが濃厚なんです。テッサのことも知っていました。子どもたちのベビーシッターを頼んでいたので。ニックの無実を証明するだけでなく、真犯人を見つけたいと思っています」

「それは難しい仕事だな」

「わかってます。ひとりでは無理です。調査員の助けが必要です」

ランスは咳《せ》きこんだ。シャープ探偵事務所に依頼する気か？　もっと早く気づくべきだった。彼女がここに来る理由はほかにない。ただランスと話をしに来たわけではなかった。少しがっかりした。

ランスはその気持ちを振り払おうとした。傷つく権利などない。モーガンは誰かとつきあう準備ができていないし、ランスも母親がいる限り無理だ。

くそっ。

感情を抑えることができない。シャープ探偵事務所が断ったら、モーガンは別の誰かに頼むだろう。そう思うと、ランスは嫉妬に駆られた。誰にもモーガンと一緒に仕事をしてほしくない。とはいえ、仕事を引き受けたらホーナー署長と対立することになる。新たな刑事のポストを得る可能性は、加熱したラジエーターから噴きだす蒸気よりも速く消え失《う》せるだろう。

父が失踪してからずっと、刑事になることだけを望んでいた。それをあきらめられるのか？

「依頼人は金があるのか？」シャープが率直に尋ねた。

モーガンがため息をつく。「正直に言うと、バドは金策に走りまわっています。家をふたたび抵当に入れたんです」

「きみは無料で弁護するのか？」

モーガンがうなずいた。彼女は隣人のためにキャリアを犠牲にしたうえ、ただ働きしているのだ。「集めたお金は調査費用と弁護費用に充てられます。バドはいい人です。時間がかかっても必ず払ってくれます」

「その子が無実だと心から信じているんだな？」

「はい」モーガンが確信に満ちた口調で答えた。

ランスは膝に肘をついた。「もし違ったら？」

「無実よ」モーガンの目に決意がみなぎった。「ニックに人殺しなんてできない。血を見ただけで吐くの。この目で見たのよ。反射的で、本能的な反応だった」

「じゃあ、濡れ衣を着せられたと思っているんだな？」

「ホーナーはばかだ」シャープが口を挟んだ。「だが、無実の人間を故意に有罪にするとは思えない」

「六日間で三つのＤＮＡ鑑定を行ったんです」モーガンが言う。「大仕事です。かなり無理をきかせたはずです。ニックを犯人にしたかったんですよ」

シャープがうなずいた。「ブライス・ウォルターズは数カ月前にジョーンズの事件があったせいで、世間のイメージを高めたがっている」

「初耳です。何があったんですか？」モーガンが額をさすった。

「署長と地方検事が捜索令状を強引に執行し、結局、裁判で相当の理由がないということで無効になったんだ。証拠が伏せられ、武装強盗犯が釈放された。三週間後、ジョーンズはホワイトホールの酒屋の店員を殺害した。マスコミが前後関係を報じたあと、市長も地方検事も支持率が急降下したんだ」

「だから、捜索令状にあんなに慎重だったのね」モーガンが手をおろし、眉間にしわを寄せて考えこんだ。「でも、この事件を早急に解決したがっているのなら、間違いを犯したかもしれない」

「ああ」シャープが同意した。「おれなら全部の岩の下を見るだけでなく、爆破して破片まで調べるね」

シャープがテーザー銃の矢のごとく鋭い視線をランスに投げかけたあと、モーガンに向き直った。「きみの依頼について話しあわなければならない。ちょっと時間をもらえるか？」

「もちろんです」モーガンが答えた。

ランスはシャープのあとについて廊下を歩き、物置部屋へ向かった。

シャープがドアを閉めた。「おまえさん次第だ。調査を引き受けたら、ホーナーは腹を立てるだろう。あいつが署長でいる限り、おまえさんはこの町で警察官に復帰できない」

「わかってる」ランスは両手で顔をこすった。スカーレット・フォールズを離れることはできない。母を置いては行けない。

「被疑者を知っているのか？」

「少しだけ。ぱっと見は人殺しなんてできるような青年には見えないが、そんな犯罪者は大勢いる」ランスはモーガンの仕事を引き受けた場合に生じる問題をひとまず脇に置いて、事件についてわかっていることを思い返した。

シャープが顎をかきながら言う。「無実かどうかに関係なく、おまえさんはこの仕事のために警察の仕事をあきらめる覚悟はあるのか？」

「ああ。この仕事を引き受けたい」ランスは言った。

「自分のためか、ニックのためか？　それとも、モーガンのためか？」

「全員のためだ。高潔なふりをしたってしょうがない」

シャープが立ち上がり、ファイリングキャビネットに近づいた。「そういうことなら、おまえさんが自分の決断に自信を持てるように、渡したいものがある。ずっとふさわしいときを待っていたんだ」解錠して一番下の引き出しを開けると、ぎっしり詰まったファイルから分厚い蛇腹ファイルを引っ張りだし、ランスに手渡した。「これだ」

「なんだ？」ランスはファイルを横向きにした。ラベルを読んだ瞬間、ぞっとした――ヴィクター・クルーガー。

父の名前だ。

ファイルは五センチの厚さがあり、ただの紙とは思えないほど重く感じた。内容の重みだ。

「おれが個人的に作成した親父さんのファイルだ」シャープが引き出しを閉め、ふたたび鍵をかけた。

「刑事は個人的なファイルを持ってちゃいけないことになっている」

「そのとおりだが、みんな持ってた。少なくとも、おれが現役だった頃は」シャープがため息をつく。「いまじゃずいぶん変わっちまったみたいだ」

ランスはファイルの重さを確かめた。「捜査が打ちきられたあとも、調べてくれていたんだな」

「まあなんとか、休みの日だけだが」不言実行というところが、シャープらしい。

「知らなかった」

「おまえさんは十代の頃、普通を求めていた。忘れなきゃならなかったんだ」

ランスの母親がどうなったかを考えれば、明らかなことだ。

ランスはファイルを開かなった。「おれはこの二カ月間、ほとんど毎日ここに来ていたのに、どうしていままで渡さなかったんだ？」

「おまえさんが見たがるかどうかわからなかったし、二十年以上前のことにとらわれてほしくなかった。調査を再開することで、お袋さんに与える影響のことも心配だった。だが、おまえさんが今後もこの事務所でやっていくつもりなら、これ以上隠しておくべきじゃないと思ったんだ。どうするかは自分で決めろ」

ランスはラベルに書かれた父の名前に触れた。これを読みたいか？　一度ファイルを開いてしまえば、のめりこむだろう。抜けだせなくなるかもしれない。母のことも考えなければならない。過去を掘り起こしたら、すでに不安定な母の生活に深刻な影響を与えかねない。

シャープが言葉を継ぐ。「親父さんの事件と、おれの長年の影響もあって、おまえさんが刑事になりたいのはわかる。だが、警察に所属しなくたって、探偵ならなれる。おれが親父さんの事件から手を引くよう命じられたのは、捜査が行きづまり、予算がきつかったからだ。人手が足りなかった。表向きは、進行中の事件の捜査に移らなければならなかったからだが。私立探偵なら、調査を打ちきる時期を自分で決められる。おまえさん次第だ」

「ありがとう」ランスは膝にのせたファイルを指でトントン叩いた。開くのが怖かった。

「じゃあ、ニックの事件を引き受けたいんだな？　重要な決断だ。考える時間が必要か？」

夢をあきらめるのはつらいが、ほかに選択肢はないとわかっていた。モーガンに背を向けることはできない。ファイルの角を握りしめた。「やるよ」

「本当に重症だな」

「ただの友達だ」

「もちろん、そうだろうとも」

「いいほうに考えれば、ホーナーには我慢ならないから、これでやつの下で働かずにすむ。この事件を引き受けたら、やつに中指を立てるようなもんだ」

「その意気だ。ホーナーは能なしだ。やつの部下に戻りたがる気持ちが理解できなかった。おれが早々に退職したのは、やつがいたせいもある」シャープがランスの肩を叩いた。「デスクを注文して経費として請求しろ。図体《ずうたい》を丸めてちゃちなトランプ用テーブルに向かってる姿はもう見たくない」

ランスはなぜか気分が軽くなった。警察官としてのキャリアをあきらめることで解放されたような気がする。太腿のこわばりもそれほど気にならなくなった。

「ただの友達って話は信じられないな」シャープが言う。「彼女がおまえさんを見る目つきは友人を見る目つきじゃない。旦那さんを亡くしてからどれくらい経つんだ？」

「二年くらいだ。でも、そういう問題じゃないとわかってるだろう」

「何人かのわがまま女にひどい目に遭わされたからって、おまえさんの重荷を引き受けてくれる相手と一生出会えないってわけじゃない」

「モーガンはすでに充分重荷を背負っているんだ。一緒になってもお互いに不幸になるだけだ」合わせた荷物の重みに押しつぶされてしまうだろう。「仕事を引き受けると彼女に伝えてくる。事務所のポリシーはどうする？　ニックの父親はまだ依頼料を払えない」

「今回は例外としよう。彼女はきみの親しい友人だ」シャープが人差し指を立てた。

「おれがあと払いで仕事を引き受けたことは誰にも言うな。評判が台なしになる」

「それは困るな」ランスはドアを開けた。

「いつでもおまえさんの給料から費用を引きだせる」まったくの冗談というわけでもなさそうだ。

ランスは戸口で立ちどまった。「タフな男を気取るのも結構だが、本当はお人よしだってばれてるぞ」

シャープは含み笑いをしたあと、真剣な口調で言った。「オフィスが必要ならこの部屋を使うよう彼女に言ってくれ。この建物は防犯対策が万全だ。彼女の資料も自宅よりここに置いておくほうが安全だろう。検死写真を子どもたちのいる家に持って帰りたくはないだろうし」

「それはいい。できるだけ彼女のそばを離れないようにするつもりだ。みんな腹を立ててるだろうな。今日のいやがらせはほんの始まりにすぎない。弁護を引き受けたことで、モーガンはみんなの憎しみの的になったんだ」

「そうだな」シャープが目を細くした。「彼女の言うとおり、その青年が無実だとしたら、ほかに真犯人がいるってことだ。そいつもモーガンが事件に首を突っこむことをよく思わないだろう」

ランスはシャープのオフィスに戻った。モーガンは携帯電話をスクロールしていた。

「引き受けるよ」ランスは言った。

モーガンが息を吐きだし、しばらく目をつぶった。ふたたび開けたとき、そのまなざしは感謝に満ちていた。「ありがとう」

「今後の計画は？」

「検察局から証拠書類が送られてくるのを待っているところ。一時間前にブライスと会ったばかりだから、少し時間がかかるでしょう。でも、午前中、ニックに接見したの」モーガンがメモを取りだし、重要な部分を話して聞かせた。

ニックが帰った時点でまだ湖に残っていた子どもたちの名前を並べたてたとき、シャープが口を挟んだ。「ジェイミーという名前の女の子も残っていたのか？」

モーガンがうなずいた。「ええ。テッサの友達だと、ニックは言っていました。名字はわからないそうです」

「それなら教えてやれるぞ」シャープが言った。「名前はジェイミー・ルイス。きみの重要証人は、おれたちが捜している少女だ。ランスと一緒に、彼女の両親から話を聞いてくるといい」

ランスはポケットから車のキーを取りだした。一度決心してしまうと、事件に対する興味がわいた。それに、モーガンと一緒に働くのは……。

面白い。モーガンが立ち上がり、巨大なバッグを持った。「ふたつの事件には関係があるのかもしれない。ジェイミーとテッサは友達だった。ひとりは隠れていて、ひとりは殺された」

16

モーガンは二カ月ものあいだ子どもたちが行方不明になるなど、想像もできなかった。考えただけで吐き気がする。

寝室がふた部屋あるアパートメントの狭いリビングルームで、ヴァネッサ・ルイスは格子縞のふたり掛けソファに座って娘の写真を見つめていた。化粧はしておらず、茶色のまっすぐな髪を、手入れの簡単なショートヘアにしている。「これが先週の木曜の夜に撮られたなんて信じられません。スカーレット・フォールズにいるのに、家に帰ってこないなんて」まばたきして涙をこらえた。

「一緒に捜そう」ヴァネッサの隣に座っている婚約者のケヴィン・マードックが、サイドテーブルの上に置かれたティッシュの箱を取って彼女に渡した。

モーガンとランスは、ガラスのコーヒーテーブルを挟んだ、袖付き安楽椅子《ウィングチェア》に腰かけている。

「ジェイミーが家出をする前に、何か変わったことはありませんでしたか？」モーガンは尋ねた。

ヴァネッサがうなずいた。目と鼻が赤くなっている。「ケヴィンにプロポーズされたんです。とてもうれしかった。でも、彼がこの家に引っ越してくると話したら、あの子はかっとなって。難しい子なんです。気分屋で癇癪持ち、反抗的で、ＡＤＤを持っています。もっと小さい頃は薬をのんでいたんですが、いやがって。大きくなって無理強いできなくなると、もうのまなくなりました。扱いにくい子だとずっと思っていたんですけど、思春期に入るとさらにひどくなってしまい、新しい精神科医に診せたら双極性障害と診断されました。認めるのはつらかったけど、それで激しい気分変動や怒りの問題に説明がつきました」

ケヴィンがヴァネッサの手を取った。「きみのせいじゃない。ジェイミーがあんなふうに反応するとは予想できなかったんだから」

「わたしは軽食レストランの夜間店長をしているんです」ヴァネッサが言う。「一週間のうち五日以上、午前二時まで家に帰れません」はなをすすった。「いいことだと思ったんです。ケヴィンは会計士で、在宅勤務をしています。わたしが仕事で留守にしているあいだに、ジェイミーがこっそりパーティーに出かけているのは知っていました。夜、家に大人がいれば、飲酒やマリファナの問題が解決するかもしれないと期待したんです」婚約者を見る。「自由にできなくなることを、ジェイミーはいいことだとは思わないかもしれないと、ケヴィンは言っていたんですけど」

「あの子が見つかるまで捜し続けよう」ケヴィンが握った手を持ち上げ、ヴァネッサの指の節にキスをした。

五十歳のケヴィンは見た目は普通の中年男で、生え際が後退し腹が少し出ているが、ヴァネッサはまるでブラッド・ピットを見るような目つきで彼を見ていた。

「ケヴィンがいなければ、わたしはどうなっていたことか。心の支えになってくれています」ヴァネッサが弱々しくケヴィンに微笑みかける。「ここに引っ越してくればいいとずっと言っているんです。どうせしょっちゅうここにいるし。でも、引っ越そうとしないんです」

ケヴィンがかぶりを振る。「それはだめだ。ジェイミーが帰ってくるまでは、そんなことできない。たった二カ月で、きみが自分を忘れて新しい生活を始めたと、ジェイミーは思うだろう。あの子が帰ってきて落ち着くまで待とう」

ランスが身を乗りだした。「おつきあいされてからどのくらい経つんですか？」

ヴァネッサが微笑んだ。「二年です」

「ジェイミーとはうまくいっていましたか、ケヴィン？」モーガンは尋ねた。

ケヴィンは一瞬、モーガンの目を見たあと、視線を左にそらした。鼻をかく。「ええ」

簡単な質問にすぐに答えられず、目を合わせられず、顔を触るのは、嘘をついているときの典型的な仕草だ。何が嘘なの？

モーガンは話を少しそらした。「お子さんはいらっしゃいますか？」

ケヴィンが首を横に振った。「いいえ」

ランスがモーガンに調子を合わせた。「十代の子は扱いにくいときがある。子どもに接した経験はありますか？」

「ええと、ありません」ケヴィンの額に汗が噴きだした。うつむいて、ふたたび首を横に振る。「ジェイミーに対してできる限りのことはしましたが、役割を果たせていないと感じるときもありました」

ヴァネッサがあわてて口を挟んだ。「ジェイミーとケヴィンは充分うまくやっていましたよ。喧嘩もしませんでしたし。ケヴィンはものすごく我慢強く接していました――ときにはわたしよりも。十代の子はたいてい扱いにくいものですが、ジェイミーは次元が違うんです。とにかく、ジェイミーはわたしたちがつきあっていることに反対はしていませんでした。結婚すると話すまでは」

「たまに電話で話しています」ヴァネッサが眉根を寄せる。「あの人にとっては形だけのことです。ジェイミーは父親に関心を持たれていないことに気づいています。再婚して、もうすぐ子どもが生まれるんです」

「ジェイミーはつらいでしょうね」モーガンは言った。

「いいかげんに慣れてもらわないと」ヴァネッサの声がとげとげしくなった。「あの人はジェイミーが八歳のときにわたしたちを見捨てました。あの子を持て余したんです。元夫はふたりの子どもと犬がいる、白い柵で囲まれた家を望んでいました。でも、わたしたちにはアメリカン・ドリームを実現させることはとうていできなかった。いつもお金がなくて。ジェイミーの治療費にお金がかかったんです。お金の問題を別にしても、彼は不安定なあの子を扱いきれなかった」

「ジェイミーは前にも家出したことがあるんですか?」ランスが優しく尋ねた。

ヴァネッサがうなずき、ティッシュで目元を押さえた。「はい。でも、いつも簡単に見つかったので、本気じゃないんだと思っていました。たいてい、治療のことで喧嘩になったあとに逃げだしたんです。毎週治療に連れていくのは、ものすごく大変でした。前回家出したときは、友達の家の物置小屋にいたところを警察が見つけました。その子の両親は二日間、ジェイミーが裏庭に寝泊まりしていたことに気づきませんでした。友達が食事や服を運んで、両親が仕事に行っているあいだは家に入れていたんです」

「ジェイミーはどんなことが好きですか？」モーガンはきいた。「音楽とかショッピングとかスポーツとか……」

「音楽は聴きます。でも、楽器を弾いたりはしません」ヴァネッサが丸めたティッシュをじっと見つめた。息を詰まらせる。

「漫画や絵を描くことも好きだよな」ケヴィンが代わりに答えた。

モーガンは話を聞くあいだずっと、ケヴィンに注意を払っていた。直接的な質問をされない限り、落ち着いているように見える。彼にきいた。「どんな絵ですか？」

ケヴィンの額からさらに汗が噴きだした。「ダークコミックのような」

ランスの視線がケヴィンからヴァネッサに移った。「放課後は何をしていますか？」

「自分の部屋に閉じこもるんです」ヴァネッサがため息をつく。「努力はしていますけど、あの子とどう向きあえばいいのかわからなくなってしまいました」

「ジェイミーは携帯電話は持っていますか？」モーガンの知っている十代の子たちは

全員持っている。

「いいえ」ヴァネッサが首を横に振った。「取り上げなければならなかったんです。携帯電話でチャットルームにアクセスして、知らない人とやり取りしていたので。家のパソコンでは、オンライン活動を制限するソフトを使って、教育的なサイトを見せていました」

モーガンとランスはさらに情報をききだしたあと、ジェイミーの寝室を調べた。壁がクラシックロックのポスターで覆われている。

「音楽の趣味がいい」ランスがローリング・ストーンズのポスターを顎で示した。さらに、クローゼットを開けた。「ジーンズとトレーナーばかりだな」

「マニキュアも化粧品もない。ジェイミーは女の子っぽい女の子じゃないのね」モーガンは散らかったデスクの椅子に腰かけた。引き出しはがらくたであふれている――ペン、鉛筆、紙クリップ、ノート。ノートを開いてみた。「自分で漫画を描いてる」

ランスが肩越しにのぞきこんだ。「うまいな。シャープが彼女の写真を持って、地元のコミック店や画材店で聞き込みをしたんだが、成果はなかった」

「これを見て」モーガンはドレッサーの鏡の枠に挟みこまれていた写真に、顔を近づけて見た。

「動画に映っていた子たちじゃないか」ランスが一枚を手に取った。「テッサだ」

それは、テッサとジェイミーの自撮り写真をプリントアウトしたものだった。

「この部屋で撮ったのね。ローリング・ストーンズのポスターが映ってる」

その写真をリビングルームへ持っていき、ヴァネッサとケヴィンに見せた。「この子を知っていますか？」

ふたりともうなずいた。

「テッサよ」ヴァネッサがふたたび泣きだした。「去年、ジェイミーに数学を教えてくれたの。学校のはからいで。成績はあまり上がらなかったけど、あの子は友達ができて喜んでいた。テッサのことが本当に好きだったの。あんな事件に巻きこまれるなんて信じられない」嗚咽《おえつ》がもれる。

ケヴィンが彼女の肩に腕をまわして引き寄せた。

「テッサが最後にここに来たのはいつですか？」ランスが尋ねた。

ヴァネッサはしゃくり上げながら、ようやく答えた。「六月の期末試験のときです」

モーガンとランスはいとまを告げ、ケヴィンの肩を借りて泣くヴァネッサを残して家を出た。

駐車場を歩きながら、ランスが車のキーを取りだした。「どう思った？」

モーガンはれんが造りの陰鬱な建物をちらりと振り返った。「ヴァネッサ・ルイスは追いつめられているわね」

「心の病気は人生をめちゃくちゃにしかねない」ランスが険しい口調で同意した。

「シャープは両親の身元調査をしたの？」

「ああ。ジェイミーは母親がケヴィンと結婚するとわかったとたんに家を出たっていうのが引っかかるな。だが、ケヴィンもヴァネッサも、怪しい点はなかった。カリフォルニアにいる父親もだ」

「ヴァネッサが言ったように、ケヴィンが引っ越してきたら自由がなくなるから怒ったのかもね。反抗的な子なら、生活が変わってほしくないとか、スペースを共有したくないとかいう単純な理由で家出したのかも。狭いアパートだもの」

「たしかにそうだが、やっぱりタイミングが引っかかる」ランスがモーガンを誘導し、割れたガラスが落ちている地面を避けて歩いた。「テッサとジェイミーのつながりが明らかになったな」

「ただの偶然かも。スカーレット・フォールズ高校はそれほど大きな学校じゃないし」

「ああ。でも、調べる価値はある」

「ほかに誰を調べるべきかわかってるでしょう」モーガンはジープの前で立ちどまった。「ケヴィンよ」

「ずいぶん汗をかいてたな」ランスがドアの鍵を開けた。

「ええ。何か嘘をついてるのはたしかよ」モーガンは助手席のドアにまわった。「大量に汗をかくことは証拠にはならないけど」

「おれもそう思う」ランスがボンネット越しにモーガンを見た。「ケヴィンは何か隠している」

17

コンピューターの画面に表示されたテッサの写真が、彼を見つめ返した。黒い髪をうしろにまとめていて、きれいな顔があらわになっている。微笑んでいるように見えた。

彼に向かって。

インターネットを使うたびに、彼女の姿が目に入った。どこにでもいる。そして、ニュースで使われるどの写真も、血にまみれていなかった。

〝きみに会いたい〟

彼は両手を見つめた。汚れていない。目を閉じる。どうすれば彼女を忘れられる?

大きく息を吸いこんだ。

画面上で、レポーターがモーガン・デーンに話しかけていた。彼は音量を上げた。

昨日撮影された映像のなかで、彼女はテッサ・パーマー殺害容疑で無実の人間が誤認逮捕されたと主張した。

〝まさか〟

あの夜、森にいたのはふたりだけで、ひとりは死んだ。モーガン・デーンが真実を知っているはずがない。

しかし、かすかな疑念が生じた。彼のしたことに誰かが気づき、非難されるのではないかとびくびくしながら暮らしていた。だが、人は見たいものを見る。誰だって殺人者が隣に住んでいるとは信じたくない。

彼は太腿で手をぬぐった。ミスをしたのだろうか？　あの夜の行動を思い返したが、思い当たる節はなかった。警察は捜査を終了した。ニック・ザブロスキーが逮捕された。ニックが犯人だと、町じゅうの人が思っている。

ニック・ザブロスキーが殺人で有罪判決を受けるのだ。

そうでなければ困る。モーガン・デーンがニックの無実を証明したら、警察は捜査を再開するだろう。詳しく調べたら、何が出てくるかわからない。どれだけ慎重を期しても、常にリスクはある。裁判が終わって、ニック・ザブロスキーが刑務所に入れられるまでは眠れない夜が続くだろう。

彼は再生ボタンをクリックし、モーガン・デーンの短いスピーチをもう一度聞いた。

燃えるような目を見て、思わず停止ボタンを押した。決意がみなぎっている。ニックが無実だと確信しているのだ。

不安に駆られ、静電気が走ったかのように肌がちくちくした。モーガン・デーンは厄介な相手になる。直感的にわかった。

彼女が真相を突きとめるのをなんとしても阻止しなければならない。

ブラウザの新しいウィンドウを開いて、ランダム検索を開始した。モーガン・デーンについて、可能な限り調べなければならない。住所。家族。友人。彼女と親しい人物は利用できる。

情報を武器にしよう。彼女の弱点を見つける。どんな土台も充分な穴をうがてば崩れる。

モーガン・デーンは脅威だ。排除しなければならない。

18

翌朝、モーガンはシャープ探偵事務所の物置部屋に足を踏み入れた。ランスが彼女のために部屋を掃除してくれている最中だった。クローゼットのドアが開けられ、箱が詰めこまれている。部屋の中央に置かれた長テーブルには、まだいくつか段ボール箱がのっていた。

「ソフィーの風邪の具合は？」ランスが箱を動かしながら尋ねた。モーガンが思うところの、私立探偵の制服を着ている――カーゴパンツ、体にぴったり合ったTシャツ、右腰につけた拳銃を隠すために羽織っているらしい、ボタンを外したままの半袖シャツ。

「かなりよくなったわ」モーガンはコーヒーを三つのせたテイクアウト用のトレイと、ドーナツの入った箱をテーブルに置いた。「でもエヴァにうつったみたい。次はミアよ」

「ドーナツを買ってきたのか」ランスがにっこり笑った。

「クロワッサンとマフィンも少し。あなたとシャープの好みがわからなかったから」モーガンはコーヒーの蓋を開けて香りを嗅いだ。好きな季節は夏で、今朝のような秋の冷気は骨身にしみた。彼女に言わせれば、寒い季節の利点はパンプキンコーヒーとスエードのブーツくらいだ。

シャープが部屋に入ってきた。「うちは土曜日だけでなく、毎日がカジュアルデーなんだ」

「仕事中は、それらしく見せたいんです」ニックの弁護をするあいだは、服装がさらに重要になると、モーガンは思っていた。検察局の看板がないと――それに、世論を味方につけていないことを考えると、いつもより協力を得るのが難しくなるだろう。

「人は服や車の値段で弁護士の能力を判断する。車はミニバンだから、スーツを着るしかないわ」

モーガンにとって、スーツは鎧だった。

ドーナツの箱を差しだすと、シャープは嫌悪の表情を浮かべた。

「ひとつもらうよ」ランスがグレーズド・ドーナツを手に取った。「シャープはコーヒーを飲まないし、加工食品も食べないんだ」

「ごめんなさい」モーガンはボストン・クリーム・ドーナツを選んだ。「甘いものに目がなくて」

「砂糖とカフェインは依存性が高いんだ」シャープが偉そうな口調で言った。

「いまだけ危険な生き方をするよ」ランスがトレイからコーヒーを取った。

「本当にごめんなさい。二度と彼を堕落させないと約束します」モーガンはにっこりし、トートバッグからノートパソコンを取りだした。「オフィスを使わせていただいて、ありがとうございます」

シャープが最後のふた箱をクローゼットにしまった。「どういたしまして」

「うちの防犯システムは、ここのと比べたら頼りなくて」モーガンは言った。

ランスが廊下から備品と書類の入った箱を運んできて、テーブルの上に置いた。

「今日の予定は？」

「証拠を調べるの。ゆうべから始めているんだけど、数が多くて」モーガンは睡眠不足で頭がぼうっとしていた。

シャープが箱を開けた。「あまり入ってないな」

「証拠資料のほとんどはセキュリティで保護された電子メールで送られてくるんです」モーガンはパソコンを開いた。

シャープが眉根を寄せる。「年寄りくさいと言われようが、おれは紙に印刷されたもののほうが好きだ」部屋を出ていき、プリンターを持ってくると、テーブルの端に設置した。「いつでもどうぞ」

モーガンは捜査報告書を印刷し始めた。

「ぱっと見てわかるほうがいい」シャープが早く始めたくて待ちきれないとばかりに揉《も》み手をした。「ホワイトボードを使おう」

モーガンは向こう側の壁の、二枚の窓のあいだを占めている巨大なホワイトボードに目をやった。「複数部プリントアウトします。わたしも独自のやり方でファイリングしたいので」

プリンターが音をたてながら用紙を吐きだした。三人は報告書を分けあって読み始めた。

モーガンは捜査報告書から取りかかった。昼食の時間までに資料の大部分を読み終えたが、すっかり目がまわっていた。検死報告書は最後に取っておいた。覚悟を決めて、凶悪犯罪の残虐な詳細を読み進める。ただでさえつらいのに、被害者を個人的に知っている場合は……。

悪夢のような体験だった。

まず文章を読んでから、写真を見た。一枚目の、ガマの茂みに横たわったテッサの死体に、思わず息をのむ。顔や傷口をアップで撮った写真は、さらにひどかった。モーガンは目を閉じ、生前のテッサを最後に見たときのこと――デーン家のキッチンのテーブルで、子どもたちと〈蛇と梯子〉ゲームをしている姿を思いだした。からっぽの胃がむかむかする。トートバッグから制酸剤を取りだして、ふた粒嚙んだ。

「そろそろお昼にしよう」ランスがモーガンをじっと見つめて言った。

「外の空気を吸ってくるわ」モーガンは写真から離れたかった。クロワッサンを持って裏口のポーチに出た。

階段の下で白いものがぱっと動いた。陰で犬が縮こまっていた。黄褐色のぶちの入った白い雑種で、細いブルドッグのように見える。尻尾を切られていて、汚れた短い毛の下の肋骨《ろっこつ》が浮きでていた。

「どうせ食べられないから」モーガンはクロワッサンをちぎってポーチに投げた。犬が階段の下からそっと出てきて、いつ次の食事にありつけるかわからない動物特有の勢いで、クロワッサンのかけらをがつがつ食べた。モーガンは、さらにかけらを投げてやり、犬をおびき寄せた。犬は少しずつ近づいて、一メートルほどのところまで来た。「もうないの」

犬はわかったというように短い尻尾をひと振りしてから、さっと階段の下に戻った。

背後でドアが開いた。ランスが出てきてモーガンの隣に来た。「大丈夫か？」

「ええ」モーガンは柱に寄りかかった。「少し休めば平気」

ランスがモーガンの肩に腕をまわし、引き寄せた。モーガンは頬を伝う涙をぬぐった。「写真がこたえたわ。ごめんなさい」

「どうして謝る？　人間らしいから？」

「弱いから」モーガンは彼を押しやった。「ニックとテッサのためにわたしができることは、事件を解決することだけ。泣いても役に立たない」

「きみほど強い人間をほかに知らない」ランスが手を伸ばし、モーガンの髪を耳にかけた。拳が頬をかすめる。「でも、これは――」事務所を指さした。「被害者が他人だったとしてもきつい。誰かに頼りたいときは、おれに頼ってくれ」

モーガンは目を閉じ、しばらくランスの手のひらに顔をうずめた。けれども、彼が抱きしめようとする素振りを見せたので、背筋を伸ばした。いま抱きしめられたら、泣き崩れて、感情が爆発してしまうだろう。悲しみは彼女を引きずりこんで窒息させようとする泥沼だ。おなじみの重苦しい感覚が生じ、胸を押しつぶそうとしている。息を吸うごとに苦しくなり、体が弾《はじ》けて粉々になってしまいそうだった。

二度と引きずりこまれてはならない。ようやく抜けだしたところなのだから。

「ありがとう」モーガンは言った。「そう言ってくれてうれしいわ。本当に。でも、わたしがやるべきことは、仕事に戻ることよ」

彼の不満げな顔を無視して、ドアへ向かった。

作戦室に戻ると、シャープが野菜スムージーを持ってきてくれた。モーガンは無理をしてそれを飲みながら、ホワイトボードをざっと見た。シャープはマグネットを使って、〝犯行現場〟〝容疑者〟といった見出しの下に写真を貼っていた。箇条書きで書かれ、矢印で関係を示している。一番上にテッサの写真があった。

「こうして見ると、つながりがよくわかりますね」

「そうだろう。これまでにわかっていることは」シャープがマーカーペンを手に取り、ボードの片側に時系列表を作成し始めた。「ニックとテッサが湖畔のパーティーに出席した。九時頃に到着。警察は、ほかに参加していた十一人の子どもたちの身元を特定した」その名前を記入する。「おれの知る限りでは、最後まで湖に残っていたのは、ジェイミーとロビー・バローネ、フェリシティ・ウェーバー、ジェーコブ・エマーソンだけだ」

「ジェーコブは元彼か？」ランスが尋ねた。

「厳密に言うと違う。テッサとジェーコブは、四月に何度かデートしただけの関係よ」モーガンは説明した。

シャープが伸びをした。

「動画の撮影者はわかったのか？」ランスがきいた。

「ええ」モーガンは資料をめくった。「ブランドン・ノーランって子」

「もっと早く動画を投稿しなかった理由を話したか？」

モーガンは警察の調書を捜し当てた。「ええ。木曜の夜、門限に遅れたから、罰として父親に一週間、外出禁止にされて、携帯電話も取り上げられていたそうよ。当初警察は、パーティーの参加者のリストにブランドンを入れていなかったの。テッサの親しいグループの子じゃないから。動画を見たあと、彼から話を聞いたのよ。喧嘩があった直後に帰ったみたい」

シャープが鼻を鳴らした。「つまり、携帯電話を取り戻したとたんに動画を投稿したってわけか。テッサの殺人事件と関係があるかもしれないと思いもせずに」

「そうですね」モーガンはため息をついた。思慮に欠ける十代の子たちを大勢起訴してきたので、驚きはしない。「時系列表を完成させましょう。パーティー開始直後に、ニックとジェーコブが喧嘩した。九時半にはニックとテッサは彼の車に乗りこんでいた。ニックの話では後部座席で、合意のうえで避妊せずに性交渉を行ったそうよ。十時頃に会場に戻ってきて、口論になった。テッサに振られたとニックは言っている。このことは、午後十時四十三分にテッサがフェリシティに送ったメールで証明できる。パーティーは十時から十時半のあいだにお開きになった。ニックはテッサを置いて帰ったと言っている。テッサは自分の車で来ていたから」

「証人はいるのか？」シャープが尋ねた。

「はい。ロビー・バローネとフェリシティが、ニックは先に帰ったと供述しています」モーガンは話を続けた。「ニックは真夜中までドライブしていたと言っています。携帯電話のバッテリーが切れていたので、ＧＰＳのデータはありません。帰宅したとき、父親はすでに眠っていました」

「じゃあ、バドはそれすら証言できないんだな」ランスが言った。

「そう」モーガンは自分の時系列表に時間と出来事を書き留めたあと、検死報告書を取りだした。「テッサの死亡推定時刻は、木曜の午後十時半から金曜の午前四時までのあいだです。九回刺されていますが、検死官は即死だったと考えています。傷の程度からすれば……」検死写真を見て身震いした。「最初のほうに受けた傷のひとつが、心臓に突き刺さっています。刺されているあいだずっと生きていたとすれば、さらに出血していたでしょう」

　心臓が停止したあとは、それほど出血しないのだ。

　モーガンは報告書をめくった。「検死の結果、打撲傷や、性的暴行による擦過傷が見つかりました。テッサの体内から検出された精液と、親指の爪の下に入りこんでいた血液が、ニックのＤＮＡと一致しました。さらに、コンドームの潤滑剤の痕跡が発見されました。ニックは前もって計画していて、逮捕されないようコンドームを使用したが、破れたというのが地方検事の見解です」

　シャープがテーブルに近づき、資料を引っかきまわした。「きみが接見したとき、ニックはジェーコブとの喧嘩で鼻血が出て、テッサに拭いてもらったと言っている。警察の最初の事情聴取でもその話をしたのか、それともテッサの爪の下から血が検出されたことを受けて言ったのか？」

　モーガンは調書を確認した。「残念ながら、最初の調書にそのことは書かれていません。でも、その話につながるような質問をされたわけじゃない。全体としては、ニックの供述は一貫しています」

「嘘発見器にはかけられたのか？」ランスがきいた。

「いいえ、一考の価値はあるわね」モーガンはさらにメモを取ったあと、話を続けた。

「ニックの家の庭から押収されたナイフはテッサの傷口と一致したけど、ＤＮＡ鑑定の結果はまだ出ていない。ナイフから指紋は検出されなかった。それから、洗濯かごから発見された血のついたＴシャツだけど――」

「ニックの鼻血だろ」ランスが言った。

「わたしもそう思ってる。これも鑑定の結果待ちなの」モーガンは顔を上げた。「シャツの血のＤＮＡはニックと一致するはず。ナイフの血はテッサのものだと思う。地方検事はこれらの検査を早めようとしない」

「その必要はないだろう。すでに容疑者を勾留したんだから」と、シャープ。

「これ以上無理をきかせられなくなったのかも」ランスが言った。

モーガンはうなずき、いらだった。「ニックの自宅からも犯行現場からも見つからなかったのは、破れたコンドームと、血のついたズボンや靴」

ランスが言う。「つまり、ニックはどうにかしてコンドームとズボンと靴を処分したが、血のついたＴシャツは洗濯かごに入れて、凶器のナイフは物置小屋の裏に埋めたってことになる。筋が通らない」

「九回も刺したら、必ずズボンや靴に血がつく」シャープが同意した。「ナイフは罠《わな》だな」

「ニックははめられたってことね」モーガンは言った。

「そうだ。鑑識の報告書が届いたら、遺体の下か、ニックの車のなかから精液が検出されたかどうか確認してくれ」シャープが言う。「レイプされたのと殺されたのは同じ場所か？」

モーガンは椅子に戻って、資料をあさった。「鑑識の報告書はまだ届いていませんが、遺体の下と周囲の血が目で確認できるとのメモがあります。ニックの車の後部座席から少量の精液が検出されたとも書かれています」

「ニックの供述と一致するな」ランスがホワイトボードを眺めた。「だが地方検事は、ニックが車のなかでレイプしたあと、引きずりだして刺すことができたと主張するだろう」

シャープがペンの蓋を閉め、うしろ手に持って、ホワイトボードの前を行ったり来たりし始めた。「テッサは犯人から逃げたのかもしれない。そして、犯人に追いつかれて刺された」

モーガンはうずくうなじをさすった。「十時半には、テッサはひとりきりで湖にいた」

シャープが立ちどまり、眉根を寄せた。「そのあと、何が起きたんだ？」

三秒間沈黙が流れたあと、ランスが尋ねた。「テッサが妊娠していたことを、ニックは知っていたのか？」

「知らないと思う。何も言ってなかった」モーガンは次回の接見時に質問するのを忘れないようメモした。「この前接見した時点では、わたしも知らなかったの。でも、地方検事の見解では、テッサはほかの男の子どもを妊娠したからニックを振って、ニックは怒りに駆られ、パーティー会場に戻ってきて殺害したことになってる」

「筋の通った仮説だな」シャープがホワイトボードのほうを向いた。「しかし、穴がないわけではない」

モーガンは検死報告書を見た。「テッサの髪がはさみではなく、ナイフでごっそり切り取られていたようです。犯行現場では見つかっていません」

シャープが背筋を伸ばした。「戦利品か？」

「形見かも」ランスが言う。「報告書を見てもいいか？」

モーガンは脇によけ、ランスがテーブルに広げた資料を見られるようにした。

ランスが犯行現場の写真の山から一枚選びだした。「テッサはデニムのスカートをはいていた。発見時、きちんと服を着ていて、スカートも脚にかかっていた」その写真をマグネットでホワイトボードに貼りつけた。「犯人が服を着せたか、彼女に服を着させたか。レイプの直後に殺害したわけじゃないことを示している」

「じゃあ、殺人犯はレイプしたことを恥じていたの？」モーガンはきいた。「だから、額に〝ごめん〟と書いたのかも」

「ああ、犯人が主語ならな。テッサが何かを詫《わ》びるべきだと、犯人が思っていた可能性もある」シャープがランスの隣に来て、写真を眺めた。「テッサの傷の程度に犯人の怒りを感じるんだ」時系列表と写真、矛盾した事柄を繰り返し見る。「ニックはコンドームを使わなかったと言っている」

「そうです」

「自宅でコンドームは見つからなかったのか？」ランスがきいた。

「ええ」モーガンはホワイトボードを指さした。「でも、テッサをレイプした犯人はコンドームとナイフを持っていた。あらかじめ計画していたのよ」

「つまり、犯人は怒りに駆られたとはいえ、事前に襲う計画を練っていた」シャープがこわばった声で言う。「少なくとも、殺人の直前までに。考えられる動機は、嫉妬、所有欲……」

「自分のものにならないのなら、ほかの誰にもやらないってやつか」ランスがテーブルに戻った。「テッサの通話記録はあるか？」

「ええ」モーガンは言った。「パーマーさんは警察に、アカウントへの直接のアクセスを許可したの。テッサは十代の子にしては、あまり携帯電話を使っていなかった。主に、フェリシティとニックとメールのやり取りをするためにだけ使っていた。殺害される三週間前のメールで、祖父母がどうしようもなくて、自分を理解してくれず、ジェーコブとつきあうよう勧めてくると愚痴を言っていた。ジェーコブのことはいやなやつだと書いてある。妊娠のことには触れていない。でも殺された夜、フェリシティにメールしたあと、ジェーコブ・エマーソンの自宅に電話をかけて、二十九秒間話しているの」

「いまどき固定電話を使うやつがいるのか？」と、シャープ。

「おれは持ってすらいない」ランスが言った。

「事情聴取で、ジェーコブはテッサとは何回かデートしただけだと言っている。ジェーコブの両親とテッサの祖父母がふたりをくっつけたがったけど、〝盛り上がらなかった〟って」モーガンはそこで人差し指と中指を二回曲げて強調した。「ジェーコブは夜間に携帯電話を使うことを許されていないの。電源を切って、キッチンに置いておくことになっているわ。テッサはそれを知っていたから、固定電話にかけた。ジェーコブのお父さんが電話に出て、朝にかけ直すよう言ったそうよ」

シャープがうなじをさすった。「テッサとジェイミーの関係は？」ジェイミーの写真をホワイトボードに貼り、線を引いてテッサの写真と結びつけた。

ランスはケヴィン・マードックの写真を貼った。「ジェイミーの近い将来の義理の父親の身元を調べたい」

「汗っかきか？」シャープがきいた。

「そうです」モーガンは言った。「話を聞きに行ったとき、ケヴィンは異常に緊張していました。汗を大量にかいていただけでなく、目も合わせないし、しょっちゅう顔を触っていた。テッサを知っていて、何か隠しているんです。それを突きとめたい」

「警察は誰かほかの子のＤＮＡは採取しなかったのか？　鑑識の報告書は届いていないが、検死官はテッサの遺体や服についていた髪の毛を見つけている。さまざまな色や長さの。それはまだまったく検査されていない」

モーガンは首を横に振った。「ええ。最初からニックに的を絞っていたようです。といっても、友達とハグをしたときについた可能性もありますし」

「それにしたって、胎児のＤＮＡと比較できる」シャープが言う。「父親が暴行殺人の容疑者だと考えるなら。コンドームで精液の移入は防げても、生物学的証拠を残さずに女性をレイプするのは難しい。鑑識はＤＮＡのほかの抽出源を調べるだろう。難

しいのは、どれが犯人のもので、どれが日常的な行為でついたものか判別すること
だ」
ランスが立ち上がって太腿をさすった。銃創はもう治ったと言っているが、まだう
ずくようだ。「それで、おれたちの仮説は？」
モーガンはホワイトボードの細いトレイにペンを置いた。「テッサは湖にひとりで
いた。祖父母に腹を立てていた。メールでフェリシティにニックと別れたことを伝え
た。それから、ジェーコブの家に電話したけど、彼とは話せなかった。そのあと何が
あったのか。誰かが湖に戻ってきて彼女を襲った。コンドームとナイフを持っていた。
テッサがそこにいることを知っていて、彼女を殺すつもりだった」
「誰なんだ？」
「前年度の高校年鑑を入手したいわ」モーガンは言った。「当時、テッサが誰と親し
くしていたかわかるでしょう」
「検死解剖によるとおよそ妊娠八週だから、七月に妊娠したことになる」ランスが言
う。「学校は終わっていた」
モーガンはうなずいた。「そうね。でも、テッサが見ず知らずの相手と関係を持っ
たとは思えない」

増え続ける証人と容疑者のリストを、シャープが親指で示した。「全員の情報をできるだけ集める必要がある。ランス、お袋さんに手伝ってもらうのはどうだ？」

ランスが鉛筆をもてあそんだ。「お袋に？」

〝ランスのお母さん？〟モーガンは好奇心に駆られた。父親が失踪したことは教えてくれたけれど、ランスはあまり家族や過去の話をしないのだ。

シャープがうなずいた。「お袋さんはネット上の情報にアクセスするプロだし、おれたちには助けが必要だ」ホワイトボードを指し示す。「改めて言うまでもないが、この事件は完全にカオスだ。代わりの第一容疑者は十七歳の少年で、父親は弁護士ときた」

「お袋に仕事を手伝ってもらったことなんてない。いやがるかもしれない」ランスは反対した。

「きいてみなきゃわからんだろう」シャープがランスを見据えた。「役に立てると喜ぶかもしれない。お袋さんのためになるかも」

ランスは疑っているようだった。

「おれから話そうか？」シャープが言った。

「いや、どっちにしろ今日は様子を見に行かなきゃならないから」ランスはうれしそうではなかった。「約束はできないぞ」

「わかってる」シャープがうなずいた。

「ロビー・バローネとフェリシティ・ウェーバー、ジェーコブ・エマーソンに話を聞く必要がある。ミスター・エマーソンは立ち会いを求めるでしょう」モーガンはファイルを置いてホワイトボードの前へ行き、質問リストを作成し始めた。

〝テッサの胎児の父親は誰か？〟

〝木曜のパーティー終了後にアリバイがないのは誰か？〟

「犯行現場にも行きたい。昼間だと、また違ったものが見えるかも」モーガンは暗い森で、懐中電灯のどぎつい光を浴びた血まみれの遺体を見たときのことを思いだして身震いした。

　額に書かれた言葉。


〝ごめん〟

19

午後のあたたかい日差しを背中に浴びながら、ランスはモーガンと一緒にジープへと歩いた。

「本当にいいのか?」ランスはきいた。「おれひとりでお袋にリストを渡しに行って、あとで待ちあわせることもできる」

反論してみたものの、シャープの言うとおりだ。母は役に立てることを喜ぶかもしれない。一日じゅうやることがないのだ。だが、殺人事件を扱えるだろうか。ランスが持っていくのは、名前と住所のリストだけだ。犯行現場の写真も詳細も載っていない。それでも、母の心は壊れやすい。何が引き金になるかわからない。

モーガンを母に会わせるのが恥ずかしくないとは言えない。あと戻りできない瞬間を目の前にしている気がした。とはいえ、モーガンはデートの相手ではなく友人だし、彼の知るなかで最も思いやりのある寛大な女性だ。人を裁いたりしないし、元麻薬常習者を、家族の一員として迎え入れた。気難しい祖父の面倒も見ている。愛する人を無条件で世話するとはどういうことか理解している。誰もが進んで犠牲を払うわけではないと、ランスは身をもって知っていた。

「そんなのおかしいわよ。あなただってお祖父ちゃんのことでいろいろ助けてくれたでしょう。もちろん、いいわよ」モーガンが助手席に乗りこんだ。「お母さんに会えてうれしいわ」

ランスは運転席に乗りこんだ。「その前に、話しておきたいことがある。親父が失踪した話はしたよな？」

「ええ」モーガンがシートベルトを締めた。

ランスは車を発進させた。前を向いていたほうが、母の話はしやすい。モーガンが彼の子ども時代を想像して浮かべる驚きや同情の表情を見たくなかった。

気が変わる前に、急いで話し始めた。「親父がいなくなって一年ほど経った頃から、お袋に不安症や鬱病の兆候が見られるようになった。もっと前から出始めていたのかもしれないが、おれはまだ子どもだったから自分の生活に支障が出るまで気づかなかったんだ。初期の症状は注意が必要というより、奇妙だった。軽度の強迫性障害《OCD》とか、気分の落ち込みとか、そういったことだ。悲しんでいるだけだと思っていた。おれだって悲しかった。親父に会いたくて。なのに、お袋がそんな感じだったから、お袋まで失うような気がした」

モーガンは何も言わなかったが、彼女の視線を感じた。

ランスは言葉を継いだ。「その後数年のあいだに、お袋はどんどん外に出なくなった。おれが十三、四歳の頃は、週に一度くらいしか外出しなかった。おれに食べさせる必要がなければ、たぶん引きこもって飢え死にしただろう。働くことはできなかった。食料品店へ行くのもどんどん間遠になった」

記憶が押し寄せた。当時、ランスは母が自分を残して自殺するのではないかと心配していた。

「お母さんに親しい友人はいなかったの?」モーガンの口調は同情ではなく、共感に満ちていた。

ランスは曲がり角で停止し、左折してメインストリートに入った。「症状は数年かけて悪化した。ゆっくりと進行し、まずは友人たちを徐々に遠ざけた。他人も気づくほど悪くなった頃には、すでに仲間全員と疎遠になっていた。おれ以外に家族と呼べる人はいなかった。それでもずっと気にかけてくれたのは、シャープだけだった」

「あなたのことを本当に大事に思っているみたいね」

ランスは町外れへ向かい、のんびりした主要道路に入った。数キロ走ると、家の代わりに野原や森林が見えてきた。「当時まだ刑事だったシャープは、親父の事件の捜査が打ちきられたあともずっと、おれたちを見守ってくれた。ご覧のとおり、おれたちは町に住んでいなかった。どこへ行くにも長時間自転車に乗らなきゃならなかった。アイスホッケーの練習に行くとき、シャープが車で送ってくれたんだ。運転の仕方も教えてくれた。お袋を無理やり精神科医に連れていってくれた。お袋の不安から離れる時間が必要だからって、家に泊めてくれたことも何度もあった」

ランスの記憶は開いた傷口から、ちくちくする屈辱の痛みに変化していた。冷蔵庫を見て、からっぽだと気づくシャープ。からの瓶や、新品の靴が入った箱、雑誌の山を数えて並べる、不潔で狂気じみた目をしたランスの母親。シャープはランスを連れだしてハンバーガーを食べさせ、精神病の母親を持つストレスから一時的に解放するために、客用寝室を使わせてくれた。ランスは十六歳で運転免許を取得すると、母親の介護者になった。

ランスは沿道の農産物直売所の前の路肩に車を停めた。「すぐに戻ってくる。何かいるか？」

「いいえ、大丈夫」

ランスは母の好物のアップルパイを買って車に戻った。モーガンがその白い箱を受け取り、膝に置いた。

「ずっとわからなかったの」ふたたび発車したあとで、モーガンが言った。「刑事の空きがないのに、どうしてあなたがスカーレット・フォールズにい続けるのか。何年も前に別の警察署に志願して、昇進することだってできたのに」

「お袋は手がかかるんだ。近くにいないと」ランスは郵便受けの角を曲がった。細い私道が彼の生まれ育った小さな家へと続いている。父の失踪後、母は引っ越そうとしなかった。まるで夫との最後のつながりである、寝室が三部屋の家と五エーカーの土地にしがみつくかのように。

夫が帰ってくることをまだ期待しているかのように。

家の前で車を停め、モーガンを見た。彼の話に動揺した気配はなかった。

「お母さんを不安にさせないために、しないほうがいいこととか、言わないほうがいいことはある？」常に自分ではなく他人のことを考えるモーガンが尋ねた。

「特には」ランスは言った。「ただ、お袋がよそよそしかったり、びくびくしていたりしても気にしないでくれ。知らない人が訪ねてくるのをいやがるんだ。一緒にいても平気なのは、おれとシャープだけなんだ」

「わかった」

ランスは車から降りた。一瞬、モーガンに外で待っていてもらおうかと考えたが、それはごまかしだ。母のセラピストから、母には極力普通に接するよう言われている。同僚を家に連れてくるのは、まったくもって普通のことだ。

モーガンがパイを持ち、ふたりは玄関へ向かった。

「あと、物をためこむんだ」ランスはノックしながら警告した。応答がないので、鍵を使ってなかに入った。

「お袋？」ランスは声をかけながら、リビングルームに足を踏み入れた。

戸口にある配送された箱の山を確認する。それほど買いこんではいない。靴が七足。昨日の午前中に訪ねたばかりだった。午後に届いたのだろう。その箱を除けば、リビングルームは片づいていた。

コンピューター科学の教授だった母は、数年前にオンライン教師を始めた。フリーランスでウェブサイトの設計やセキュリティ、管理の仕事も請け負っている。住宅ローンは完済し、支出は少ないため、収入をネット通販につぎこむことができるのだ。ランスがクレジットカードを監視しているものの、完全に阻止するのは不可能だ。彼が一枚解約すれば、母はさらに十枚作る。

かつてこの家はがらくただらけで散らかっていた。部屋から部屋へと歩くのもひと苦労だった。抗鬱薬や週一回のグループセラピー、そして、ランスの決意によって、ジェニファー・クルーガーの生活状況は清潔、安全、比較的健全に保たれているのだ。モーガンがリビングルームの壁にかけられた、指ぬきとスプーンでいっぱいのガラスケースを眺めた。いくつかのたんすにもそれらが詰めこまれている。「スプーンと指ぬき？」

「それなら小さくて燃えにくいから」ランスは言った。母はとにかく〝宝物〟をためこみたいのだ。

「ランス、あなたなの？　仕事部屋にいるわよ」母の声が寝室のほうから聞こえてきた。

モーガンがパイをキッチンへ運び、ランスは廊下に出て、母が在宅勤務を始めて以来仕事部屋にしている予備の寝室へ向かった。

母はデスクの上のキーボードに向かって身をかがめていた。L字形デスクの片側に、三つのディスプレイが備えつけられたコンピューター、反対側にノートパソコンが置かれている。ノートパソコンの横で猫がくつろいでいて、もう一匹はデスクの背後の床でひなたぼっこしていた。

ランスが入っていくと、母は微笑んで身を乗りだし、頬にキスをした。

母は見た目は普通に見える。痛ましいほど痩せていて、白髪はほったらかしで顔に深いしわが刻まれているため、六十歳という年齢より老けて見えるが。母のＯＣＤの症状で目立つのはお決まりの手順に固執することで、セラピストがそれを考慮して毎日の衛生的な儀式を考案した。母は現在、午前七時に目覚まし時計が鳴ったあとは眠っていられず、シャワーを省略することもできない。毎朝九時きっかりに洗濯を始める。その結果、一見きちんとしていそうな、鬼軍曹さえも羨むほど正確に働く、実年齢より年上の女性ができあがったのだ。

だが、つきまとう不安に曇った薄い青の目を見れば、そうではないとわかる。どれほど薬物治療やセラピーを受けようと、昔の母に戻ることはないのだろう。

一瞬にして、母の諦念の表情に不安が表れた。「廊下にいるのは誰？」

ネイビーブルーのスーツに白いシャツ、ハイヒールという弁護士らしい――魅力的な――格好をしたモーガンが戸口に立っていた。アップルパイと大きなバッグはキッチンに置いてきたようだ。

ランスは部屋に入るよう身振りでうながした。「モーガン・デーンだ」

「初めまして、ミセス・クルーガー」

母が無言で丸一分間、モーガンを観察するあいだ、ランスはパニック発作が起きるのを覚悟していた。最悪の事態に備えて、キッチンへ抗不安薬を取りに行こうとしたとき、思いがけないことが起きた。

母が微笑んだのだ。

立ち上がってデスクから離れ、モーガンに手を差しだす。「ジェニファーと呼んでちょうだい」

〝いったいどういうことだ？〟

母が最後に進んで見知らぬ人に触れたのは、思いだせないくらい昔のことだった。

「コーヒーを淹《い》れるわね」母がモーガンを連れてキッチンへ向かった。二匹の猫がふたりの足のあいだを危なっかしく縫いながらついていく。

ランスは体外離脱体験をしたような気分であとを追った。この家が建てられて以来、グレーのビニールクロスがかけられているオークの円テーブルを、母が指し示した。ランスは、最後に自分と母とシャープ以外の誰かがこのテーブルに着いたのがいつか思いだせなかった。月に一度訪問するソーシャルワーカーでさえ、たいてい母の不安発作を引き起こすのだ。

それなのに母は、まるで毎日客をもてなしているかのように、カウンターでコーヒーを淹れている。背の高いキャビネットを指さした。「ランス、お皿を取って」

「ああ」ランスは疑念とかすかな安堵の入りまじった気持ちで、言われたとおりにした。

「お手伝いしましょうか？」モーガンがきいた。

母が手を振って断った。「いいのよ。あなたはお客様なんだから」

その後二十分間、三人で普通の人のようにコーヒーを飲み、パイを食べた。ランスは完全に混乱状態だった。母はパイをひと切れたいらげた。母が一度にそれほどの量を食べるのを見たのは数年ぶりだ。心からの笑顔を見たのも。

モーガンはいったい何者なんだ？母に何をしたのだ？

「お袋、ひとつ頼みがあるんだ」ランスは汚れた皿を集めて食器洗浄機に入れた。なかに洗い物が入っていようといまいと、母は夜七時に食器洗浄機のスイッチを入れる。

「何かしら？」母がきいた。

「モーガンは刑事事件の弁護士なんだ。シャープとおれが調査を引き受けた。人手が足りないから、身元調査を手伝ってくれると助かるんだけど」

「わたしに手伝ってほしいの？」母がさらに生き生きとした様子を見せた。

「ああ」

「もちろん、手伝うわ」母が立ち上がり、喉に手を当て、あわてて仕事部屋に戻った。

ランスは急いで追いかけた。錯乱したのか？　何がいけなかったのだろう。「ストレスを与えるつもりはなかったんだ」

ところが、母はデスクに着いていた。キーボードの上で指関節を鳴らす姿を、ランスは信じられない気持ちで見守った。「リストは持ってきたの？」

「ああ」ランスはショックのあまり動けなかった。

幸い、背後にいたモーガンが機転をきかせてくれた。「取ってきます」

ランスを見上げたとき、母の目は潤んでいた。ランスは一瞬、心配したあとで、感謝の涙だと気づいた。

シャープが正しかった。

母は役に立てることを喜んでいるのだ。

「じゃあ、いいんだな？」ランスはきいた。

母がうなずいた。「頼んでくれてうれしいわ」部屋を見まわす。「秋学期が始まったばかりなの。暇な時期だし」ランスを見つめた。「あなたとシャープの役に立つ以上にやりたいことなんてないわ。ずっとあなたたちのお荷物だったから」

「そんなことないよ」ランスはデスクの背後にまわると、両手を母の肩に置き、頬にキスをした。

母が振り返り、微笑みながら小声で言った。「すてきな人ね」

母の眉毛が上下に動くのを見て、ランスはぎょっとしたものの、思わず噴きだした。

母がユーモアを発揮したのも久しぶりだ。

「同僚なんだ」

母の目に、そんな嘘はお見通しだと言わんばかりの表情が浮かんだ。「そうでしょうとも」

モーガンがファイルを持ってきて母に渡した。母はそれを開いて、ページをめくった。

「本当に大丈夫か？」ランスはきいた。

「大丈夫よ。午後はずっとこれをやるわ」母は完全にファイルに気を取られていた。

「どれくらいかかりそうですか？」モーガンが尋ねた。

「内容によるわね」母が何枚かページをめくった。「月曜日までに全部終わらせるのは無理かもしれないけど、何か見つかると思う」

「じゃあ、任せたよ」ランスは背筋を伸ばした。「あとで電話する。その前に何か重要なことがわかったら、連絡してくれるかい？」

「ええ」母が視線を上げた。「またモーガンを連れてきてくれる？」

「どうかな」ランスは言った。「モーガンはこの事件で忙しいんだ」

母の笑顔が曇った。

「喜んでうかがいます」戸口でモーガンが言った。

母の顔がぱっと明るくなった。ランスの袖を引っ張る。「またパイを持ってきてね」

「わかった。じゃあ、また明日」

毎週日曜、母はグループセラピーに参加する。ランスは母のために食料品を買い、芝刈りをしなければならない。

ランスがキッチンで母の薬箱を調べて、薬を全部のんでいるかどうか確認するあいだ、モーガンは辛抱強く待っていた。リビングルームで、ランスは靴箱の山を抱えた。視界がふさがれる。

「手伝うわ」モーガンが一番上の箱を引き取った。

ふたりは家の外に出た。

「驚いたよ」ランスはドアを閉めて鍵をかけた。「いつもは知らない人とうまくやれないのに」

「優しい人ね」

「きみのことが気に入ったんだな」母は息子とモーガンの関係を誤解しているのではないかと、ランスは思った。

「うれしいわ」

ランスはジープの荷室に箱を積みこんだ。「これは儀式なんだ。昼間は大丈夫なんだけど、夜になるとネットでいろんなものを注文する。商品が届いた翌日におれが全部回収して、返品できるものは返品して、残りは寄付するんだ。お袋も努力はしているが、どうしようもなくて」

「物をためこむと言ったから、散らかっているんだと思っていたわ」

「前は火事になりそうなほどごちゃごちゃしていたけど、おれが大学を卒業して帰ってきたときに限界に達したんだ。学校があるときも毎週末には帰ってきていたんだが、最後の何週間かは、最終試験やら論文やらで手が離せなかった。一カ月くらい帰らなかったんだ。そしたら、家のなかに足を踏み入れることすらできなくなっていた。お袋は裏口以外の全部の出口をふさいでしまった。おれが会いに行かなかったせいで、症状が悪化したんだ。母は常に不安なんだ。毎日必ず会いに行かなきゃならない。おれが入院していたときは、シャープが毎日おれの調子を伝えに行ってくれたが、それでも毎朝、スカイプでおれが生きてることを証明しなきゃならなかった」

「大学から帰ってきたあと、どうしたの？」モーガンがきいた。

「おれとシャープで施設に入院させた」ランスはいまでも、母親を見たときの衝撃を覚えていた――風呂に入らず、汚れた服を着て、噛んだ爪がぼろぼろになり、甘皮は血まみれだった。毎日の電話では、平気なふりをしていたことに気づかなかった。

「薬で気分を安定させた。そのあいだに、おれとシャープで家を片づけたんだ」大型ごみ収集容器《ダンプスター》を借りなければならなかった。「いまは、厳しいルールを守らせている。新しいものを買いたければ、同じ大きさのものを捨てなきゃならない。猫は二匹まで。でも、スプーンと指ぬきは好きなだけ集めていい。変に聞こえるだろうが、このやり方で何年もうまくいってるんだ」

ランスは後部ドアを閉めた。車に乗りこんで、エンジンをかける。シフトレバーをつかんだとき、モーガンがその手に自分の手を重ねた。

「あなたのお母さんのこと、わたしは好きよ」モーガンが微笑んだ。「完璧な人なんていないわ」

「完璧とはほど遠い人間もいる。でも、ありがとう」

「優しいし、生き生き《アライブ》しているし、あなたのことをとても愛しているのがわかるわ」モーガンが彼の手を握りしめた。「結局、大事なのはそこでしょう」

「わかってる」ランスは〝生きている《アライブ》〟という言葉に注目した。モーガンは両親と夫を亡くしたのだ。

「父が亡くなったあと、母は思い出から逃げだしたの。子どもたちを連れて、街を出た。わたしたちは友達と離れたくなかったし、生活を変えたくなかったけど、母を説得するのは無理だった。イアンは街の大学へ行ったから、残ったの。あとの三人に選択肢はなかった」モーガンはそこでひと息ついてから続けた。「母は父の死を乗り越えられなかった。数年後に心臓発作を起こしたときは、悲しみのあまり死んでしまったのだと思った。祖父がいてくれて本当に助かったわ」

「大変だったな」ランスは手のひらを返して指を絡みあわせた。十代の頃の短いつきあいは、表面的なものだった。モーガンの母親はまだ生きていたが、ランスは一度か二度しか会わなかった。別れたあとは、連絡を取らなかった。

モーガンが窓の外を見た。目に涙が浮かんでいる。「お母さんは病気なのよ。そのことで責めないであげて。悲しみは最も強い人でさえ打ちのめしてしまうことがあるのよ」

20

拘置三日目

ニックは朝食のトレイの前でじっとしていた。空腹で腹がきりきり痛んだが、先輩の囚人がトレイを受け取るのを待っている。高校のように、どこに座るかで多くのことがわかる。

はじめは、囚人は全員どこかのギャングに入るよう強制されるのではないかと心配していたが、Dブロックで実際にギャングに加入しているのは、三分の一程度にすぎないようだった。ザ・マンの情報は正確ではなかった。タトゥーを信じれば、アーリアン・ブラザーフッドもブラッズもメキシカン・マフィアもいるが、休戦中のように警戒しているものの互いに干渉はしない。監視カメラと看守が四六時中見張っているため、攻撃しても無駄だと合意したのかもしれない。

その他の四十名余りの囚人は、小規模な社会集団に加わっている。聖書を読み、朝食前に祈りを捧げるグループ。研究会もある。これは意外だった。無料で法律相談を受けているオタクっぽい人気者がいて、囚人たちに一目置かれているだけでなく、感謝されてさえいるようだった。

いまのところ、ニックは人づきあいを避け、誰かと交流せざるを得なくなるまで、周りの行動をじっくり観察していた。ほとんどしゃべっていない。

新入りがフィッシュと呼ばれるのはすでに学んだ。

ニックはトレイをつかみ、祈りを捧げるグループのテーブルの端に座った。うつむいて、オートミールと固ゆで卵、牛乳の朝食をほとんど味もわからないままとる。量が少なく、食べ終えても腹はふくれなかった。ほかの囚人たちは食べ物を交換している。食料を買える場所があるらしく、古参が電子レンジでラーメンを作っていた——これもまた意外だった。

これほど……〝自由〟な場所だとは思っていなかった。

郡拘置所にふさわしくない言葉だが、囚人たちは勾留されているとはいえ、自由に部屋を動きまわることが許されていた。狭い房に閉じこめられている者はいない。公式、非公式のルールに従っている限り——誰にも目をつけられない限り——あとは自由のようだ。とはいえ、囚人たちがニックを観察する様子からすると、そううまくはいかなそうだった。

広々とした場所にいると無防備な気がして、すばやく食事をすませた。トレイをワゴンに戻し、床に敷いたマットレスに逃げこむ。背中を壁に押しつけていると安心できた。

何ものっていないテーブルに何人か居残っている。テーブルを拭いているのがひとり、床にモップをかけているのがひとり。チェスをしているふたりの周りに人が集まって見ていた。ニックもそばへ行って、あわよくば対戦したい気持ちもあったが、遠くから見守るだけにしておいた。いまはまだ注目を集めすぎている。部屋に漠然とした緊張感が漂っていて、誰かがニックと目を合わせるたびに高まるように思えた。

部屋も食事も気分を滅《め》入《い》らせる。恐怖に加えて、深い絶望が鋼の毛布のごとくニックを覆っていた。午前半ばに、腕一面にカラフルなタトゥーを入れた、ずんぐりした白人の男が近づいてきた。近くにあるスチールベンチに腰かけ、ニックと向きあう。インタビュアー役を割り当てられたのか？

「おまえが獣か？」

「獣？」ニックはとまどってきき返した。

「女の子をレイプしたんだろ？」男が非難するように目をすがめた。

「違う」ニックは初めてしっかりと目を合わせた。怒りに駆られて相手の目を見据え、落ち着いた声で答えた。「おれはやってない」

男は思案してから言った。「話してみろよ」

これはテストなのだと、ニックは思った。「ガールフレンドがレイプされて殺された。警察と地方検事がおれに罪を着せた。ここを出て、真犯人を見つけて、彼女のために正義を果たしたい」

「ここにいる連中の半分が、無実を主張する。信じられないな」

ニックは肩をすくめた。どっと疲れが出た。ずっと目を閉じるのが怖かった。まばたきをした瞬間に、殺されるかもしれない。とはいえ、空腹と睡眠不足がこたえている。あとどれくらい警戒態勢を保てるだろうか。「信じてくれないなら、おれにはどうしようもない」

「そのとおりだ」男がうなずいた。「ちび《ショーティー》だ」

〝なるほど〟

「ニックだ」〝なんなんだ？〟ニックは当惑し、手を差しだした。

ショーティーがほんの一瞬、ためらったあとで握手をした。

〝自己紹介にはどんな意味があるんだ？　これはテストだったのか？〟

さっぱりわからない。なんの説明もなく、テレビのリアリティー番組に放りこまれた気分だ。

その後数時間のあいだに、三人の囚人が自己紹介をしに来て、話を聞かせろと言われた。みんなで情報交換しているのだろうか？　ニックは率直かつ簡潔に話すようにし、それでうまくいくことを願った。

ほかにできることはほとんどない。すべてはミズ・デーンにかかっている。

ニックは立ち上がってトイレへ向かった。房の前を通り過ぎたとき、襟をつかまれ、暗がりに引きずりこまれた。横向きに転倒し、肩をコンクリートにぶつける。誰かがのしかかってきて、拳を食らった。鼻から口に激しい痛みが走り、血の味がする。両手で頭を抱えて守りながら、状況を把握しようとした。アドレナリンが全身を駆けめぐり、心臓がバクバクいっている。

頭のなかに次々と疑問が浮かんだ。看守は気づくだろうか？　房にカメラは設置されているのか？　ニックはそれまでなかに入ったことがなかった。

〝殺されるのか？〟

拳の雨をさえぎりながら、前腕の隙間からのぞいた。殴っているのはひとりで、ほかは戸口で見ている。見張りのようだ。

肋骨にパンチを食らった。頭と胴体を同時には守れない。原始的な本能が全身にエネルギーを送りこんだ。やり返さないと死んでしまう。クソみたいな人生でも、簡単にあきらめるつもりはない。

ニックは寝返りを打って顔を隠した。片手を突きだすと、相手の体に当たった。男が立ち上がり、肋骨を蹴った。ニックは体を引き裂かれるような痛みを感じた。腹を抱えて咳きこむ。ふたたび振りおろされた足をつかんで引っ張った。不意をつかれた男は、背中から倒れた。ニックはあえぎながら、すばやく立ち上がった。

血が顔を伝い、囚人服に垂れた。男を追いかけようとして、それがショーティーだと気づいて動きを止めた。戸口に立っていたショーティーより大きい三人の男が、ショーティーを助け起こした。そして、全員がニックをにらんだ。

〝なんてこった〟

四人を相手に戦うことはできない。

胸を波打たせながら、顔をぬぐって待った。長い数分が過ぎたあと、男のひとりがニックにタオルを投げた。「看守が来る前にきれいにしておけ」

ニックはうなずいて顔を拭いた。四人が脇によけた。

看守がふたり、房に飛びこんできた。ひとりがニックの顔に目を留めた。「何があった？」

〝チクったら怪我をする〟

これもなんらかのテストなのか？

「転んだんです」ニックは言った。

「誰かにやられたんじゃないのか？」看守が部屋を見まわした。

「いいえ」ニックは嘘をついた。「この人たちは助け起こしてくれただけです」

看守が眉根を寄せた。監視カメラがあるのは大部屋だけで、房のなかにはないらしい。ニックを襲った囚人たちは、それを知っていた。

〝いったい誰が言いだしたんだ？〟

「大丈夫か？」看守がきいた。

「はい」ニックは鼻をぬぐった。

看守は納得せず、顔をしかめた。「医務室に行くか？」

ニックは首を横に振った。頭がくらくらした。「大丈夫です」

看守は警告するような目つきで室内を見まわした。ショーティーの姿が見えなかった。彼の拳から血が出ているだろうか。足を引きずりながらトイレへ行き、用を足した。マットレスのところへ戻ると、背中を壁につけた。痛みと寒さに圧倒され、丸くなる。

そして、待った。

一年か、それ以上ここで過ごさなければならないかもしれない。コンクリートの箱のなかで一生過ごすことを思うと、吐き気がした。

自殺したほうがましかもしれない。

今日、暴行を受けた。理由はわからない。

次に何が起こるかもわからなかった。

21

彼は双眼鏡を目に当て、スカーレット湖の湖畔に立っている三人の少女を見つめた。十六歳くらいだろう。湖面が鏡のごとく日光を反射している。ひとりの少女が友人に何かを手渡した。マリファナ煙草《たばこ》か？

ピントを調整し、少女の顔をクローズアップした。

やはりそうだ。

マリファナ煙草をまわしている。

双眼鏡を少し下に向けた。引きしまったお尻にヨガパンツが張りついている。彼は唇をなめた。股間に手を伸ばす。ズボン越しにこすったあと、衝動に負けてファスナーをおろした。

それでも満足できなかった。

いらいらしながらファスナーを上げた。

明らかに、テッサの代わりが必要だ。

テッサが死んだ場所に来れば、すべての行動には結果が伴うことを思いだして、自制心が働くと思っていた。今回のごたごたが片づくまで、トラブルに巻きこまれないようにしなくてはならない。だが、まさかぴったりしたパンツをはいた少女たちに出くわすとは思っていなかった。

湖でひとりきりになりたかった。反省するために。気持ちを入れ替えるために。

犬や家族連れのいるビーチなら平気だったのに。この美しい少女たちはテッサの記憶を呼び覚ました。彼女の死だけでなく、彼が彼女と一緒にしたあらゆることを思いださせた。

彼女にしたことを。

少女たちはマリファナ煙草を吸い終えると、湖に背を向けた。彼は双眼鏡で、駐車場の車のほうへ歩いていく彼女たちを追った。左側の子はブロンドの髪を長く伸ばしている。背が高くグラマーで、青い目の持ち主だ。テッサとは全然似ていない。

ブロンドの少女が運転席に乗りこんだ。車が走り去り、彼はナンバープレートの数字を暗記してから双眼鏡をおろした。彼女の名前を突きとめるのに手間はかかるだろうか？

待たなければならないのはわかっている。いまはまだ早すぎる。とはいえ、あとどのくらい我慢できるだろう?

欲望を抑えるために湖へ来たのに、かえってかきたてられただけだった。

22

ジープの助手席で、モーガンはまばたきして涙をこらえた。今週は悲しんでばかりだ。

ランスはまだ彼女の手を握っていた。モーガンは慰められると同時に怖くなり、手を引っこめたい衝動と、彼の膝にすがりたい衝動と闘った。

慰めを求めるのは当然だ。キャリアを棒に振った。隣人に嫌われた。二年間待機したあと、たった一週間で職業人生を台なしにしてしまったのだ。

それに、ランスは頼られたがっているみたいだ。高校時代、彼は心理的な距離を保っていて、モーガンは関係を深めることを強く求めなかった。ふたりとも若かったし、彼女自身も家族の問題を抱えていた。けれども、大人になったランスにはあらがいがたい魅力がある。一緒に過ごす時間が長くなるほど、心を開いてくれた。

彼をどんどん好きになっていく。

ランスは自分の願望より母親の幸福を優先させている。母親の世話をするために大きな犠牲を払っているのに、それを恨むことなく、進んでやっている。ニックの事件の調査も快く引き受けてくれた。バドが料金を支払うことができなくても、協力してくれただろう。

頼りになる人だ。モーガンが頼れる人。

でも、いまはそのときではない。うしろ髪を引かれる思いで、手を引っこめた。ニックの弁護に集中しなければならない。この事件が解決したら、私生活を見直そう。数カ月前までは、もう誰も好きになれないと思っていた。けれども、認めざるを得ない――彼に惹かれている。

ランスの横顔をじっと見たあと、たくましい胸や腕に視線を走らせた。この人が好きだ。体がうずいていた。

ランスが問いかけるようなまなざしでモーガンを見た。「何？」

「別に」モーガンは目をそらした。顔がほてっている。

「ジェーコブの父親から折り返しの電話はあった？」ランスがきいた。

「いま確認するわ。彼は弁護士だから、相手を待たせられることを示すためだけに待たせるかもしれないけど」モーガンは携帯電話を取りだした。「わたしならそうするもの。弁護士は必ず駆け引きをする。でも、わたしたちがどうせ召喚状を取ることはわかっているから、結局は協力するでしょう」

「面倒くさいな」

「それが司法制度よ」モーガンはメールを確認した。「驚いた。もう返事が来てる。会いたいって」

「どこで?」

「電話してみる」ジェーコブの父親は、すぐに電話に出た。一分後、モーガンは電話を切った。「いまから、自宅に行っていいって」

「駆け引きをしないんだな」

モーガンは首を横に振った。「彼は弁護士よ。いまも目的のために手段を講じているはず。それがなんなのかわからないから、落ち着かないわ」

「わが国の司法制度が駆け引きだなんて、嘆かわしいな」

「そうなのよ。わたしの仕事の大半は、相手の魂胆を見抜くこと」

「うんざりしないか?」

「とっくにうんざりしてるわ」

「なら、どうして続けるんだ?」

「いまわたしは、ニックのために仕事をしている」モーガンは言った。「彼が無実だという確信があるの。これまでにはなかったことよ。わたしはいつも、起訴した相手が有罪だと確信していた。でも今回は、何もかも違う」

「そういうことなら、事件を解決するまでやめられないな。次はどっちだ？」車が交差点で停止し、モーガンはエマーソンの自宅の住所を教えた。

「きみの家の近くだな。知り合いか？」

「いいえ。お祖父ちゃんはエマーソン家ともパーマー家とも顔見知りだけど、親しくはないの。社交的なタイプじゃないし」それに、スカーレット・フォールズに帰ってきて以来、モーガンもできるだけ人づきあいを避けていた。

「アートはジェーコブ・エマーソンについて何か言っていたか？」

「お祖父ちゃんはなんに対しても意見を持っているわ」モーガンは言った。「でも、ジェーコブよりも彼の両親と接する機会のほうが多いでしょうね。お祖父ちゃんがテッサとニックを知っているのは、ふたりともしょっちゅううちに来ていたからだし」

ランスが角を曲がって、エマーソン家のある通りに入った。私道にＢＭＷが停まっている。ブロンドの若者が降りてきて、家のなかへ入っていった。

「あれはジェーコブね」モーガンは言った。

「どこへ行っていたんだろうな」ランスが家の前の路肩に車を停めた。「作戦は?」

モーガンはトートバッグを手に取り、考えをまとめた。「わたしが質問をして、メモを取る。あなたはふたりの様子を観察して。表情とか。身振りとか。ケヴィン・マードックのときのように、言葉は話の一部にすぎないから」

モーガンとランスは玄関へ行き、呼び鈴を鳴らした。グレーの制服を着たメイドがふたりをなかに通した。ヒマラヤスギとガラスでできた家は高地に立っていて、川の眺めがすばらしかった。モーガンは祖父の家の眺望が一番だと思っていたが、これにはかなわない。メイドは裏のテラスに案内し、そこの円テーブルにミスター・エマーソンと息子が着いていた。

十七歳のジェーコブはブロンドで、筋骨たくましい。父親の隣に座っているいまは、動画と違って、傲慢な雰囲気はみじんもなかった。ブルーのポロシャツと穴の開いていない黒のジーンズ、ボートシューズといういでたちだ。四十八歳のフィリップ・エマーソンは、グレーのズボンと白シャツという、さっきまでゴルフ場にいたような服装をしていた。白髪まじりのブロンドの髪は、短く切ってある。ランスとモーガンがテラスに出ていくと、ふたりとも立ち上がった。メイドがうしろにさがり、自己紹介と握手が交わされた。

「アイスティーでいいかな?」ミスター・エマーソンがきいた。

「ありがとうございます」モーガンはこの社交的で礼儀正しい雰囲気が、協力につながることを願った。

メイドが姿を消し、モーガンとランスは椅子に座った。一分後、メイドが戻ってきて、ふたりの前にグラスを置いた。

「ご協力に感謝します」モーガンは最初に言った。

ミスター・エマーソンが冷やかな笑みを浮かべた。「きみが息子を召喚できるのは、お互い百も承知だ。礼儀正しくふるまうのはかまわないが、そのためでないふりをするのはよそう。息子はすでに警察の事情聴取に応じた。供述書は読んだんだろう。法律に従ってきみの質問には答えるが、それだけだ」

「率直にお話しいただき、ありがとうございます」モーガンはバッグのなかから質問リストを書き留めたノートを取りだした。自然の流れに任せるつもりだが、ジェーコブの警察への供述と、今日の発言を比較したい点がある。

ミスター・エマーソンが、テーブルの縁に日に焼けた前腕を置いた。「これが法的尋問だということも充分承知している。きみの依頼人の有罪に疑問を投げかけられるかもしれないことならなんにでもしがみつくつもりだろう。ニックの一か八《ばち》かの神頼みに、息子を利用させはしない。質問は逸脱しないようにしてくれ」

モーガンはうなずいた。協力してもらうのは無理だ。期待したわたしが愚かだった。ニックが無実だと証明されれば、別の誰かが有罪になる必要がある。テッサの元ボーイフレンドである息子が容疑者リストの上位に入るのを、ミスター・エマーソンはよくわかっている。

「ジェーコブ」モーガンは質問を開始した。「先週の木曜の夜、湖畔のパーティーに参加したわね？」

「はい」ジェーコブが膝の上で両手を組んだ。

「何時に到着したの？」

「正確にはわかりません。時間を確認しなかったので」ジェーコブは言葉を慎重に選んだ。

「だいたい何時頃だった？」

「九時ちょっと前かな」

「あなたが一番乗りだった？」

ジェーコブが首を横に振った。「いいえ」

「誰が来ていたか、覚えてる？」

「覚えていません」ジェーコブは目をそらさなかったものの、唇がわずかにゆがんでいて、目に……嘲るような色が浮かんでいた。

まるで嘘をついているかのように。

彼は嘘が上手だ。

モーガンは質問を続けた。「ニックとテッサはいつ来たの？」

「時計を見ていなかったので、わかりません」

モーガンは問いつめた。「あなたが来る前、あと？」

「あとです」

モーガンはメモを取った。それから、ペンを置いてジェーコブに意識を集中させた。

「あなたとニックのあいだに何があったか、話してくれる？」

「ニックとテッサが湖に来たので、ぼくは彼女に『やあ』と挨拶しました。彼女も挨拶を返した。そうしたら、ニックがふたりのあいだに割って入って、彼女に近づくなと言ったんです。ニックに突き飛ばされました。ぼくも押し返した。何度か殴りあったけど、すぐにおさまりました。そのあと、ニックとテッサはどこかへ行き、ぼくはそれから一時間くらいいたあと、家に帰りました」ジェーコブはまるで暗誦《あんしよう》しているかのように、抑揚のない声で話した。

「喧嘩でふたりとも怪我しなかった？」モーガンはきいた。

ジェーコブがかすかに首を横に振った。「ぼくは大丈夫でした」

「ニックは？」

「暗かったので、わかりません」

モーガンは作戦を変更し、感情的な反応を引きだそうとした。「あなたがテッサに挨拶したとき、どうしてニックは怒ったんだと思う？」

ミスター・エマーソンが口を挟んだ。「相手が何を考えていたのか、息子には知る由もない」

「そうですね。すみません。何があったのか理解したかっただけなんです」モーガンはうなずいた。「ジェーコブ、パーティーでお酒は飲んだ？」

ジェーコブが目を伏せた。恥じているの？ それとも、恥じているふりをしているだけ？「ビールを二、三本」

「判断力が低下していたと思う？」モーガンは尋ねた。

ミスター・エマーソンが身を乗りだした。「具体的に言ってくれ、ミズ・デーン。低下したとはどういう意味だ？」

「ニックと喧嘩したのは、あなたが酔っていたせい？」

「向こうが手を出してきたから、やり返したんです」ジェーコブの声にいらだちがにじんだ。ようやく反応を引きだせた。

「あなたはテッサに『やあ』と言っただけなの？」モーガンは問いつめた。

だが、ミスター・エマーソンが割りこんだ。「すでに述べたことだ」

ジェーコブがポーカーフェイスを取り戻した。父親が横やりを入れるあいだに、いらだちを抑えこんでいた。

モーガンはリストに戻った。「その後、テッサとニックはどうしたの？」

「どこかへ行きました」ジェーコブがふたたび単調に話しだした。

「車で、それとも徒歩で？」

ジェーコブは落ち着き払って答えた。「車です」

「どっちの車で？」

「ニックの車で」テッサに興味はなかったと言っているくせに、ジェーコブは彼女の一挙一動を見守っていた。

「そのあとのことを、全部話してくれる？」モーガンはペンを置いて、ジェーコブを見つめた。

「ぼくはしばらくパーティーに残ったあと、家に帰りました」この調子では、モーガンがいちいち答えを引きださなければならない。

「その夜、ニックとテッサをもう一度見た？」

「はい。パーティーに戻ってきました」ジェーコブが答えた。「口論していました」

「ニックはテッサより先に帰ったの？」

「わかりません。気に留めていなかったので」ジェーコブが最初の作戦に戻った。

モーガンはノートを確認するふりをした。「テッサとのつきあいについて聞かせて」

ジェーコブが肩をすくめる。「ぼくたちはつきあってはいませんでした。春に何度かデートしたけど、盛り上がらなくて。彼女のことは昔から知っています。きょうだいのような関係でした」

ミスター・エマーソンが悲しげな笑みを浮かべた。「わたしの妻と、テッサの祖母君がふたりをお似合いだと思っていたんだ」

「じゃあ、この数カ月間は、テッサとはあまり会わなかったのね」モーガンは確認した。

ジェーコブがふたたび肩をすくめた。「ほとんど」

モーガンはノートを閉じた。「いまのところ、質問はこれで全部よ、ジェーコブ。

ほかに何か話したいことはある？」
　ジェーコブはかぶりを振った。
「では、今日はおふたりとも、お時間を割いていただいてありがとうございました」
モーガンは立ち上がり、ふたりに手を差しだした。ランスとミスター・エマーソンと
ジェーコブも同時に立ち上がった。
　メイドがモーガンとランスを見送った。モーガンは車に乗りこんでから尋ねた。
「どう思った？」
　ランスが車を出した。「あの子は信用できない。誠意が感じられなかった。事情聴
取のときと話は一致していたか？」
「供述書を読み上げるわね」モーガンは咳払《せきばら》いをしてから読み始めた。「ニックと
テッサが湖に来た。ぼくは彼女に『やあ』と挨拶した。彼女も挨拶を返した。ニック
がふたりのあいだに割って入って、彼女に近づくなと言った。ニックに突き飛ばされ
た。ぼくも押し返した。何度か殴りあったが、すぐにおさまった。ニックとテッサは
どこかへ行った。ぼくはそれから一時間くらいいたあと、家に帰った」
「今日の話とまったく同じだな」
「一言一句違わないのよ」

「父親は弁護士だ。当然、息子に指導しただろう」

「そうね。予想しておくべきだったわ」モーガンはバッグにノートをしまった。「まだ携帯電話に喧嘩の動画が入ってる？」

「ああ」ランスが携帯電話をモーガンに渡して、パスワードを教えた。

「ニックは、テッサが喧嘩を止めようとしたとき、ジェーコブが彼女を突き飛ばしたから、彼を殴ったと言っていたの」モーガンは動画を再生した。ニックが説明したとおりに場面が展開した。「ジェーコブは都合よく話を省略したのね」

「都合のいいことだけ覚えている」

「あなたも気づいた？」

「ああ」ランスが指先でハンドルをトントン叩いた。「ニックを有罪に見せることだけ覚えていた」

「話を省略するのは嘘をつくのとは違う。ミスター・エマーソンはジェーコブのアリバイを証言した。ジェーコブの携帯電話の記録がそれを裏づけているから、そのことはきかなかったの。ついてないわ。動機もつかめないし」

「嫉妬とか？」ランスが言った。

「ジェーコブがテッサを自分のものにしたがっていた証拠はない」

「次はどこへ行く？」

モーガンはメールを確認した。「フェリシティからまだ連絡がないの」フェリシティとはすでに話したことがあるので、直接電話をかけたのだ。ノートを見る。「先にロビー・バローネから話を聞きましょう」

ランスが眉根を寄せた。「バローネ家はちょっと不穏な感じがするんだ。おれひとりか、シャープと行ったほうがいいかも」

「それか、わたしひとりで行くか。ミセス・バローネは相手が女性のほうが話しやすいかもしれないわ」

「だめだ」

モーガンはランスの横顔を見た。「いまなんて言った？」

ランスが車を路肩に停めた。「ごめん。命令するつもりはなかった」

「当たり前よ」モーガンは冷やかに言った。「犯罪捜査なら経験豊富よ。気をつけるけど、自分の仕事は自分でやるわ」

ランスがモーガンのほうを向いた。「ロビー・バローネと話をするために一度行ったことがあるんだが、すごくいやな感じがしたんだ」

「いやな感じって？」

「ロビーも母親も、おれがいるときにミスター・バローネが帰ってくることを心配していた」

「ミスター・バローネを怖がっているのかも」

「おれと話をしているところを彼に見つかることも」

モーガンは選択肢を検討した。「ミセス・バローネが、夫が嫉妬深いタイプだから心配していたのだとすれば、女性と一緒に訪問したほうが問題を引き起こす可能性は低いわ」警察の調書を思い起こした。ロビーはボウリング場で簡単な尋問を受けた。正式な事情聴取のために、警察署に連れていかれることはなかった。すでに集めたものよりも興味深い情報は持っていないと思われているのだ。

「一緒に行こう」ランスは車を発進させた。「シャープにメールして行き先を知らせてくれるか？　おれたちが姿を消したら、どこで死体を捜せばいいかわかるように」

23

ランスはバローネ家へ車を走らせた。モーガンを連れていくことにいまも納得していなかったが、心のなかの番犬に鎖をつけなければならない。彼女は六年間、地方検事補をしていたのだ。自分の仕事を熟知しているし、敵意ある証人を相手にするのは、これが初めてではないだろう。

「バローネ家の情報は？」ランスは尋ねた。

モーガンが大きなバッグからファイルを取りだし、ページをめくって読み始めた。

「要約するわね。前科のある人はいない。ロビー——ロバート・ウィリアム・バローネは、六人きょうだいの二番目で、四カ月前に十六歳になった。誕生日に運転免許証を交付された。姉がひとり、妹が四人いる。長女は十八歳。末っ子は八歳」

「十年のあいだに六人も生まれたのか？」

「わたしの子たちも二年置きよ」モーガンが言った。

「でも、六人もいないだろう」

「もうひとり作ろうと考えていたの」

「本当に？」驚くべきことではない。モーガンはまだ三十三歳だし、子育てを楽しんでいる。ランスも彼女の子どもたちが好きだ——考えてみると、そのことのほうがはるかに驚くべき事実だ。

モーガンがページをめくった。「アイヴィー・メリッサ・バローネ、三十六歳は雇用記録がない。これは興味深いわ。アイヴィーはニューヨーク州の運転免許を持っていない」

「病気かな？」彼女と話したとき、どこか悪いところがあるようには見えなかった。

「六人も子どもがいるんだから、そんなに体は弱くないはず。妊娠と出産は、体の弱い人には向かないから」モーガンが書類をざっと読んだ。「ミセス・バローネに関する情報は少ないわ。出生証明書。社会保障の登録、結婚証明書、六人の子どもたちの出生証明書。それだけ。彼女名義の車も不動産もない」

「働かず、運転もしなくて、町からかなり離れた場所に住んでいる。あまり外出しないんだろうな」

「十八歳の長女も、運転免許を持っていない」

「ロビーは持っている」ランスは言った。「まだ十六だが」

「それに、ロビーはスカーレット・フォールズ高校に通っているけど、五人の娘たちは自宅で教育されている」モーガンが考えこみ、鼻の上にしわが刻まれた。

「自宅教育はどんどん広まっている」

「そうだけど、バローネ家の場合、女の子が外部と接触することを父親が望んでいないように思えるわ」

ランスも同じ意見だ。いやな印象を受けた。

モーガンが言葉を継ぐ。「ドウェイン・デイヴィッド・バローネ、五十歳。二十五年間マーカー建設に勤めている。役職は現場監督。自宅もケーブルテレビも公共料金の請求書も、彼ひとりの名義になっている。抵当には入っていない。不動産は農場として機能していて、わずかな収入を生んでいる。税金の滞納もなし」

「じゃあ、ドウェイン・バローネに怪しい点はないのか？」

「ないわ」モーガンがランスをちらりと見た。「情報が少なすぎる点を除けば。それから、誰もクレジットカードを持っていないのよ」

「めずらしいな。ミセス・バローネは、夫が戻る前におれが帰ることを強く望んでいる様子だった」

「DVを受けているのかも」

ランスはうなずいた。「とにかく怯えているという印象を受けた」

「家庭内の揉めごとも逮捕も接近禁止命令も記録はないけど、誰も通報しなかったからといって、何も起こらなかったことにはならない。家庭内暴力の被害者の多くは、警察に通報する勇気がないの」

ランスは私道に車を乗り入れた。ロビーのトヨタが家の横にあった。納屋の陰に、年式を考えれば驚くほど状態のいいフォード・ブロンコが停まっている。ボンネットが開いていて、男がエンジンをのぞきこんでいた。ジャーマン・シェパードが吠えだすと、男は背筋を伸ばし、車から離れた。

〝あれがロビーの父親のはずがない〟

身長は二メートル近く、体重は百十キロくらいありそうだ。ミドルネームをデイヴィッドから〝岩《ロック》〟に変えるべきだ。ドウェインはくつろいでいながらも身構えた姿勢で、何歩か歩いた。まるで軍人のようだ。

「ドウェインに兵役経験はないのか？」ランスは砂利道のわだちを避けながら進んだ。

モーガンが確認した。「ないわ」

ランスはブロンコの横にジープを停めると、車から降りた。

「こんにちは」ランスは言った。

「何か用か?」ドウェインは片手にトルクレンチを持っていた。グレーのつなぎに油がついていて、スキンヘッドがぴかぴか光っている。足元の道具箱にレンチをしまったあと、尻ポケットからバンダナを取りだして手を拭いた。汗まみれだが、落ち着いている。

「はい」ランスがポケットから名刺を出すあいだに、モーガンが自己紹介をした。

「ニック・ザブロスキーの弁護人です」

ドウェインがモーガンと握手をした。「用件は?」

「息子さんのロビーに、ききたいことがあるんです」モーガンが言った。

ドウェインがうさんくさそうに目を細めた。「どうしてだ?」

「木曜の夜、湖畔のパーティーに参加していた子たち全員に話を聞いているんです」

モーガンが微笑んだ。

「すでに警察に話した」ドウェインが踵に体重をかけ、胸の前で太い腕を組んだ。

「はい」モーガンがうなずく。「それは承知しています。でも、ニックの無実を証明するために、事件に関係のある全員に話を聞く必要があるんです」

「警察はニックが犯人だと思っているんだろう」ドウェインが言った。

〝警察〟と言ったとき、声に不信感がにじんでいるような気がした。

モーガンがうなずいた。「警察が間違っているんです」

ランスは切り札を使った。「無実の人間を逮捕したかもしれないのに、どうでもいいようです」

ドウェインはその発言に食いつかなかったものの、かすかにいらだちを見せながら、わずかにうなずいた。

「ロビーはいますか?」モーガンが家のほうへ視線をさまよわせた。

「ああ。どうせおれが話をさせなかったら、召喚状を取るんだろう?」ドウェイン・バローネに関して、またしても興味深い事実が明らかになった――法律をある程度知っている。

「はい。そうするしかありません。最善の弁護を尽くすことがわたしの仕事ですから」モーガンは、ロビーが何か重要なことを知っているとわかれば、おそらく証言させることになるとは言わなかった。

「連れてくる。ここで待ってろ」ドウェインは命令口調でそう言うと、ゆっくりと家のなかへ入っていった。

「家のなかには入れてもらえないみたいだな」ランスは家族や部屋の様子を見たいと

思っていた。

「そうね」

二分後、ドウェインがロビーを従えて戻ってきた。うつむき、肩をすぼめたロビーの姿が、ふたりの関係を表している。ドウェインがロビーの隣に立ち、巨大な手を華奢な肩に置いた。励ましたつもりかもしれないが、ロビーは怯えているようにしか見えなかった。

「こんにちは、ロビー」モーガンが自己紹介したあと、ランスを紹介した。「ニックの弁護をしているの」

「あんたのことは知ってる」ロビーがつぶやくように言った。

「口のきき方に気をつけろ」ドウェインが手に力を込め、ロビーは一瞬、顔をしかめた。

「いくつかききたいことがあるの」モーガンが言った。

ロビーが顔を上げた。生意気な様子はなく、敗北と屈辱の色が見えた。「はい」

「パーティーには何時に行ったの？」モーガンはウォーミングアップとして、お決まりの質問から始めた。ロビーの答えは、ほかの子たちの話と一致していた。

「ジェーコブとニックのあいだに何があったか教えて」モーガンが小首をかしげた。

もしドウェインがこの場にいて息子を死ぬほど怖がらせていなければ、モーガンの優しい声と物腰に、ロビーは話す気になっただろう。

だが、ドウェインはここにいて、金床サイズの手で、なんにせよ息子に命じたことを忘れさせないようにしている。

「知らない」ロビーが左足を見おろした。

〝よく知ってるくせに〟

「動画を見たでしょ？」モーガンがうながした。動画をランスに見せたのはロビーだということをドウェインに知らせないのは、賢いやり方だ。

「はい」ロビーが認めた。「ジェーコブとニックが揉めてた」〝ジェーコブ〟と言ったとき、ロビーの声が鋭くなった。

「でも、口論のきっかけは知らないの？」モーガンがきいた。

「知らない」ロビーが首を横に振り、意図的に視線をそらした。「それほど近くにはいなかったから」

〝嘘だ〟

大嘘つき。

「喧嘩のあと、ニックとテッサを見た？」モーガンが尋ねた。

ドウェインの指がほんのわずかに動いた。ロビーがかすかに身をすくめたのを、ランスは見逃さなかった。

「見なかった」ロビーが歯を食いしばった。目に涙が浮かんでいる。

モーガンはさらにいくつか質問したが、ロビーは何時に誰がパーティーから帰ったかも、生きているテッサを最後に見たのが誰かも知らないと言い張った。

「もう話すことはない」ロビーが視線を上げた。その目が一瞬、怒りに燃えた。

「ありがとう、ロビー。心から感謝するわ」モーガンがわかっているというように微笑んだ。

ロビーがうなずいた。

木が叩きつけられる音が、銃声のごとく鳴り響いた。一同はいっせいに家のほうを見た。赤毛の痩せた少女がふたり、洗濯かごを持って物干し用ロープへと歩いていく。ふたりとも、ランスが初めてここに来たときに見た母親の服によく似た、膝下の長さのだぼだぼした綿のワンピースを着ていた。

「なかに戻れ」ドウェインが怒鳴った。

少女たちは一瞬、動きを止め、目を見開いたあと、家に向かって駆けだした。少女が持っているかごから、洗濯物がいくつか落ちた。

モーガンは眉をひそめたあと、急いで作り笑いを浮かべた。「ご協力に感謝します、バローネさん」

ドウェインが厳しいまなざしでうなずいた。

ランスはドウェインの視線を背中に感じながら、ジープに戻った。

運転席に乗りこみ、ドアを閉めてエンジンをかけた。「あの娘たちは何歳だ？」

「十二歳と十四歳くらいかしら」モーガンがシートベルトを締めた。「ドウェインに怯えていたわね」

「この家の住人は全員、彼を恐れているようだ」ランスは道路に向かって車を走らせた。ハンドルを握る手に力がこもる。ロビーは優等生ではないが、父親からあんな扱いを受けるいわれはない。

「わたしたちがいるときに、娘たちが外に出ることがどうしてそんなにおおごとなの？」

「さあな。調べたほうがよさそうだ」

「父親と息子は仲がよくないみたいね」モーガンが振り返り、リアウィンドウ越しに農場を見やった。「今日見た子たちは母親似ね。小柄で華奢で……」声が途切れた。

「ドウェインは引退したプロレスラーに見えるのに」ランスはあとを引き取った。

「息子に失望しているはずだ。ひとり息子が四十五キロしかない弱虫だから」

「ドウェインはガキ大将タイプね」モーガンが言った。

「何歳だっけ？」

「五十歳」

「アイヴィーは三十六か？」

「そうよ」

「何歳で結婚したんだ？」

「そうね。若かったはず」モーガンが携帯電話をスクロールした。「十七歳よ。ドウェインは三十一歳だった」顔を上げた。

「十七歳の頃、三十一歳の男をどう思っていた？」ランスはきいた。

「十七歳の頃は、二十五歳過ぎは全員おじさんだった」

ランスは一時停止の交差点を右に曲がった。「アイヴィーは若くして結婚しただけでなく、一年も経たないうちに最初の子どもを産んだ」

「どう考えたらいいかわからないわ」モーガンが人差し指で下唇をトントン叩いた。

「テッサの死と関係があるのかどうかも。テッサとドウェインが顔見知りだったかどうか知りたい」

「ミセス・バローネは、長女がテッサと同い年だと言っていた」

「テッサはバローネ家に来たことがあったのかしら」

「子どもが遊ぶ約束をするのを、ドウェインが許すかどうかわからない。あの家のことは全部、ドウェインの許可が必要なはずだ」

「そうね」モーガンが眉をひそめた。「あの女の子たちは明らかに怯えていた。気に入らないけど、テッサの事件と関係があるかどうかはわからない」

「ああ。お袋にバローネ家のことをもっと調べてもらうよ。ロビーがジェーコブの名前を吐き捨てるように言ったのに気づいたか？」

「ジェーコブのことが好きでないのはたしかね」

ランスはいらいらして顔をこすった。「みんなが本当のことを話してくれたら、捜査はずっと楽になるのに」

24

ランスが運転する横で、モーガンは携帯電話を置いた。時刻は午後四時。一日があっという間に過ぎたが、ほとんど進展はない。気を取り直し、振り出しに戻って事件を改めて調べる必要がある。

「暗くなる前に、犯行現場へ行きましょう」モーガンは言った。「カメラを持ってる?」

「コンソールのなかだ」ランスが腕を持ち上げた。

モーガンはカメラを取りだした。警察がすでに現場の写真を撮っているが、彼らはまったく別の角度から事件を見ている。オールバニ郡の地区検察局時代に殺人事件を担当したときは、必ず犯行現場を訪れて、当事者の視点で考えるようにしていた。写真や図表だけでは、犯行がどのように行われたのか充分に思い描くことができないからだ。犯人が細かい部分で誤った判断をしたことからその嘘を見破ったのも、一度や二度ではなかった。

ランスが車を路肩に寄せて左折した。

モーガンは湖へ向かうあいだに、犯行現場に関するメモを見直した。ランスは、テッサの遺体を発見した夜にも通った未舗装道路を走ったあと、空き地の手前で停車した。

モーガンは胃のよじれる思いで車から降りた。あらゆる感覚――枯れ葉を踏みつぶす音や、マツや湖水のにおい、頭上の枝をさざめかす風の音が、あの夜の記憶をよみがえらせた。

あのときは暗かったので、遺体の細かいところまでは見えなかった。だが、鑑識や検死の写真では、血痕も泥の染みも、深い傷も擦り傷も全部くっきり見えた。そして、それらの細部が記憶に刻みこまれた。

モーガンは背中に視線を感じ、ぞっとした。気のせいだろうか？　周囲の森をさっと見まわす。木が密集していて、夕方のあふれんばかりの光の下でさえ、あちこちに暗がりができていた。

「大丈夫か？」ランスが隣に来た。

「ええ」モーガンは恐怖を払いのけた。「ちょっと待って」トートバッグのなかからフラットシューズを取りだして履き替え、ハイヒールを車のなかに置いた。

「なんでも入ってるんだな」ランスがリモコンのボタンを押した。ビープ音が鳴り、ドアが施錠された。

「備えあればうれいなしよ」モーガンはランスに歩調を合わせて歩いた。

ふたたび、誰かに見られているような感覚に襲われた。うなじの毛が逆立ち、本能が警戒をうながしている。立ちどまって森を見渡した。

「本当に大丈夫か?」ランスがきいた。

モーガンは声を潜めた。「ほかに誰かいるような気がするの」

「おれもここは気味が悪い」ランスがモーガンの視線をたどった。

「たぶん、ここで何があったか知ってるから、そんな気分になるのね」モーガンはゆっくりと前に進んだ。「考えすぎかもしれないけど、十歳のとき、家族でキャッツキル山地へキャンプに行ったの。そのとき、シカを見つけてキャンプ場から離れてしまって、気づいたら迷ってた。翌朝まで見つけてもらえなかったの」

「森のなかでひとりで夜を明かしたのか?」

「そうよ」モーガンは空き地へ向かった。「それ以来、森や暗闇はあまり好きになれなくて」

「今度はテッサの遺体を発見したんだから、なおさらだな」

ふたりは土の上を歩いていき、空き地の端で立ちどまった。明るいときに見れば、美しい場所のはずだ。ところが、モーガンの目は赤褐色の葉に降り注ぐ日光ではなく、暗がりに惹きつけられた。

たき火の穴のなかの焦げた木のほかは、何もなかった。鑑識班がごみも証拠として集めたのだ。

近づいてきたランスの体がこわばっていて、彼も緊張しているのだとわかった。認めたくはないけれど、この空き地から逃げださずにいられるのは、ひとえに彼がいるおかげだった。

「空き地から始めて、遺体を発見した場所へ向かおう」ランスが写真を撮り始めた。

モーガンはメモ帳を取りだして、スケッチを描いた。空き地と周囲の森を観察する。

「テッサの車はあそこに停まっていた」

テッサのアコードは現在、警察の押収車両ガレージにある。テッサのハンドバッグは助手席で発見された。

モーガンはスケッチにディテールを加えた。「ニックが帰るとき、テッサは自分の車に乗っていたとニックは言っていた」

アコードが停まっていた場所へ行った。テッサの最後の瞬間を想像すると、ぞっとした。「テッサは運転席に座って泣いていた。大親友のフェリシティにメールを送り、ニックと別れたことを伝えた。そのあと、ジェーコブと話をするため、エマーソン家に電話をかけた」

「だが、ミスター・エマーソンが電話に出た」ランスがカメラをおろした。

「本人がそう言っているだけよ。もし違ったら？　電話に出たのがジェーコブだったら？」

「そこで妊娠したことをテッサから告げられたとしたら？」ランスが言う。「ジェーコブが車で空き地へ向かってもおかしくない」

「警察はジェーコブにDNAサンプルの提出を要求しなかった。最初からニックに的を絞っていたから。ジェーコブを事情聴取した時点では、テッサの胎児の父親がニックでないことを知らず、ニックだと決めてかかっていた。ふたりの男を捜しているのだとはわかっていなかった。それに、ジェーコブの父親は弁護士だから、絶対に許可しなかったでしょうね。その意味を理解して、令状を要求したはず」

「ジェーコブに強制的にDNA鑑定を受けさせられる可能性はどれくらいある？」ランスがきいた。

「新しい証拠なしで？　ほとんどないわね。ミスター・エマーソンが確実に抵抗するでしょう。それに、ジェーコブとテッサがデートしていたのは五カ月前よ。テッサは妊娠八週だった。根拠がないわ」

「ジェーコブとニックの喧嘩を見ただろう。テッサとニックが一緒にいるところを見て、ジェーコブは腹を立てたんだ。ふたりは夏のあいだ、一時的によりを戻していたのかもしれない」

テッサがニックを裏切ってジェーコブと浮気をしたと、モーガンは思いたくなかったが、ランスの仮説は筋が通っている。テッサやニックを個人的に知っていたからといって、調査に私情を挟んではならない。テッサは浮気をした。でも、誰と？

「当て推量に基づいて裁判所命令を得ることはできない。ジェーコブとテッサが接触した証拠がないと……」モーガンは逆算した。「七月の中旬から下旬にかけて」

「あるいは、テッサが七月にほかの誰かと会っていた証拠でもいい」

モーガンは携帯電話にメモした。「テッサの夏じゅうの携帯電話の記録をよく調べないと」

警察はテッサの人生最後の数週間にしか注目しなかった。妊娠が判明したあとでさえ、ホーナーは胎児の父親探しに積極的ではなかった。

ランスが顔をしかめて湖を見た。「みんなが帰ったあとも、テッサはひとりで車のなかにいた。どうして車から降りたんだ？」

「理由はいくつか考えられるわ」モーガンはぐるりとまわって森を見渡した。「テッサは祖父母に腹を立てていた。家に帰りたくなかった。頭をすっきりさせるために散歩した」

「あるいは、誰か来たのかもしれない」

「知り合いの誰かが。もしジェーコブが胎児の父親だとして、ミスター・エマーソンが嘘をついていて、電話に出たのがジェーコブだったとしたら」モーガンなら暗闇のなか、ひとりで車から降りたりしない。とはいえ彼女は、妊娠中の怯えたティーンエイジャーではない。

「たとえ本当に妊娠させたとしても、ジェーコブはテッサを殺す必要があるのかな？家は金持ちだし、一九五〇年代じゃあるまいし」

「ある意味では、社会的圧力はあなたが思うほど変化していないわ。テッサはものすごく焦っていたはず。高校すら卒業していなかったのだから。祖父母は保守的な人たちだし、十代でママになることは汚点になって、みんなから仲間外れにされる」モーガンは高校時代に妊娠した女の子たちのことを思いだした。疎外され、結局、全員中退した。

「中絶できる段階だったし、子どもを養子に出すことだってできた」ランスが言った。

「そうだけど、それでも妊娠してパニックになっていたはず」テッサが個人の危機にひとりで対処していたと思うと、モーガンは胸が痛んだ。テッサの祖母は無関心で、秘密を打ち明けられるような相手ではない。

「テッサが子どもの父親を脅した可能性は？」

「父親がジェーコブだったとしたら、ロースクールへ行く計画に影響を及ぼしたでしょうね」

「だとしても、テッサを殺す充分な動機になるとは思えない。法的には、ジェーコブに強要できるのは経済的援助だけだ。子育てを強制することはできない。ジェーコブ家には金を払う余裕がある」

「わたしたちならそう考えるけど、十代の子たちの話よ。テッサが危険な行動を取ったことは明らかだわ」

「避妊せずにセックスして、ニックだけでなく、ほかに少なくともひとりの男と寝ていた」

「それに、みんなビールを飲んでいたことを認めている。ジェーコブは二、三本飲んだと言っていたけど、もっと多いかもしれない」

「といっても、テッサが殺された原因が妊娠とは限らない。彼女が誰かに打ち明けた証拠もない」ランスが空き地の向こう側の写真を何枚か撮った。「警察はこの情報をマスコミに発表しなかった。誰もこのことには触れていない。エマーソン家でさえ」

「テッサが子どもの父親に打ち明けて、そのせいで殺されたのだとしたら、知っていたことを認めるはずないわ」モーガンは空き地を横切り、獣道の入り口へ向かった。

「テッサは車を降りた。口論になった。テッサが逃げだし、犯人は追いかけた」

あの夜、テッサはどんな思いをしただろう。暗闇のなか、ひとりきりで。

ランスがアコードの停まっていた場所の写真を何枚か撮った。それからふたりは、獣道を歩いて湖岸へ向かった。踏みつぶされたガマや立ち入り禁止のテープが、テッサの遺体が発見された場所の目印になっている。

だらりと垂れた汚れた黄色のテープのほかに、水辺に置かれたテディベアや手紙や花束といったささやかな追悼の品が、若い女性が殺されたことを示していた。

テッサが横たわっていた茂みを見つめたとき、モーガンはぞっとした。明るい日中にランスといても、逃げだしたくなる。「ここはひどくぬかるんでいるから、足跡はすぐに消えてしまったでしょう」

「岸辺でも足跡は発見されなかった。砂が多すぎて。逆に空き地では、タイヤの跡も足跡も大量に見つかった。誰がパーティーの前に来て、誰があとに来たか、見分ける方法はない」

「テッサはどうしてこっちへ逃げたのかしら?」モーガンはぬかるみに足を取られながら、テッサの遺体に通じていた、踏みつぶされたガマの道を歩いた。「反対側に、駐車場やガゼボやピクニック場につながる道があるのに」

ランスがついてきた。「あの時間は誰もいなかっただろうから、どうせ助けを求められない。恐怖のあまり気が動転して、やみくもに走ったんだろう」

だが、テッサは空き地から遠くへ逃げられなかった。モーガンは湖を見つめた。この場所で若い娘が惨殺されたのだと、全身で感じた。テッサの体から流れでた血が、ぬかるみにしみこんだ。テッサは意識があったのだろうか? 自分が死ぬことを知っていたの?

暗闇のなか、ひとりきりで。

ふたりはしばらく黙りこんだ。風がガマの茂みを吹き抜け、重たいこうべを揺らした。

小枝が折れる音がして、ふたりははっとした。音のしたほうを、ランスがすばやく振り返る。モーガンの体に腕をまわして、背後にかばった。

「いまのは何？」モーガンはうなじの毛が逆立つのを感じながら、彼の体の向こうをのぞきこんでささやいた。「シカ？」

「いや」獣道へと引き返しながら、ランスが木立に視線を走らせた。「誰かいる」

25

ランスは反射的に腰のグロックに手を伸ばした。

音は森の奥のほうから聞こえた。

「車に戻ろう」モーガンを誘導しながら、自分の体を盾にして空き地へ向かった。

車から降りたときの直感を信じればよかった。ふたりとも、犯行現場にびくついているのだと思っていた。

だが結局、それだけのことかもしれない。

モーガンが即席の祭壇を指さした。「大勢がここを訪れているみたいだし、追悼しに来た人かもしれないわ。野次馬とか」

「そうだな」ランスは言った。ジェイミー・ルイスの可能性は？　彼女はパーティーに参加していたが、どうやって来たのかは誰も知らないようだった。森のなかに隠れているのか？

「警察に通報したほうがいい？」空き地に戻ったとき、モーガンがきいた。ふたりは下生えから抜けだし、ジープが停めてある草地へ向かった。

「森のなかで小枝が折れる音が聞こえましたって言うのか？」ランスはモーガンに前を歩かせ、振り向いた。人影は見えないが、視線を感じる。

「それもそうね」モーガンが言う。「でも、犯行現場をうろついている人物を突きとめないと」

「ああ」ランスはジープのほうへ歩いた。「そいつに、おれたちは帰ったと思わせよう。姿を現すかも」

ふたりはジープに乗りこんだ。ランスは道路に向かってUターンした。舗道を走り、湖岸のレクリエーションエリアへ向かう。砂利の駐車場に車を停めた。目の前に湖が広がっている。片側にガゼボがあり、細い桟橋が水上へと伸びている。反対側の木陰には、ピクニックテーブルがぎっしりと設置されていた。ランスはコンソールから双眼鏡を取りだした。

「向こうにいる相手に、こっそり近づくつもり？」モーガンがきいた。

「ああ」ランスは双眼鏡をモーガンに渡した。「まずは森を観察して、おれたちが帰ったと思って誰か姿を現さないか確認しよう」

　ふたりは待った。ランスはカメラで森を見渡し、モーガンは双眼鏡を使った。十五分経っても、リスより大きなものは見当たらなかった。ランスはカメラをおろした。

「人影はない。誰もいなかったのかもしれない。ふたりとも、考えすぎかな?」

「わたしはそうだと認めるわ」モーガンが双眼鏡を持ったまま、助手席のドアを開けた。「ここから空き地を見てみましょう」

　ふたりは車から降りて水辺へ向かった。ピクニックテーブルとガゼボを通り過ぎる。幅三十メートルの人工の砂地で、その端の湖岸線は土と雑草とガマに戻り、徐々に森へ入っていく。

「道がある」モーガンが指を差しながら、小声で言った。

　荒れた小道が木立のなかへ続いている。ランスは空き地に向かって森のなかを歩きながら、周囲に目を光らせたものの、人影は見当たらなかった。

「記憶よりずっと近かった」モーガンが森の外れで立ちどまった。

「十代の子たちは公共スペースを使わない。未舗装道路と森のなかの駐車場を使うほうが安全だ。警察はまわり道をしないと見まわれないから」

「その辺は昔と変わらないのね」モーガンが言った。ふたりは引き返した。モーガンが水辺で双眼鏡を目に当て、湖岸線を見渡した。向こう岸の森を指さす。「光る黒いものが見えない？」

ランスは彼女が指すほうを見て、木立のなかの別の空き地を見つけた。「ああ」

「どうやったらあそこへ行けるのかしら？」

「湖の全周をまわれる獣道があるはずだ」

モーガンが歩き始めた。「警察はあの空き地と周辺の森しか調べていない。対岸に関する報告書や写真はなかった」

「その必要がなかったからだ。遺体は発見され、現場は保存された」

「容疑者もすぐに割りだされたし」モーガンがつけ加えた。

湖岸沿いの曲がりくねった道を見つけた。二十分後、ふたりは向こう岸に立って、間に合わせのキャンプ場を見つめていた。マツの木立のなかに、黒いふたり用テントが張られていた。石で縁取られた円のなかに、灰がたまっている。火を使ったばかりのように、中央から細い煙が立ちのぼっていた。ランスはテントのなかをのぞいた。寝袋とクーラーボックス、電池式のランプが居心地のよい空間を作っている。隅の寝袋の隣に、小さなシャベルとバックパック、箱が置いてあった。

「誰かが野宿しているのね」モーガンが言う。「バックパックの中身は見える？」

ランスは蓋をそっと持ち上げた。ジーンズと数枚のトレーナー、冬用のコートが入っていた。「服だ」

「女性用?」

「わからない」ランスはバックパックを動かして、さらによく見た。サイズは大きいようだが、ジェイミー・ルイスは長身だし、写真で見た限りではいつもだらしない格好をしていた。「マッチと、ナイロンロープもある」

「見せて。どこのブランドのものかわかるかも」モーガンがバックパックの上にかがみこんだ。

そのとき、銃声が鳴り響いた。ランスはモーガンに飛びついて地面に押し倒し、覆いかぶさった。心臓が早鐘を打ち、ロックコンサートのベースラインのように耳の奥で脈打っていて、音を遮断した。

「誰かがわたしたちに向かって発砲したの?」モーガンが信じられないといった口調できく。「それとも、爆竹の音?」

「銃声だ」ランスは銃声をほかのものと聞き違えることはなかった。拳銃を抜き、狭いキャンプ場を見渡したが、撃ち返すべき相手は見当たらない。テントはたいした防壁にならない。倒木を見つけた。「腹這いで進めるか?」

「ええ」

ランスはコケに覆われた倒木のほうへ彼女を少しずつ押した。「あのうしろに行け」

半分腐った倒木は防壁としては不充分だが、身をさらすよりはましだ。モーガンはスカートをたくし上げ、見事なほふく前進をした。

ボルトアクション方式ライフルのボルトを操作する音が聞こえて、ランスはうなじの毛が逆立つのを感じた。三メートル左の木に銃弾が当たった。モーガンが動きを速める。ランスは自分よりも彼女のことが心配で、大きな体で弾が飛んできた方向からかばいながら、あとを追った。二分後、自分と木のあいだにモーガンを挟んだあと、ポケットから携帯電話を取りだして911にかけ、銃撃されたと通報した。

電話を切ると、モーガンの耳元でささやいた。「警察が到着するのは早くて十分後だ。それから、森のなかにいるおれたちを捜さなきゃならない」

「犯人は警察が来たらどんな反応を示すかわからない」モーガンが地面からわずかに頭を持ち上げた。「移動したほうがいいわ」

銃撃犯がぐるりとまわって後方から攻撃してきたとしたら、ふたりは格好の標的になる。枯れ葉を踏みつぶす音が聞こえた。その音がどんどん大きくなっていく。

「行け」ランスはモーガンを押した。

モーガンがほふく前進する。大きなオークにたどりつくと、ふたりは立ち上がって幹の陰に隠れた。ランスは木の向こうをのぞきこんだ。ふたたび銃弾が飛んできて近くの木に当たり、樹皮が飛び散った。

「わたしたちの動きを追っている」モーガンが背中を幹に押しつけた。「どうしてわたしたちを撃たないの？」

「腕が悪いか、撃ちたくないかのどっちかだ」ランスは後者だと思った。どの弾も、同じ距離だけ離れた場所に当たっている。

「なぜ撃つんだ？」ランスは叫んだ。

「おれのテントに近寄るな！」男の声が返ってきた。

「話がしたいだけだ」ランスは銃撃犯の居場所を突きとめようとした。

カチャ、カチャ。前回とほぼ同じ場所に弾が当たった。やはり、狙いは正確だ。おれたちを追い払おうとしているのか？　それとも、追いつめる気か？

「おまえたちは泥棒だ！」男が叫ぶ。「貴重品を狙ったんだろう」

〝貴重品だと？〟

〝わたしに話をさせて〟モーガンが声を出さずに口の動きでランスに伝えた。咳払いをしてから、大声で言う。「撃つのをやめてくれたら、立ち去るわ。たまたまあなたのテントを見つけただけなの。悪気はなかったのよ」

「放っておいてくれ」声から怒りが消えて、悲しみを帯びた。

モーガンが眉根を寄せた。「わかった。邪魔をしてごめんなさい」

数秒間、不気味な沈黙が続いたあと、胸を締めつけるようなすすり泣きが聞こえてきた。

「わたしたちは武器を持っていないし、あなたのものを奪うつもりもない」モーガンが思いやりのある、穏やかな口調で言った。

だが、男の泣き声はやまなかった。「彼女は死んでしまった。死んだんだ。死んだ、死んだ、死んだ」

ランスとモーガンは思わず顔を見合わせた。銃を持ったキャンパーは、正気を失いかけている。

「そのまま話しかけてくれ」ランスは小声で言った。「きみが気を引いているあいだに、背後にまわりこんでやつを捕まえる」

モーガンがうなずいたあと、声を張り上げた。「誰が亡くなったの?」

「女の子だ。とてもきれいで、若かった。もう助けてやれない」怒りで声が大きくなった。

「誰が殺したの?」

「血がたくさん」男は泣くのをやめ、不安にさせるような抑揚のない声で言った。

「そこらじゅうに」

ランスは小石や枝の落ちていないかたい地面をそっと歩いた。木陰を伝って移動する。慎重な足取りで、木々のあいだを通り抜けた。

「あなたと話がしたいの」モーガンが言う。「いい?」

「だめだ。話したくない」男がわめいた。「とにかく放っておいてくれ。ひとりになりたいんだ。ひとりでいれば、誰も傷つけずにすむ」

ランスはゆっくりと木の幹をまわった。男の姿が見えた。砂漠用の迷彩服を着て、木に背中をつけて座っている。ボルトアクション方式ライフルは膝の上に置かれていた。カモフラージュのため、顔に土を塗りつけている。白目が目立ち、血走っていた。目の下に濃い隈《くま》ができていて、死人のようだ。骸骨を思わせる頬骨が浮きでている。

男が顔をぬぐった。混乱し、すさんだ表情が哀れを誘う。目から顎にかけて、涙の跡がついていた。

「ごめんなさい」モーガンが呼びかける。「撃たないと約束してくれれば、すぐに立ち去るわ。二度と邪魔はしない」

「行け!」男が叫んだあと、背後の木の幹に頭を打ちつけ始めた。

サイレンの音がかすかに聞こえてきた。〝くそっ！〟どうして静かに来られないんだ？　モーガンが説き伏せられたかもしれないのに。もはやその見込みはなくなった。サイレンの音がやんだが、手遅れだ。男の目に恐怖の色が浮かんだ。ぱっと立ち上がり、パニックになってライフルを落とした。あわてて拾おうとしたが、ランスはその一瞬の隙をついて、拳銃をホルスターにおさめ、男の胴体に飛びついた。ふたりはもつれながら倒れ、地面を転がった。ランスはライフルを蹴飛ばした。

暴れまくるだろうと予想していたのに、男が戦闘態勢に入ったので驚いた。手本どおりの動きで、ランスを投げ飛ばした。ランスは背中から倒れた。前腕で喉を押さえつけられる。

ランスはあえぎ、目の前に星が飛んだ。抵抗して男のバランスを崩し、両手で前腕をつかむ。足を挟みこみ、体勢を逆転させた。

男は栄養失調で、震えていた。アドレナリンの放出がおさまると、力が弱まり、ランスの下でもがくだけだった。絶望に打ちひしがれた目をし、開いた瞳孔に狼狽《ろうばい》の色が浮かんでいる。心の病を患っているのは一目瞭然だった。

だが、正気を失った人間は危険だ。かわいそうだが、モーガンの安全のために押さえつけなければならない。

「動かないで！」モーガンが叫んだ。「動いたら撃つわよ」

ランスは言われたとおりにした。銃撃犯も。

三メートル先で、モーガンがライフルをゆったりと構えていた。銃口を銃撃犯に向ける。「ばかなことは考えないほうがいい。わたしは射撃の名手なの」

ランスは男をうつぶせにし、両腕を背中にまわすと、膝で押さえつけた。「何か拘束するものはないか？」

「確保した？」

「ああ」

「これは？」モーガンが男のバックパックをあさり、ナイロンロープを取りだした。

ランスは男の手首を縛りつけたあとあおむけにし、上体を起こして座らせた。男は興奮していて、すぐさま前後に揺れ始めた。目を合わせようとせず、足元を見つめている。

サイレンが鳴り響いた。ドアが開き、閉まる音がする。

「こっちだ」ランスは叫んだ。「事態は収束した」

茂みをかき分ける音がした。カール・リプトンともうひとり制服警官——新人か？

——が、拳銃を構えながら木立から飛びだしてきた。

「ライフルをおろして、マダム。ふたりとも両手を頭の上に置いて指を組め」新人警官がモーガンに銃口を向けながら命じた。

モーガンは従い、カールがライフルを取り上げた。

「ひざまずけ！」新人警官がランスに向かって怒鳴った。

「やめろ」カールが言う。「知り合いだ」ランスのほうを向いた。「何があった？」

ランスはいまやぐったりしている男を押さえつけたまま説明した。「死んだ女の子だとか血だとか、妙なことを言っていた。向こうにあるテントはこの男のだ」

「パトカーの後部座席に乗せるぞ」カールが相棒を指さした。

「風呂に入れる必要があるな」新人警官が顔をしかめながら男に手錠をかけ、引っ張って立ち上がらせた。

新人警官が男を押さえつけ、カールが所持品検査をした。ポケットのなかに入っていた折りたたみナイフと小銭、財布を地面に放り投げる。財布を開いて中身を確認した。「名前はディーン・フォス」男に話しかける。「ディーン、どうしてこの人たちに発砲したんだ？」

「あの女の子が死んだのは、おれのせいだ」ディーンがうつむいた。「やつらが迎えに来る」

「やつらって?」カールが優しい声できいた。

ディーンが顔を上げた。恐怖に見開いた目で一同を見まわす。「おれを閉じこめるな。やつらに見つかる。殺される。逃げないと。隠れなきゃならない」

「わかった。おれたちが守る」カールが言った。

しかし、ディーンは納得しなかった。身をよじって新人警官から逃げようとする。カールがディーンのもう一方の腕をつかんだ。ディーンはかっとなったが、両腕を拘束され、弱っているため、ほとんど抵抗できなかった。カールと相棒に押さえつけられ、やがてもがくのをやめ、震えながらぐったりした。哀れな姿だ。

「連行するぞ」カールと相棒とディーンは道路へ向かった。数分後、カールが戻ってきた。「ひとまず留置場に入れるが、精神病院に移送されるだろう。専門家じゃなくとも、情緒不安定だとわかる」

「新人か?」ランスはきいた。

「ああ」カールがうなずいた。「今日で三日目だ。やる気にあふれている。やつがサイレンを鳴らしたんだ。すまなかった」

「新人時代を思いだすよ。みんな最初はやる気にあふれていた」

ランスとモーガンは供述をし、ディーンが興奮して、死んだ女の子やら血やら言っていたことを忘れずに強調した。

モーガンがスカートについた土や枯れ葉を払い落とした。ブラウスに泥や汗がしみている。顔が青ざめ、声は震え、ふくらはぎにかき傷が十字についていた。

カールがうなずいた。「鑑識を呼んでキャンプ場を調べさせる。ブロディがこっちに向かっているところだ。ふたりの話を聞きたいそうだ」

「ありがとう」モーガンが言った。

カールが現場を保存するあいだ、ランスとモーガンは脇へどいていた。モーガンは写真を撮った。警察を信用していないわけではないが……彼らはすでに殺人犯を捕まえたと確信しているので、彼女は新しい証拠を確実に集めたかったのだ。

鑑識班よりも先に、ブロディが到着した。キャンプ場をくまなく調べてから、ランスとモーガンのところに来た。ランスは何があったか簡潔に説明した。

ブロディがノートをパタンと閉じた。「ほかに質問したいことが出てきたら連絡する」

「ディーン・フォスはパーマー殺人事件と明らかに関係があります」モーガンが言った。

ブロディは曖昧にうなずいた。「ディーンに取り調べを行ってはみるが、きみたちとカールの話からすると、理性的な供述ができる状態ではないようだ。その場合は、精神鑑定を待たなければならない。鑑識の結果に期待しよう」

「もう帰っていいか？」ランスはきいた。

「ああ」

「パーマー事件に関連する事実がわかったら、連絡をくれるか？」

「ホーナー署長に要求を伝えておく」ブロディは険しい顔で立ち去った。

〝いったいどういう意味だ？〟

カールが立ち入り禁止のテープでキャンプ場を囲っていた。ランスとモーガンに境界線の外に出るよう指示した。

〝鞍替えするとは、こういうことなのだ〟ランスはもはや警察の一員ではない。さらに、モーガンに協力したことで、永久追放されたらしい。

とはいえ、ランスがモーガンの頼みを断っていたら、彼女は犯行現場にひとりで来ていただろう。殺されていたかもしれない。

ランスとモーガンは水辺へ戻った。こずえの上に浮かぶ夕日が、湖に金色の光を投げかけている。ランスは携帯電話で時間を確認した。六時半。「あと三十分で日が沈む。今日はここまでにしよう。家に帰る前に、オフィスで身支度をすればいい」彼女の脚についたかき傷を見た。

「そうさせてもらうわ」モーガンがふくらはぎについた泥の縞をこすった。

「大丈夫か？」

「ええ。でも残念ながら、いまはスカーレット・フォールズ警察をあまり信用できないの」

「ホーナー署長はいやなやつだが、ブロディは優秀だ。信用できる」

「そうだといいけど」モーガンがスカートに刺さった松葉を抜いた。

「お袋に電話して、調査リストにディーンを加えてもらおう。お袋なら個人情報をたっぷり探りだせる」

「ディーンの言っていたことからすると、彼がテッサを殺したか、犯人を見たかのどちらかね」

26

ランスがシャープ探偵事務所の前に停まっているミニバンのうしろに停車するやいなや、モーガンは車を降りた。脚の傷の痛みを感じながら、ミニバンの荷室からジムバッグを取りだした。日は沈み、静かな通りに夕闇がおりている。ふたりは歩道を歩き、メゾネット型アパートメントの暗い階段を上がった。

ランスが玄関の鍵を開けた。「きみがジムに通ってるなんて知らなかったよ」

「二カ月前、お試し二週間会員になったの。二回行ったわ。それ以来このバッグは、あそこに入れっぱなし」モーガンは彼のあとについて事務所のなかに入った。

「シャープは留守のようだな」ランスがドアを閉め、鍵をかけた。

「あなたは定期的にトレーニングしているみたいね」モーガンは彼のたくましい体に視線を走らせた。

ランスが肩をすくめる。「集中的な理学療法を受けているから」

「回復に役立ってる？」

「ああ。それに、エンドルフィンを放出し、ストレスを解消してくれる」

「わたしもそう思って、お試し会員になったのよ」子どもに時間を取られるからと言い訳することもできるけれど、実際は、運動する気が起きなかっただけだ。

いろいろなことにやる気が出なかった。

ランスはモーガンをキッチンへ連れていき、戸棚から救急箱を取りだした。「座って」

「自分で手当てできるわ」モーガンは言った。

「そうか」ランスはテーブルに救急箱を置いたあと、冷蔵庫からペットボトルの水を取りだして、モーガンの前に一本置いた。それから、狭い部屋の反対側へ行き、戸棚にもたれかかって彼女を見守った。

モーガンは椅子に腰かけ、身をかがめた。脚のかき傷に血や泥がこびりついている。ガーゼに消毒剤をかけ、汚れを拭き取り始めた。血よりも泥のほうが多い。向こうずねについたいくつかの浅い傷はすでにかさぶたになっていたものの、足首の深い傷は真っ赤で、まだ出血していた。その傷をそっと拭きながら、痛みに顔をしかめた。ガーゼが何かに引っかかった。数本の大きなとげが肌に刺さっていた。ランスに倒木に押しつけられたときに刺さったのだろう。文句を言うつもりはない。彼は銃撃犯から守ってくれたのだから。

あのとき、モーガンは冷静に行動したけれど、いまになって思い返すと手が震えた。指を曲げて震えを抑えた。記憶を振り払い、足首に注意を向ける。取り乱すのは、家に帰ってひとりになってからだ。傷口をよく見ようとしたが、スカートを腰まで引き上げないと足首を引き寄せられない。

そんなことをしたら……。

たくましい胸の前で太い腕を組み、戸棚に寄りかかっているランスをちらりと見た。背景に溶けこめるような男性ではない。体格も存在感も大きすぎる。だから、同じ部屋にいると自然と視線を引きつけられる。

ランスはジョンとまったく違う。ジョンは背が高く痩せていて、髪は黒く、のんびりした性格だった。ランスはブロンドで筋骨たくましく、張りつめた緊張感がある。とても。

モーガンはまばたきして目をそらした。

わたし、どうしちゃったの？　狙撃された余波に違いない。理性を失っている。

「その箱にピンセットは入ってる？」モーガンはきいた。

娘たちを怖がらせたくないので、家に帰る前に血や泥を落としてしまいたかった。危険な目に遭ったことを知らせる必要はない。

「見せて」ランスがペットボトルを置き、キッチンを横切った。

彼が隣の椅子に腰かけ、モーガンの両脚を持ち上げて膝にのせ、横を向かせた。

「ちょっと」モーガンは驚いた。ランスの脚は彼女の脚の二倍太く、十倍かたかった。

「おれがやったほうが早い」救急箱からピンセットを取りだすと、モーガンの脚に顔を近づけた。

「大丈夫よ。自分でできるから」自信に満ちた言葉とは裏腹に、声が震えた。

ランスが顔を上げ、モーガンの目をじっと見つめた。青い瞳に感情があふれでる。怒り。心配。

情熱。

モーガンは身震いした。

「いいから、手伝わせろ」ランスの指が敏感なふくらはぎを包みこんだ。「今日、撃たれたせいで、ちょっといらついているんだ」

「わかった」モーガンはあきらめ、冷たい水を飲んだ。「今日はありがとう」

ピンセットが足首の上をさまよう。「どういたしまして」とげが一本抜かれた。

「本当に感謝しているの。だって、もしわたしの身に何かあったら」モーガンの目に涙が込み上げた。「子どもたちが残されてしまう」

モーガンの脚をつかむ彼の手に力がこもった。「わかってる。おれもそれしか頭になかった」

十カ月前に銃で撃たれ、キャリアを失ったというのに、ランスはモーガンと子どもたちの心配をしてくれたのだ。モーガンは心がじんわりあたたまった。

「ひとりだったら、どうなっていたかわからない」喉が詰まった。

「おれがいなくても、別の調査員を雇っただろう」

「他人は命懸けで助けてくれない。あなたは助けてくれた。ありがとう」

「どういたしまして」ランスが咳払いをし、とげをつまんでそっと抜いた。「きみは冷静に対処した」

さらにとげを抜かれるあいだ、モーガンは敏感な足首に触れる大きな手のぬくもりを意識しないよう努めた。子宮が熱くなっていることに気づかないふりをした。

「あと一本」ランスが言う。「大きなとげだ。覚悟して」

モーガンは気持ちを引きしめた。「痛っ」

ランスがガーゼを足の下に当てながら、足首に消毒剤をかけた。

鋭い痛みに、モーガンは身をすくめた。「しみるわ」

ランスが顔を近づけ、傷口に息を吹きかける。

ずいぶん長い気がした。

ランスがようやく背筋を伸ばした。「絆創膏《ばんそうこう》を貼ろう」

ランスは傷口に薬を塗ったあと、大きな絆創膏を二枚貼った。それから、モーガンの顔に顔を近づけた。彼はいいにおいがした。よくある石鹸《せっけん》の香りに、かすかに汗と土のにおいがまじっている。ぞっとするような組み合わせのはずなのに、彼の体から発せられると男らしさが増して、モーガンは子宮がきゅんとなった。そうでなくとも、すでにホルモンを充分に刺激されていた。

彼が指の腹で足首を撫でた。男性に素肌に触れられたのは、どれくらいぶりかしら？　何年も前のことだ。あまりにも久しぶりで、新鮮に感じた。

モーガンはほとんど彼の膝にのっているも同然だった。けれども、彼は落ち着いていて、モーガンは正直に言うと、その腕のなかに入りこんでしまいたかった。

「もういいかしら」モーガンは言った。

「ああ、そうだね」ランスが足首を放した。

モーガンは脚をおろして立ち上がった。「本当にありがとう」

午後の事件が引き起こした興奮はとっくにおさまり、疲れがどっと出た。疲れていて孤独で、孤独に疲れている。こんな状態のときに、ランスに近づきすぎるのは危険だ。早く帰らないと、恥をかくことになる。彼にキスをすることしか考えられなかった。

キスどころではない。

ランスが使用済みのガーゼをごみ箱に放りこんだ。「法廷以外では、ズボンをはいたほうがいいかもしれない。少なくとも、森のなかを歩きまわるときには。きみの脚を見たくないわけじゃないが……」

「本当に？」口説く気？　やり方を覚えてる？　きっと自転車に乗るようなものだ。

彼が相手なら、自然なことに感じられた。

ランスが片方の眉をつり上げた。「ああ」

〝まあ〟

でも、キスをする勇気はなかった。

いまはまだ。

「着替えてくるわ」モーガンはキッチンを出てバスルームへ行き、ヨガパンツとTシャツを着て、白のスニーカーを履いた。

戻ってきた彼女を見て、ランスが微笑んだ。

「何?」

「別に。かわいいよ」

「かわいい?」モーガンは身長が百七十五センチある。「小学生のときに男の子たち全員の身長を追い越して以来、かわいいなんて言われたことはないわ」

ランスがにっこり笑って近づいてくる。「おれに比べれば小さい」

ランスはモーガンより頭ひとつ分くらい背が高く、横幅は二倍ある。

「そうね。あなたはバーベルの代わりに家でベンチプレスをしているような体つきだもの」

「してるかもしれないぞ」ランスが二頭筋を収縮させた。

ふたたび子宮がきゅんとした。

早く帰らないと。

「今日は本当にありがとうね」モーガンは自分のオフィスへファイルを取りに行った。検察局から送られてきた情報に、まだ全部目を通していなかった。月曜日までに隅々まで読もうと決意した。

ランスがついてきて、戸口に立った。「どういたしまして。明日の予定は?」

「子どもたちと過ごすわ。あの子たちが起きる前と、寝たあとに仕事をするつもり」

仕事と家庭のあいだに境界線を引かなければならない。自営業のプラス面は、都合のいいときに自宅で仕事ができることだ。マイナス面は、給料をもらえないこと。

ランスがうなずいた。「おれもお袋をグループセラピーに連れていかなきゃならないから、午前中はずっと忙しいんだ」

「じゃあ、また月曜日に。お母さんが何か面白いことを見つけたら、連絡してくれる？」

ランスがにっこり笑った。「電話するよ」

モーガンはファイルをバッグにしまうと、ストラップを斜めにかけた。部屋を出るとき、彼の腰に腰がかすめた。ランスがモーガンの腕をつかんで、唇を見つめた。

キスをされるの？

少し前に同じことを考えていたにもかかわらず、モーガンの傷ついた心が警告を発した。体が求めている以上に、モーガンは彼のことが好きだった。優しくて面白いうえに、勇敢だし、魅力にあふれている。

でもいまは、テッサの死とニックの将来が肩に重くのしかかっていて、ランスに対する思い――それがもたらす弱さ――まで扱いきれなかった。

ランスが頭をさげようとしたので、モーガンは彼の胸に手を置いて押しとどめた。

「いまはちょっと」もっときちんと説明したかったけれど、言葉が出てこなかった。

「月曜日に話しましょう」

性的な緊張感が、気まずいものに変化した。

ランスがすばやくうなずいて体を引いた。一瞬、何か言いたそうな素振りを見せたものの、無言でモーガンと一緒に外へ出て、彼女がミニバンに乗りこんでドアをロックするまで見守った。

モーガンは車中で緊張を解いた。家に帰ると、娘たちは入浴中だった。

リクライニングチェアに座って新聞を読んでいた祖父が、モーガンを見て眉をひそめた。「どうした？　髪に葉っぱがついてるぞ」

モーガンはソファの端に腰かけ、その日の出来事を話した。ごまかしても意味はない。祖父はどうせ、ステラに確認するだろう。

「ランスがいてくれてよかった」

「本当に」モーガンは同意した。

「それでも気に入らない」

「わたしもよ。弁護士ってそれほど危険な仕事じゃないはずなのに。今日は特別だったの」モーガンは仕事の悩みを家庭に持ちこみたくなかった。ひとまず忘れよう。水が跳ねる音と、犬にしか聞こえないような甲高い声が聞こえてくる。「ジャンナを手伝ってくる」

「彼女は本当によくやってくれている」

「ええ。ジャンナがうちに来て、ラッキーだったのはわたしたちのほうね」モーガンは汚れたスーツをドライクリーニング用のかごに入れた。バスルームに行くと、エヴァとミアがタオルを巻いてバスマットの上に立っていた。ジャンナはソフィーを浴槽から出しているところだった。モーガンは長女と次女を抱きしめ、ソフィーの挨拶に備えて心の準備をした。

案の定、ソフィーが濡れたまま腕のなかに飛びこんできた。モーガンの肩に顔を押しつけ、Tシャツを濡らした。「ママ！　会いたかった」

モーガンはソフィーをタオルでくるんでおろした。「わたしもよ。今日はどんな日だった？」

「お祖父ちゃんが光るペンを買ってくれた」

ミアが割りこんだ。「スヌーザーにお姫様の服を着せたの」

妹たちがおしゃべりするあいだ、エヴァがめずらしくおとなしくしていた。モーガンはエヴァの額に手を当てた。鼻が赤いし、肌がほてっている。ソフィーの風邪がうつったのだ。

ジャンナがバスタブの縁に腰かけ、タイルパネルに吸盤で取りつけてあるメッシュかごに、プラスチックのおもちゃをしまった。

「ありがとう、ジャンナ。掃除はわたしがするから」モーガンは言った。

「わかった」ジャンナが言う。「お話を読んであげたら？　ずっと寂しそうだったから」

モーガンは罪悪感に苛《さいな》まれながら、キャビネットからソフィーのパジャマを取りだした。「パジャマを着ましょう。わたしのベッドで映画を観る？」

その夜はルールを破り、ベッドのなかでクッキーを食べ、夜更かしした。モーガンと子どもたちに必要なことだった。寄り添って寝転がり、『アナと雪の女王』を観た。九十分後もまだ起きていたのは、エヴァだけだった。モーガンはソフィーとミアをそれぞれのベッドへ運んだ。長女はいつもと様子が違ったので、せかさなかった。

ベッドの端に腰かけ、エヴァの悲しそうな顔にかかった髪を払いのけた。「どうしたの？」

エヴァがリトル・マーメイドのナイトガウンの裾をいじった。「レイプ犯って何？」

〝なんてこと〟

子どもたちが近くにいるときは、ニュースが耳に入らないよう祖父とジャンナも気をつけているが、完全に外の世界から隔絶することはできない。

「どこでそんな言葉を聞いてきたの？」モーガンはきいた。

「ニックはレイプ犯で、テッサを殺して、ママがニックを刑務所から出そうとしてるって、マンディ・ピンカートンのママが言ってたって」エヴァが早口でひと息に言った。

「レイプ犯というのは、人を傷つける人のことよ」モーガンは簡単に説明した。「でもわたしは、ニックが人を傷つけるような人だとは思わない」

「じゃあ、どうして刑務所にいるの？」エヴァの大きな茶色の目は、疑念と恐怖に満ちていた。

「警察が間違ったんだと思う」

「間違ってなかったら？」エヴァは、モーガンの恐怖を反映していた。

ニックが有罪の可能性はあるだろうか？　ニックがかっとなってテッサを殺した？

エヴァがナイトガウンの裾を握りしめた。「ニックが悪い人で、外に出てきたら？

ニックはお向かいに住んでる。いつもうちに来てた。わたしたちを傷つけるかもしれない」

モーガンはエヴァと話しあい、ニックは無実だと安心させた。現時点では、事件についてわかったことよりも疑問のほうが多いものの、最後には真実を選ぶ。

「何があったか突きとめるから。絶対に危険な人を刑務所から出したりしない」モーガンは娘の頭にキスをした。「あなたを守ると約束する」

エヴァはうなずき、はなをすすった。「テッサに会いたい。本当に死んじゃったの？」

「ええ」モーガンは胸が痛んだ。

「じゃあ、もう二度と会えないのね」モーガンはエヴァを抱きしめた。ミアとソフィーにもテッサが亡くなったと伝えたが、ふたりはテッサのことは口にしなかった。でも、エヴァは明らかに苦しんでいる。一番ジョンのことをはっきり覚えていて、死の概念もいくらか理解しているのだ。

「今夜は一緒に寝てもいい？」

「いいわよ」モーガンは歯を磨いてからベッドに潜りこんだ。

エヴァがベッドサイドテーブルに置かれたジョンの写真を手に取って眺める。「パパに会いたい。パパがここにいたら、わたしたちを守ってくれるから、そんなに怖くないのに」

「わたしも会いたいわ。でも、お祖父ちゃんとわたしがいれば、あなたは安全よ」

モーガンは枕に頭をのせた。

「パパの顔を忘れちゃうときがあるの」エヴァが写真立てをそっとテーブルに戻した。

「たくさん写真があるわ」モーガンは娘を抱き寄せた。エヴァが体をすり寄せてくる。

ヘアスプレーと、石鹼のバブルガムの香りを深々と吸いこんだ。慰められているのはどちらだろう？

エヴァはたちまち寝ついたが、モーガンは眠れなかった。六歳の子が強姦殺人事件の話をするとは思っていなかった。けれども、予想しておくべきだった。大人たちが秘密の話をしているとき、子どもたちは耳をそばだてているのだから。

幼い子どもが凶悪犯罪について知っていると思うと、憂鬱になった。娘たちには安心してベッドに入ってほしい。通りの向かいに住んでいる犯罪者に不安を感じなければならないなんておかしい。

モーガンは天井を見つめた。エヴァの言葉が頭のなかをこだました。

ニックが有罪である可能性はあるだろうか？　その場合、子どもたちにどんな影響を及ぼすだろう？　結局、母親が家に迎え入れていた青年が殺人犯だったと知ることになる。

だが、それより恐ろしいのは、ニックが無実の場合だ。その場合、テッサを殺した人物はほかにいる。つまり、スカーレット・フォールズの住人の誰かが殺人者なのだ。

そして、犯人はいまも自由に歩きまわっている。

27

「日曜はどうだった？」ランスは作戦室に入ると、モーガンにきいた。ランスとシャープとモーガンは、昨日は個人的な用事や資料読みに当てて、ランスの母親の調査結果を待つことにしたのだ。

ランスは母をセラピーに連れていった。母のために芝を刈り、買い物をし、請求書を調べ、薬箱に一週間分の薬を入れた。

「穏やかな一日だったわ。子どもたちを公園に連れていって、警察の調書を全部読み終えた」モーガンはテーブルの前に立ち、バッグとステンレス製のタンブラーを置いたあと、椅子の背にジャケットをかけた。椅子に腰かけて脚を組むと、ネイビーブルーのズボンの裾がずり上がり、光沢のある黒のハイヒールが見えた。目の下の隈が、昼間は子どもたちと過ごし、夜は遅くまで仕事をしたことを示している。「あなたは何をしたの？」

「同じだ」母の用事をすませたあと、目がひりひりするまで資料を読んだ。モーガンはぼんやりしていた。

「大丈夫か？」

「エヴァがね、わたしがレイプ犯を自由にしようとしていると、学校の友達に言われたみたいなの」モーガンがテーブルに片肘をつき、手のひらに顎をのせた。

ランスは部屋の奥に入った。「本当か？　六歳児にレイプ犯の話をする親がいるのか？」

「親の話を盗み聞きしただけかもしれないわ」

「子どもたちの前では発言に気をつけてほしいものだな」

モーガンがため息をつく。「強姦殺人事件の話をするには、六歳は小さすぎると思うの。この事件を引き受けたとき、噂になるのは覚悟していたけど、ニックの味方をしてくれる人も多少はいると思ってた。でも、違った」

「マスコミのせいもある。報道が偏っている」

「ミアもソフィーもまだ死の概念を理解していないけど、エヴァはわかってきている」モーガンが重い気分を振り払うかのように背筋を伸ばした。「いずれにしろ、昨日は気遣う必要があったの」

「大変だったな」ランスはためらった。親身になりたいが、土曜日は強引すぎて引かれてしまった。これ以上距離を置かれたくない。「父親の死に加えてこんな事件に直面するなんて、子どもたちがかわいそうだ」

モーガンが肩をすくめる。「ジョンの話をするのはエヴァだけよ。ソフィーは父親の存在をほとんど知らない。最後に会ったとき、まだ赤ちゃんだったから。ジョンは亡くなる半年前に派遣されたの。ミアもたった二歳半だった。エヴァでさえわずかな記憶しか残っていない。あまり家にいなかったから、父親の不在は子どもたちにとっては日常なのよ」

ランスは罪悪感に駆られた。ふたりの関係がどうなるにせよ、最初に行動を起こすのはモーガンのほうでなければならない。そうでない限り、ランスは彼女が弱っているところにつけこんだわけではないと言いきれない。「なあ、モーガン、土曜のことだけど」声を潜めた。「強引なまねをしてすまなかった。きみのストレスを増やすようなことをしたくない。事件や子どもたちのことで手一杯なのはわかっている。もしおれが不適切な――」

モーガンが立ち上がって近づいてきて、ランスの二の腕に手を置いてさえぎった。

「そんなことないわ。謝らなければならないのはわたしのほうよ。曖昧な態度を取ってる。あなたに惹かれているけど、心の準備ができていないの。自分がどうしたいのかもわからない。ごめんなさい。この事件が終わるまでは……」

「友達のままでいたほうがよさそうだな。きみのことが好きだから、いまの関係を壊したくない」ランスは冷静に答えながらも、〝あなたに惹かれている〟という言葉が頭から離れなかった。

モーガンが微笑んだ。「わたしもあなたのことが好きよ」

くそっ。そんなことを言われたら落ち着いていられない。

「悲しみはコントロールできるようなものじゃないけど」ランスは言った。「セラピーを受けてみたらどうだ」

モーガンが顔をしかめた。「受けたことはあるのよ。だけど、しっくりこなくて」

「お袋も自分に合うセラピストに出会うまで、何人か変えたんだ。性格ややり方が合う相手が見つかるまで。電話番号を教えるよ」

「考えておくわ」モーガンがランスの腕をぎゅっと握った。「わかってくれてありがとう」

自分がどうしたいかわかっていないのは、ランスのほうだ。いや、わかっている。モーガンが欲しい。ただ、どうすることもできない。

腕に手を置かれ、触れたくなった。彼女を引き寄せ、激しいキスをしたい。一緒に働く時間が長くなればなるほど、モーガンに親しみを感じた。事件が解決したら、まずは頭のなかを整理する必要があるだろう。

「昨日は何か見つけたか？」ランスはきいた。

「ええ。調書に興味深い情報があったの」モーガンがふたたび椅子に腰かけ、バッグからファイルを取りだした。「テッサの両親はテッサが十二歳のときに亡くなったとパーマーさんはみんなに言ってるけど、それは嘘だった。母親は自動車事故で死亡したけど、父親は生きていたの。危険運転致死罪で懲役二十三年の判決を受けて、州刑務所に服役中よ」

「二十三年？」ランスは口笛を吹いた。

「長すぎるわよね」モーガンが人差し指でテーブルをトントン叩いた。「テッサの事件後にホーナー署長がパーマーさんから個人的に話を聞いたんだけど、詳しくはきき
ださなかった。参考情報の一部としてちょっと触れただけで、重要視していない。テッサの父親が刑務所に入れられたのは六年前。玉突き事故で、血中アルコール濃度が法定限度をはるかに超えていた。さらに、飲酒運転で免停中だった。三人が死亡し、テッサの父親は複数の訴因で有罪になったの。加重要素はあったけど、冷酷な殺人犯

ではない。それに、刑務所のなかにいるんだから、ホーナー署長がそれ以上追及しなかったのも当然かも」

「じゃあ、どうしてパーマーさんは嘘をついたんだ？」

「息子が刑務所にいることを世間に知られたくなかったんじゃないかしら。事故が起きたとき、テッサはすべてを理解できるくらいの年齢だった。父親を亡くしたふりをしなければならないなんて、どんな気持ちだったかしら」モーガンが首を横に振った。

「でも、テッサの事件に関係があるとは思わない。パーマーさんは近所の人に嘘をついているかもしれないけど、警察には正直に話したし、かなり前の話よ」

玄関のドアが開き、廊下の向こうでシャープが叫んだ。「誰かいるか？」

「ここだ」ランスは返事をした。

シャープがグレーのパーカーのファスナーをおろしながら部屋に入ってきた。カップが三つのったボール紙製のトレイを持っている。「緑茶を持ってきたぞ」

ランスはカップを取った。シャープがカップをモーガンに差しだした。

モーガンは微笑んでタンブラーを持ち上げた。「ありがとうございます。だけど、これがあるので」

「体に悪いぞ」シャープが眉をひそめた。

「でも、目が覚めるんです」

シャープがウインクをした。「そのうち変えてみせる」

モーガンが両手でタンブラーを包みこんだ。「七歳未満の子どもが三人もいるんです。コーヒーは死ぬまで手放しません」

シャープが笑った。「おふたりさん、昨日の成果は？」

モーガンがテッサの父親に関する情報を伝えた。

「最初から、事件の扱われ方に疑問を持っていたんだ」シャープがホワイトボードのほうを向いた。「ゆうべ〈ザ・パブ〉に行ってきた。野郎どもがおばさん集団みたいに噂話をしていた」

ランスからすると、シャープの引退した、あるいはもうすぐ引退する警官仲間は、どの女性よりも噂好きだ。彼らの多くが離婚していて、孤独だ。警察官が二十五年間、結婚生活を維持するのは難しい。妻よりも相棒のほうが仲がいい場合もある。

「だろうな。ブロディから話を聞ければいいんだが」ランスはモーガンの向かいの椅子に腰かけた。

シャープがランスの隣に座った。「ブロディが事件に無関心な理由がわかったぞ」

「どうしてだ？」

「ホーナーががっちり抱えこんでいるからだ。ブロディに何もさせようとしない」シャープの目がきらりと光った。「地方検事とふたりで、ブロディが手出しできないようにしている」

「だからブロディはおとといい、あんな態度を取ったのか」ランスは言った。「おれたちと同じくらいいらだっている感じだった」

「だろうな。今日の予定は？」モーガンがコーヒーを飲み干した。「フェリシティが学校から帰り次第、話を聞きに行きます」

「ランスは？」

「お袋からの電話待ちだ。ディーン・フォスの身元と、バローネ家とケヴィン・マードックについてもさらに詳しく調べてもらってる」ランスの携帯電話が鳴った。「お袋だ」電話に出た。「もしもし。スピーカーに切り替えてもいいか？　モーガンとシャープがいる」

「いいわよ」母が言った。

ランスはスピーカーをオンにし、電話をテーブルに置いた。「どうぞ。みんな聞いてる」

「メールで詳細な報告書を送るけど、要点だけ伝えたかったの」母が話し始めた。「まずはディーン・フォス。ミスター・フォスは退役軍人よ。大学卒業後に八年間兵役に就いていて、そのあいだに三回イラクへ行った。結婚しているけど、子どもはいない。二度負傷した。四年前、三十歳のときに名誉除隊したの。教員免許を取って、スカーレット・フォールズ高校で歴史を教えていた。でも、去年の年度半ばに辞職した」

「理由を当ててみせよう」シャープが言う。「生徒との不適切な関係だろ」

「どうしてわかったの？」母がきいた。

「やっぱりな」シャープが苦々しい口調で言った。

母が言葉を継いだ。「起訴はされなかったから、詳細を知るのに苦労したわ。問題の女生徒のアリー・サマーズは否定していて、物的証拠はなかったみたい。キミー・ブレイクという生徒が、ふたりがキスをしているところを見たと主張しただけで。でも、フォスは辞職した」

「キミー・ブレイクとアリー・サマーズと、ジェイミーとテッサのあいだに何かつながりはあるんでしょうか？」モーガンが尋ねた。

「それはわからないわ」母が答えた。

「その告発が完全なでっち上げだったとしても、もう教師には戻れない」モーガンが首を横に振る。「テッサがフォスの授業を受けたことがあるかどうかわかりますか?」

「生徒の記録に合法的にアクセスすることはできないけど、フォスが二年生と三年生にアメリカの歴史と世界の文化を教えていたことはわかっているから、あり得るわね」

「パーマーさんにきいてみるわ」モーガンがメモを取った。「召喚状を取らざるを得なくなる前に話してくれるといいんだけど。極悪人になりたくないもの。まずフェリシティにきいてみる。テッサが去年教わった先生を知っているかもしれない」

「フォスに関する話も聞けるかも」ランスはうなずいた。「子どもたちはなんでも知っている」

母がディーン・フォスの判明している最後の住所を伝えた。「三月にそこへ引っ越したばかりよ。奥さんは二週間前、離婚を申したてたの」

そのことがフォスを追いつめたのかもしれない。

「今日、フォスの家に行ってみて、近所で聞き込みをしよう」ランスは言った。「ほかに何が見つかったんだ、お袋?」

「バローネ家の件なんだけど」母が咳払いをした。「詳しく調べた結果、ドウェイン・バローネはＷＳＡと呼ばれる組織に関与しているようなの」

「なんてこった」シャープが立ち上がり、うろうろ歩き始めた。

「ＷＳＡって？」モーガンがファイルから顔を上げた。

「白人サバイバル連合」ランスは答えた。これでますます、モーガンにバローネ家に近づいてほしくなくなった。「極端な白人至上主義者グループ。武装組織のようなものだ。終末論を信じている」

シャープが禿げ頭をこすった。「数カ月前、スカーレット・フォールズ警察がメンバーの家の裏の納屋を強制捜査したんだ。爆弾を作る原料が詰めこまれていた。ブービートラップが仕掛けられていたが、幸い、犠牲者は出なかった」

「ミセス・クルーガー？」モーガンが携帯電話に顔を近づけた。「ドウェイン・バローネの組織内での地位はわかりますか？」

「ジェニファーと呼んで。そこまではわからない」母が答えた。「ディープウェブやダークウェブも探ってみたんだけど、ＷＳＡに関する情報は限られているの。目立たないようにしているのよ」

だから、家族に関する情報も少なかったのだ。ディープウェブには、検索エンジンが収集できない情報が含まれている。そのほとんどはデータベース、登録が必要なウェブフォーラム、有料サイトといった通常のもので、オンライン銀行口座がその一例だ。だが、ダークウェブはさらに深い。ダークウェブ上のサイトは暗号化ツールで身元を隠し、位置情報を偽装する。一部のサイトは、多層の暗号化によってIPアドレスを隠している。

ランスは立ち上がって窓辺へ行った。武装集団の話をしていたら、いらいらしてきた。「WSAについてひとつ言えるのは、秘密主義ってことだ。世に広まるのを防ぐために。だから、誰かひとり見つかったとしても、残りのメンバーは匿名のままだ」

「WSAは別にして」モーガンがペンでノートをトントン叩いた。「ロビーがテッサを殺したと考える理由はある？」

「片思いとか？」シャープが言う。「ロビーじゃなくて、ドウェインが殺した可能性は？　WSAはただの白人至上主義組織じゃない。女は家にいて子どもを産めという、父権的な考えを持っているんだ」

「だから、妻と娘をあんなふうに扱っているのね。でもそうだとしても、ドウェインとテッサは結びつかないわ。テッサがバローネ家に行ったことがあるかどうか調べないと」

「引き続き調べてくれるか、お袋？」ランスはきいた。

「もちろん」母の声はうれしそうだった。

「危ないことはするなよ」ＷＳＡに追跡されるかもしれない。

「証拠を残さない方法くらい知ってるわよ」母がくすくす笑った。「心配しないで」

そう言われても心配だ。ＷＳＡは関わってはならない相手だ。

「あとひとつ」ランスは言った。「ジェイミー・ルイスの家族か、母親の婚約者について何かわかったか？」

「いいえ。いまのところ、ルイス家にもケヴィン・マードックにも怪しい点はないわ。できるだけ早く報告書を送るわね。今日か、明日の午前中には。まだひとつ調査中なの」

「じゃあまた、お袋」

「ええ」母が電話を切った。

ランスは携帯電話を手に取った。「ケヴィンには何かあると思っていたんだが」

「わたしもよ」モーガンはさらにメモを取っていた。「でも、ただの神経質な人か、なんらかの病気が原因で大量の汗が出る可能性もある」

ランスは首を横に振った。「あれは絶対に、嘘をついている人間の態度だ」

「わかってる。お母さんの報告を待って、ケヴィンにまた会いに行きましょう」モーガンが話を締めくくった。「今日はバローネ家とディーン・フォスのどっちを先にする?」

「まず、バローネ家に立ち寄ろう」ドウェインが仕事に出かけているのを願うばかりだ。あの農場に初めて足を踏み入れたときから、ランスは警戒していた。モーガンがWSAに目をつけられることだけは、絶対に避けたい。「そのあと、ディーン・フォスのアパートメントへ行って、窓から様子を見て、近所で聞き込みをする。本人は精神科病棟に入れられているから、ちょうどいいだろう」

モーガンが立ち上がって伸びをしたあと、ジャケットに手を伸ばした。「行きましょう」

「じゃあ、行ってくる、シャープ」ランスは玄関へ向かった。

「気をつけてな」シャープが手を振った。「おれは午前中は、ジェイミー・ルイスの事件を捜査するつもりだ。ジェイミーの親友のトニーに話を聞いて、ちょっと圧力をかけてみる。用があるときは連絡をくれ」

「そうする」ランスはモーガンに続いて家を出た。一夜にしてスカーレット・フォールズに秋が訪れた。空気は冷たく、落ち葉が溝をふさいでいる。

ふたりはジープに乗りこんだ。

モーガンが大きなバッグを足元に置いた。「明日の午前中、ニックに接見しに行くの。進捗状況を知らせてあげたいし、無事かどうか確かめたいから。それに、新しい情報を伝えたら、ニックも何か思いつくかもしれない。テッサの妊娠のこととか。ニックは知らなかったということを確認したいの」

商業地区を離れ、スカーレット湖を通り過ぎた。朝のすがすがしい空気が、水面から霧を立ちのぼらせる。その霧が水辺を漂い、煙のごとくガマの茂みを渦巻いていた。ふたりとも何も言わなかったが、ランスは湖を見ると事件の深刻さを思いだした。若い娘が暴行され、殺され、犯人はまだ捕まっていないのだ。真犯人を見つけなければ、無実の人間が一生刑務所で過ごすことになるかもしれない。

そして、殺人犯はふたたび誰かを襲うことができる。

バローネ家に着くまで、ふたりとも口を開かなかった。ランスは路肩に車を停め、農場に目を凝らした。

まさか。

〝いったいどうなってるんだ？〟

28

ランスはぎゅっとまばたきしたが、眺めは変わらなかった。農場は放棄されたように見えた。

モーガンが窓をおろし、頭を傾けた。「静かすぎるわ」

ランスは郵便受けを曲がり、私道に入った。家の近くに車は停まっていなかった。鶏舎と囲いはからっぽで、草をはむ牛もいない。納屋のそばにあった家畜用のトレーラーとスクールバスも消えていた。

車から降り、ランスが先立って玄関へ向かった。WSAの妄想に取りつかれたドウェイン・バローネが、罠を残していったとしてもおかしくない。モーガンを背後にかばい、ドアの脇に立ってノックした。反応はなく、不気味なほど静まり返っている。

窓に近づき、家のなかをのぞきこんだ。「家具はまだあるが、それ以外は全部なくなっている」

テレビやその他の電子機器が取りつけられていた壁の穴から、ワイヤーがぶらさがっている。ランスは玄関の階段をおりて家から離れ、屋根を見渡した。「パラボラアンテナもない」

無駄だとわかっていたが、納屋へ向かった。

「気味が悪いわ」モーガンがついてきた。

ふたりは慎重に離れ屋を確認した。ランスはドアを開ける前に必ず念入りに調べた。だが、何も起こらなかった。まったく何も。

農場全体が不気味なほど静かで、からっぽだった。

車に戻り、振り返って無人の建物を見つめた。

「どう思う?」ランスはきいた。

「休暇に豚を連れていく人はいない。ドウェインは目立たずに暮らしたがっている。わたしたちが来たことが気に入らなかったのよ」

「おれたちはドウェインのことも、息子のことも責めたわけじゃない」

モーガンが家に視線をさまよわせた。「あの家の誰かが何かとても悪いことをして、ドウェインが発覚するのを恐れたのかもしれない」

「殺人とか。ロビーとドウェインなら、どっちだと思う?」

「ロビーは小さすぎる。テッサとほとんど変わらないわ」

「だが、あの子は大きな怒りを抱えている。怒りは人を見た目より強くすることもある」

「そうね」

「それに、テッサは身の守り方を知らなかっただろう。まだ若かったんだから」若い娘を最後に襲った暴力や苦痛、恐怖を思うと、ランスはたまらなかった。

モーガンが裏口へ向かって歩き始めた。「でも、ドウェインなら簡単に女の子をねじ伏せられる」

ランスはモーガンのあとを追った。「片手で」

モーガンが立ちどまり、首を横に振った。「先走りすぎね。テッサが農場に来たことがあるかどうかもまだわからないのに」

「テッサはバローネ家の長女と教会で知りあった。家まで行かなくても、ドウェインに会う機会はあった」

「家族はドウェインを恐れていた。殺人犯だと知っていたから？」

「ちょっと待っていてくれ」ランスは小走りで車に戻った。グローブボックスからビニールの手袋二組と黒い小さなケースを取りだすと、モーガンの待つ裏口へ向かった。

「何それ？」

「ちょっとね」ケースを開け、金属製の細い道具を二本選びだした。

モーガンが手を伸ばしてドアノブをまわした。ドアが開いた。「鍵はかかっていなかったみたい」

ランスは開いたドアを見つめ、ピッキング道具をケースにしまった。「気に入らないな」

全然気に入らない。

ランスは脇によけ、ドアを押し開けた。何も起こらなかったので、家のなかに足を踏み入れた。農家の広いキッチンはがらんとしていた。塵《ちり》ひとつ残っていない。モーガンが手袋をつけ、アイランドキッチンをぐるりとまわった。引き出しや戸棚を開ける。「何も入っていない」

ランスは冷蔵庫を確認した。「からっぽだ」

一階をひととおり見たあと、二階へ上がった。モーガンがクローゼットを開けた。

「こんなに早く荷造りして出ていけるもの？」

「この家をどうする気だろう」ランスは先に立って一階へ戻り、外に出た。家の周囲を見渡す。草原や森が広がっているばかりで、ほかに家は見当たらない。「近所で聞き込みはできそうもないな。でも、一家が通っていた教会を調べられるかも」

「やってみる価値はあるわね」

車に戻り、モーガンが助手席のドアを開けた。

ランスは運転席に乗りこんだ。「どうする？」

「警察に通報する？」

「なんて言うんだ？　引っ越しは違法じゃない」ランスはエンジンをかけ、Ｕターンした。「シャープが何か思いつくかも」シャープに電話をかけ、スピーカーをオンにした。

ランスはバローネ家が姿を消していたことを話した。

「何本か電話をかけてみる。お袋さんが追跡する方法を見つけられるかもしれない。姿を消したくたって、最近の電子監視技術を考えれば無理な話だ。いつかはガソリンを入れたり、料金所を通ったりしなきゃならない。引き続き進捗状況を知らせてくれ」

ランスは礼を言って電話を切った。それから、母に連絡して状況を説明した。

「ハッキングしてみるわ」

「気をつけて。違法なことはするなよ」ＷＳＡに気づかれるようなことは。

だが、母はそれには答えず、「また連絡する」と言って電話を切った。

ランスは携帯電話を置き、道路に出て町へ向かった。「フォスのアパートメントでは、何か成果があるといいな」

ディーン・フォスは商業地区からそう離れていない古い住宅地に住んでいた。ランスは、アパートメントに分割されたヴィクトリア朝風の家の前の路肩に車を停めた。

モーガンがドアを眺めた。「一号室から四号室まで見える。ディーンの部屋は五号室よ」

「裏へまわろう」

車から降り、歩道に立った。

「静かね」モーガンは昼前の日差しに手をかざした。

ランスは腕時計を見た。午前十一時。「ここは住宅地だ。この時間はみんな学校か仕事に行っている」

裏庭の独立ガレージへ続く私道を歩いた。ガレージの横に木の階段がついていて、その先の白いドアに〝5〟と表示されていた。

「ここだ」ランスは階段へ向かった。

「何かご用ですか？」女の声が聞こえた。

振り返ると、ジーンズをはき、赤い野球帽をかぶった中年女性が、家の裏口のポーチに立っていた。

「はい」モーガンが庭を横切った。「モーガン・デーンと申します。彼はランス・クルーガー。フォスさんを捜しているんです」

「シャノン・グリーンよ」女がうなずいた。「何をしてる人？」

「私立探偵です」ランスは名刺を渡した。

シャノンは腕を伸ばし、頭をうしろに傾けて、名刺をじっと見た。「フォスなら最近見かけないわね。言わせてもらうと、あの人は頭がおかしいわよ。どこかへ引っ越してほしいわ。何度か怖い思いをさせられたんだから」

「何があったんですか？」ランスはきいた。

「夜にアパートメントの敷地をこそこそ歩きまわるの。まるで忍者になりたい偏執病者よ。常に監視しているみたい」シャノンが背後の家を指さした。「わたしは一階に住んでいるんだけど、数週間前の真夜中、寝室の窓の外に彼がいて、ブラインドの隙間からのぞこうとしていたの。部屋のなかが見えないように、わざわざ遮光カーテンを買いに行ったのよ」

「苦情は言わなかったんですか？」

「大家に電話したわ」シャノンが目をぐるりとまわす。「でも、店子《たなこ》のことなんて気にかけちゃいないのよ。警察にも通報した。だけどフォスは、ただ通りかかっただけで、たまたまブラインドが開いていただけだと話したの。警察は取りあってくれなかった。犬でも飼おうかと思ってるの。大型犬を。でも、フォスが引っ越してくれれば、その必要はなくなる」

「フォスさんを最後に見かけたのはいつですか？」モーガンがきいた。

「はっきりとは覚えていないけど、一週間くらい前かしら？」シャノンが肩をすくめた。

ランスはフォスの部屋を振り返った。「ガレージに何が入っているかご存じですか？」

「いいえ」シャノンがかぶりを振った。「フォスが部屋と一緒に借りてるの」

「フォスがお客さんを連れてきたことはありますか？」ランスは尋ねた。

シャノンが両手を脇に垂らした。「わたしは見たことないわ」

「ご協力ありがとうございました」モーガンが言った。

シャノンが部屋に戻った。

ドアが閉まると、ランスはガレージに向き直って眺めた。どうしてもフォスの私室が見たかった。「ドアの横に窓がある。なかをのぞいてみよう」

精神科病棟にいると知っていても、フォスに見られているような気がして、なんだかぞっとする。建物の側面を調べ、ガレージの裏側のドアのひさしの下に取りつけられた監視カメラを見つけた。このドアならピッキングしても近所の人に見つからずにすむだろう。地面に落ちていた細い枝を拾い、枯れ葉でカメラのレンズを覆った。

「見なかったことにする」モーガンが言った。

「なんのことだ?」ランスはほかにもカメラがないか探したが、見当たらなかった。

高い生け垣が通りからの目隠しになっている。ポケットからピッキング道具を取りだし、少々てこずりながらもデッドボルトをこじ開けた。

「不法侵入よ」モーガンが彼の肩越しにのぞきこんだ。

「ちょっと見るだけだ。荒らしたりしない」ランスはポケットから手袋を取りだして、モーガンにも渡した。「バローネ家では気にしなかったのに」

「あそこは明らかに空き家になっていたし、ドアに鍵もかかっていなかった。厳密にいえば侵入しただけよ」モーガンが声を潜めた。「それに、詮索好きな隣人もいなかったし」

「車で待っていてもいいんだぞ」そうするはずがないと、ランスはよくわかっていた。

「何か見つけたら、そっと出て警察に通報しよう」ドアを押し開け、コンクリートの床に足を踏み入れる。九月のあたたかい昼間だというのに、ガレージはじめじめしていて寒かった。入り口で躊躇した。配送用の箱の山が部屋の半分を占めている。

モーガンが箱の山に近づいた。「空き箱よ。ほとんどが大手の小売チェーンのものね」箱を動かす。「ウォルマート、アマゾン、ホーム・デポ。相当オンラインショッピングが好きみたい」

「何を買ったんだろう？」

モーガンが箱をのぞきこんだ。「明細票は入っていない」

ガレージにほかに置いてあるものは、ふたつだけだった——オートバイと箱型冷凍庫。ランスは冷凍庫を開けてみた。ラップに何重にも包まれた包みが何十個も詰まっていた。

「何それ？」モーガンがランスの隣に来て、冷凍庫をのぞきこんだ。

「知りたくない気もするけど、調べたほうがいいだろうな」ランスは凍った包みをひとつ持ち上げ、ラップの端をつまんで広げた。発泡スチロールに入った肉を見て、ほっと息を吐きだした。「ハンバーガーのパテを見るのがこんなにうれしいとは」

「そう」モーガンが別の包みを開けた。「こっちは鶏もも肉二キロよ」

ランスは冷凍庫を閉め、ガレージの調査を続けた。

オートバイの座席のうしろに、サドルバッグに相当する荷物入れがふたつ装備されていた。片方を開けてみた。からっぽだ。もうひとつには携行食と雨具が入っていた。

「ランス」モーガンが天井を見上げた。

ランスは彼女の視線をたどった。天井に長方形の切り込みがあり、それよりもわずかに小さな長方形の板がはめこまれていた。「引き出し式階段か？」

その階段はフォスの部屋につながっている。

「紐《ひも》がない」モーガンが言った。

下り専用の階段だ。

「部屋から外へ出るためだけに作られたものなんだろう」

「どうする？」モーガンがきいた。

「どうしても部屋のなかが見たい」

「玄関のピッキングはできないわ。近所の人に見られてしまう」

ランスは身をかがめて指を組みあわせた。「板の縁をつかめるかも。おれの手にのって」

モーガンが手にのり、ランスが持ち上げた。背筋を伸ばすと、モーガンは彼にもたれかかってバランスを取った。目の高さにある彼女の太腿を見ないよう、ランスは目を閉じた。これは想定していなかった。

「つかめた」モーガンが板に体重をかけると、階段が広がっておりてきた。

ランスはモーガンを床におろし、階段を調べてから上がった。薄暗い空間に頭を突っこむ。暗がりに目が慣れると、ドアが見えた。ドアを開けると、寝室のような部屋が現れた。

ベッドを置く場所に寝袋が広げてある。間に合わせの机にモニターが置かれ、裏口のカメラと、玄関の内側にあるらしいもうひとつのカメラのライブ映像が映っていた。窓は分厚い毛布で覆ってある。

「フォスは重度の偏執病だ」ランスは部屋を見まわした。「なんてこった」

壁は落書きだらけだった。白い壁紙に、方程式やら意味不明な言葉やら地図やらでたらめなリストやらが、びっしり書きこまれている。

小さく口笛を吹いた。「お隣さんの言うとおりみたいだな。精神障がい者だ」

「元軍人だから」モーガンが壁沿いを歩いて壁の写真を撮った。「食料を蓄え、裏口に監視カメラを設置した。避難計画を立てて、装備した秘密の車両も用意した」

「だったら、なんで森にいたんだ?」

「偏執病が悪化したのかも」

「これは偏執病どころじゃない」ランスは壁の絵や注釈をざっと見た。

「精神崩壊？」

「そんな感じだ。フォスの行動に論理的な説明をつけることはできないと思う」

「玄関にもカメラが取りつけられていた」ランスは言った。「映らないよう気をつけて」

残りの部屋――狭いリビングルームと小さな台所も調べた。家具はトランプ用テーブルと椅子四脚だけだ。部屋の隅に本が山積みになっている。テーブルの上で明細票の束を見つけ、ぱらぱらめくった。フォスが購入したもののほとんどが監視装置や保存食品、キャンプ用品だった。

「請求書を見つけたわ」キッチンにいるモーガンが言った。「クレジットカードを限度額まで使いきってる。公共料金はずっと滞納しているし、家賃も未払いのまま。刑務所に入っていなければ、すぐに住む場所がなくなるかも」

「パソコンはあったか？」フォスはネット通販のためにパソコンを使ったはずだ。

「いいえ。キャンプ場にあったのかしら？」モーガンはキッチンの捜索を続けた。

「埃が積もってるけど、せいぜい一、二週間分ね。ほかの部屋は比較的きれいに見えるわ」

「じゃあ、頭がおかしくなる前はきれい好きだったんだな」ランスは言った。「不思議なのは、警察が捜索した形跡がないってことだ」

「まだアパートメントの捜索まで手がまわらないのかも。令状が必要だし、本人は勾留されているから、急ぐ理由もないわ」

ランスは部屋の隅へ行って、本のタイトルを見た。読む本にも偏執的な傾向がある。陰謀やスパイ小説、軍人の回想録、サバイバルやら世界滅亡の日への備えやら潜伏やらに関するハウツー本。クレジットカードの請求書を考えれば、インフラに依存しない暮らしに関する本はまだ読んでいなかったのかもしれない。

高く積み上げられた山のなかほどで、ネイビーブルーの革表紙の、特殊なハードカバーを見つけた。背表紙に金文字で〝スカーレット・フォールズ高校〟と書かれ、前年度の数字が入っている。

「何か見つけたの？」モーガンがランスの肩越しにのぞきこんだ。「年鑑？」

ランスはハードカバーを引き抜き、ページをめくった。フォスは几帳面《きちょうめん》にも自分の写真に付箋をつけていた。

モーガンが運動用の半ズボンをはいた生徒の集団が映っている写真を指さした。両端に何人か大人もいる。「フォスは陸上競技の副コーチだったのね」

「テッサは陸上部員だった？」

「いいえ」

ランスは次に付箋がついているページを見た。「テレビゲームクラブを管理していたようだな。テッサはここにもいない」次の付箋に移った。「見つけた」

年鑑委員会の写真だった。二十人の生徒たちの横にフォスが映っている。モーガンが顔をゆがめ、目に涙を浮かべながら、集団の真ん中にいるほっそりした少女を指さした。「テッサよ」

「つまり、フォスと知り合いだった」

「そうね」

「不適切な行為でフォスを告発した子は載ってる？」モーガンがメモを確認した。

「キミー・ブレイク。それと、フォスとキスしていたと言われたアリー・サマーズ」

「年鑑委員会にはいない」ランスは個人写真を見た。「いた。キミー・ブレイク」ページをめくる。「アリー・サマーズも見つけた」

ランスは重要なページを写真に撮ってから、年鑑をもとの場所に戻した。「一冊手に入れてもっとじっくり見て、キミーとアリー、ジェイミー、テッサのあいだにつながりがないか調べよう」

「ほかに見るべきところはある？」モーガンが室内を見まわした。

「戸棚には何が入っていた？」

「普通のキッチン用品だけ。引きだしの下面まで確認したわ」

「隠し収納はなかったか？」

「わたしが見た限りでは」

ランスはひとつしかないバスルームをのぞいた。広さは一・二メートル×二・四メートルで、足付き洗面台と狭いシャワー室、トイレが備えつけられている。洗面台の上の戸棚を開けると何も置かれていない場所があり、薬がなくなっていることを示していた。

「フォスは処方薬をのんでいたのかしら？」戸口にいたモーガンがきいた。

「そうでないなら、のむべきだった」

「テッサと知り合いだったという裏付けが取れたんだから、診療記録を取り寄せられるわ」

「一歩前進したな」ランスは明かりを消してバスルームから出た。寝室のクローゼットへ戻りながら、部屋を入ってきたときとまったく同じ状態にした。

非常口から出ると、ランスは階段をピシャリと閉めた。それから、ドアをわずかに開けて側庭を見た。誰もいない。そっと外に出て、ガレージの表にまわる。上を見上げると、アパートメントの玄関にメモが貼ってあった。

「ちょっと待って」ランスは階段を上がった。「宅配便の通知書だ。まだカードを使えたんだな」

階段をおりようとした、そのとき。ドカーン！　バリバリッ。

階段が震え、足元を閃光《せんこう》が走る。ランスは手すりをつかんだ。手遅れだ！　木が割れ、階段が崩壊した。

29

目の前で階段が崩れ落ち、煙や埃が立ちこめるなかランスが地面に落下するのを見て、モーガンはぞっとした。

「ランス！」あわてて駆け寄る。

階段は粉々になっていた。ランスはがれきのなかに倒れていた。もうもうとした煙は、風に吹かれてたちまち消散した。フォスはブービートラップとして爆弾を仕掛けていたの？

モーガンはがれきの山をのぼった。ランスのあおむけの体に割れた板が何枚も積み重なっている。微動だにしない。鼓動が速まった。彼はきっと無事だ。無事でなければならない。

恐怖のあまり手がじっとりし、胃の辺りが冷たくなった。モーガンは彼のそばにかがみこんだ。「わたしの声が聞こえる？」

ランスがもぞもぞと動いた。「ああ」

〝よかった〟

モーガンは息を吐きだした。安堵のあまり、めまいがする。片手を地面について体を支えた。「動かないで」ランスの胴体にのっていた板を持ち上げた。「どこか痛む？」

「大丈夫だ」ランスが太腿を押さえつけている二段分の階段から抜けだそうとした。

「動いちゃだめ！」モーガンは階段をどけた。その重さによろめく。アドレナリンの力で持ち上げた。

「やめろ」ランスが体を起こして叫んだ。「怪我するぞ」

モーガンはよろよろと横に歩き、階段を芝生に投げ捨てた。

「モーガン、おれは大丈夫だから」

「血が出てるわ」割れた板や釘が刺さっていないか調べるため、彼のそばにかがみこんで腕や脚に手を這わせた。

ランスが体をこわばらせた。

「どうしたの？　どこか痛い？」モーガンは体の側面を撫で上げた。肋骨でも折ったのだろうか。肩のところで手を止める。彼の目が笑っていた。

モーガンは手を引っこめた。「痛くないのね」

ランスは必死に笑いをこらえている。「大丈夫だと言っただろう。でも、念のために隅々まで調べてもらったほうがいいかもな」

モーガンは彼の肩をピシャリと叩いた。「笑いごとじゃないわ。大怪我したかもしれなかったのよ」

「でも、しなかった。ほら」ランスがさっと立ち上がり、モーガンを抱き上げた。

「ちょっと！」モーガンは驚いて彼のシャツをつかんだ。なんてたくましいの。まるで子猫を拾ったかのようにモーガンを抱えている。「階段が崩れる前に、小さな爆発が起こったみたいだった。フォスが罠を仕掛けておいたのね。正気じゃないわ。荷物が届くのはわかっていたはずなのに」

「正気じゃないんだ。まだ何か仕掛けてあるかもしれないから、急いでここを離れよう」ランスはモーガンを抱えたまま芝生を横切った。

「おろして。これじゃあ、あべこべよ。怪我したのはあなたのほうなのに」モーガンはそう言いながらも、現代的なキャリアウーマンのイメージに反して、か弱い女になった気分を楽しんでいた。彼の筋肉は見かけ倒しではなかった。

「ただのかすり傷だ」

「あらまあ！」シャノンがドアをバタンと閉め、裏口のポーチの階段を駆けおりてきた。「911に電話したわ。ふたりとも大丈夫？」

「大丈夫です」ランスはモーガンを抱えたまま階段に腰かけた。

しばらく経ってから、モーガンは彼の膝からおりるべきだと気づいた。あわてて立ち上がり、彼の全身をざっと見た。腕にできたいくつかの小さな切り傷から血がしたたり、ズボンは裾が破れている。

「車に救急箱は入ってる？」モーガンはきいた。

「ああ」

救急箱を取りに行こうとした矢先、サイレンの音が近づいてきた。一、二分が過ぎた頃、アパートメントの脇でライトが点滅した。制服警官が私道を走ってくる。カールだ。片手を腰の拳銃に当てていた。「みなさんお怪我はありませんか？」

「無事だ」ランスが答えた。「かすり傷程度だ」

「何があったんだ？」カールが階段の残骸を見渡した。

「わからない」ランスが言う。「モーガンと一緒に、ディーン・フォスの近所に聞き込みに来たんだ。ルームメイトがいたかもしれないと思って、フォスの部屋のドアをノックしてみた。そうしたら、爆音が聞こえて、階段が崩れたんだ」

〝真実とは少し違うけれど、それほど遠くもない〟

ランスが腕をひねって傷口を調べた。「腐っていたり、手入れを怠ったりしていた様子はなかった」少し考えてから続ける。「ただ、煙が出た。閃光が見えた気もする。なんらかの爆発物が仕掛けられていたんだと思う。仕掛け線や圧力式トリガーに気づかないうちに触れたのかもしれない」

「あなたの足元で炎が上がっていたわ」モーガンは言った。

カールが階段の破片を調べた。「きれいに穴が開いている」

ランスがカールのそばへ行き、目をすがめた。「なんだかわかるか？」

カールがうなずいた。「小規模な制御発破だ」

「ドア・ブリーチング（建物突入時にドアを破壊すること）のあとみたいだな」ランスが残骸を見渡した。「フォスは精神科病棟にいるから、やつが階段に仕掛けておいたブービートラップをおれが作動させたと考えるしかない。軍隊で何をしていたんだろう」

「鑑識を呼んだほうがいいな」カールが少し離れ、肩の無線マイクに呼びかけた。

モーガンは腕をさすった。太陽が照りつけているとはいえ、冷たい風が吹き抜けて、枯れ葉や小さな破片を転がした。スーツのジャケットでは肌寒い。「あなたも吹き飛ばされていたかもしれない」

フォスは正気を失っているが、閉じこめられている。もう誰も傷つけることはできないと信じたいけれど、たったいま傷つけたばかりだ。

カールが戻ってきた。「ホーナーがこっちに向かってる。ランスから話を聞きたいそうだ」

ランスがため息をつく。「さんざんな日だな」

十五分後、署長が到着し、カールと話をしたあと、現場を調べた。それから、ランスとモーガンに近づいてきた。「ここで何をしている？」

「フォスのことで聞き込みに来たんです」ランスが先ほどと同様の説明をした。「階段が崩壊しました」

「フォスはテッサ・パーマーと知り合いでした」モーガンは言った。「元高校教師で、運営していた年鑑委員会にテッサがいたんです」

ホーナーが疑わしそうに目を細めた。「どこでそれを知った？」

「年鑑です」モーガンは年鑑があった場所については触れなかった。「テッサとフォスが年鑑委員会の写真に一緒に映っていたんです。年度はじめに撮影されたものだと思います。フォスが辞めたあとも、わざわざ削除しなかった」

「フォスは冬の終わりに辞職した」ホーナーが言う。「その後、テッサ・パーマーと接触した証拠はない」

「生徒との不適切な関係を告発されて辞めたんですよ」と、ランス。

ホーナーの声と目つきが険しくなった。「証拠はなかった。起訴されてさえいない」

「だからといって、何もなかったことにはなりません」モーガンは言った。

ランスが破片の散らばった庭を指さした。「フォスに暴力性があり、殺人を犯してもおかしくないほど情緒不安定なのは明らかです。」

ホーナーが身を乗りだし、モーガンをちらりと見てから、ランスに視線を戻した。目に怒りの色が浮かんでいる。口を開けたあと、何も言わずに閉じた。事件から手を引くよう警告したいのだろうが、法的根拠がない。ニックの弁護団には調査する権利がある。ホーナーは、自分が見逃した証拠をふたりが見つけたことに腹を立てているのだ。

ようやく、ホーナーがいらだった子馬のごとく鼻から息を吐きだした。「事件に首を突っこむなとは言えないが、ひとつ警告しておこう。法を犯すなよ」

「もちろんです。法律なら熟知していますから」モーガンは言った。

ホーナーが鼻を鳴らした。「気をつけたほうがいいぞ、弁護士さん。そうでないと、われわれに目をつけられる」

ホーナーは越えてはならない一線を越えた。「それは脅迫ですか、署長?」

「もちろん違う」ホーナーが一歩うしろにさがった。「しかし、きみの依頼人の有罪は確実だ。彼がテッサ・パーマーを殺害した。フォスは無関係だ」

「わたしには事件の徹底的な調査を行う義務があることをお忘れなく」モーガンは一語一語はっきり話した。〝あなたがわたしの依頼人を逮捕する前に、きちんと捜査しなかったせいで〟と言いたいのを必死でこらえ、ほのめかすにとどめた。「テッサの胎児と比較するために、フォスのDNA提供も請求するつもりです」

ホーナーが口を引き結んだ。「きみは自分の仕事をすればいい、弁護士さん。わたしもそうする。供述書にサインが必要だから、あとで署まで来るように」そう言って歩み去った。

「『わたしもそうする』ってどういう意味?」モーガンはきいた。

「さあな。何かたくらんでいるんだろう。やつは信用できない」ランスが車へ向かった。「行こう」

モーガンは背筋のしゃんと伸びた署長の姿をしばらく見つめてから、ランスのあとを追った。

スーツについた埃を払う。ズボンの裾が破れ、ヒールの革がはげていた。車に乗りこむと、ランスが救急箱を取りだし、腕の切り傷を消毒してから絆創膏を貼った。

「きみは大丈夫か？」ランスがきいた。

モーガンは彼の視線を感じたが、窓の外を見つめ続けた。「大丈夫よ。あなたは明日、あざができているでしょうね」

この出来事でわかったことがある。モーガンは自分が望む以上に彼を大切に思っている。まだ心の準備ができていないのに。頭がずきずきし始めた。助手席のドアに片肘をついてこめかみをさすった。

ランスは町の外れにある軽食レストランの前で車を停めた。

「どうしたの？」

「少し休憩しよう」ランスがシートベルトを外し、モーガンのほうを向いた。「疲れた顔をしているぞ。テッサが殺されたことで参っているうえ、ニックを救おうと全力を尽くしているのはわかるけど、自分をないがしろにするな」

「わたしは大丈夫よ」モーガンはドアハンドルに手を伸ばした。

「いいか。この事件は長丁場になる。きみが息切れしてしまったら、ニックが困る」

「わかってる。おなかはすいていないけど」モーガンはドアを開けた。「コーヒーなら飲みたい」

「朝食は食べてきたのか？」

「ええ」

「ドーナツは朝食のうちに入らないぞ」

〝ふん〟

「やっぱり」ランスが言う。「きみも食べろ。たんぱく質が頭痛にきくかもしれない」

「偉そうね。シャープみたいよ」モーガンは悪意なく言った。距離を置こうと心に決めているのに、彼をからかうのは楽しかった。コーヒーをたっぷり飲めると思うと元気が出た。

ランスがにやりとした。「いつもはそうじゃない」

モーガンがわざとらしく目をぐるりとまわすと、ランスはにっこり笑った。目が輝いていて、たまらなく魅力的だった。

どうすればいいの？

ランスがモーガンのあとから店に入り、駐車場を見渡せる席を選んだ。ランスはターキーサンドイッチを、モーガンはランチメニューを無視して、山のように積み重ねられたフレンチトーストとカフェラテを注文した。

「フレンチトーストはたんぱく質じゃない」ランスが抗議した。

「たんぱく質よ。卵に浸《つ》かってるでしょう」

ウェイトレスが飲み物を運んできた。

モーガンは椅子にもたれ、カフェラテをひと口飲んだ。カフェインが体にしみ渡る。

「フォスの部屋に入るとき、警察が気をつけてくれるといいんだけど」

「気をつけるさ。それに、おれたちがすでになかを探りまわったんだから、たぶん安全だ」

カフェインのおかげで頭痛がやわらいだ。料理が運ばれてくると、モーガンはフレンチトーストに兵士のごとく挑んだ。そして、少量の粉砂糖だけが残った皿を押しやった。

「すごいな」ランスが言う。「皿はなめなくていいのか？」

「あなたが食べろと言ったのよ」

「ああ」

モーガンは伝票をつかんだ。

ランスが手を伸ばす。「ぼくに払わせてくれ」

モーガンはさっと手を引いた。「経費だから」

「報酬をもらってないんだろう。経費にあてる収入がない」ランスがモーガンの手から緑色の手書き伝票を奪い取ろうとした。モーガンがかたくなに踏ん張ると、ランスはあきらめた。彼にはすでに安い料金で働いてもらっているのだ。余計な経費まで負担させるつもりはない。

「仕事をどうするか、いずれは考えなきゃならないわ」モーガンは席を立った。

「チップはおれが払う」ランスが小銭をテーブルに放った。「金は足りてるのか？」

モーガンは先に立って入り口にあるレジへ向かった。「いいえ。でも、心配してくれてありがとう。お祖父ちゃんと住んでいるから、支出が少なくてすむのよ。お金が有り余っているわけじゃないけど、住む家はあるし、食べるものにも困っていない」勘定を払った。「でも、三人を大学に行かせたいから、いまから貯金を始めないと」

「刑事事件弁護士になればいい。鞍替えした検察官を何人か知っている。検察局より民間のほうが稼げる」

「それも考えてみたけど、罪を犯した人を弁護したら、良心がとがめると思うの。誰しも最善の弁護を受ける権利があると頭ではわかってる。司法制度は起訴と弁護の両方がなければ成りたたないけど、父は警官だったの。お祖父ちゃんも。妹も兄もよ。犯罪者は刑務所に閉じこめるべきだと信じて育った。誰でも依頼してきた人を弁護するというのは、わたしには合わない。もう二度と弁護したくないと言っているわけじゃないの。ただ、無実だと確信できる人じゃないと」

「ニックみたいに？」ランスがポケットに財布を突っこんだ。

「そうよ」

タイル張りのロビーを歩き、外に出ると、テッサの祖父母に出くわした。パーマー夫妻は、テッサが死んでから二十歳は老けこんだように見えた。ミセス・パーマーの肌は、クッキングシートのように透き通っていて青白かった。化粧をしておらず、髪はもつれ、まるで凍えているかのようにセーターの襟元をつかんでいる。ミスター・パーマーの目はしょぼしょぼしていて充血していた。ふたりとも、何週間もろくに寝ても食べてもいないような様子だった。

「本当にお気の毒に」モーガンはほかに同情を表す言葉が見つからなかった。悲しみはいやというほど知っているが、子どもを亡くすというのは、考えただけでパニック発作を起こしそうだった。

ミスター・パーマーににらみつけられ、モーガンは胃がむかむかし、フレンチトーストがひっくり返った。

ミセス・パーマーが背筋を伸ばし、怒った表情を浮かべた。「テッサに対して、よくもこんなことができるわね」

「恥さらしめ」ミスター・パーマーが妻の肘を取り、モーガンをよけてレストランへ向かう。すれ違う際、モーガンの靴に唾を吐いた。

モーガンはまるで叩かれたかのように身をすくめながらも、彼女の前に出たランスの腕に手を置いて引きとめた。「そっとしておきましょう」

「あんなことをする権利はない」

「深く悲しんでいるのよ。孫娘を殺した犯人を、わたしが守っていると思っているの」モーガンはバッグからティッシュを取りだしてかがみ、靴を拭いた。パーマー夫妻を責めることはできない。激しく生々しい悲しみならわかりすぎるくらいわかる。「ジョンや父を殺した犯人の弁護士に会ったら、わたしも何をするかわからない」

ティッシュをごみ箱に投げ入れた。

ふたりは車に乗りこんだ。モーガンはパーマー夫妻の怒りをまだ感じていた。顔を上げ、窓の外を見ると、ミセス・パーマーがモーガンをにらんでいた。

「わたしがあのふたりのためにできることは、テッサを殺した真犯人を見つけることだけ」モーガンはまばたきして目をそらした。「仕事に戻りましょう」

「そうだな」ランスがバックで駐車場から出た。

モーガンはバッグから制酸剤を取りだしてふた粒嚙んだ。パーマー夫妻と会ったことで、胃がもたれた。「フォスの奥さんに話を聞くべきよ」

ランスがUターンした。「名案だ。もうすぐ別れる妻ほど確実な情報源はない」

「夫が浮気しているかどうか、妻はたいていわかるものよね」でも、夫が人を殺したとして、気づくだろうか？

ランスの携帯電話が鳴り、彼は車を停めて電話に出た。「連絡してくれてありがとう。カールだった」ランスがコンソールに電話を置いた。「ディーン・フォスが病院から脱走したそうだ」

30

ランスはギアをドライブに入れ、ドアをロックした。フォスが野放しになっていると思うと、モーガンをオーストラリア行きの飛行機に乗せたくなった。

「まさか！」モーガンがランスを見つめた。「どうやって逃げだしたの？」

「拘束具から抜けだし、雑役係を殴り倒して制服とIDを奪った。あの男は正気を失っているかもしれないが、頭はいい」ランスは道路に入った。

「逃げだしたのはブービートラップが作動する前？　あと？」

「直後だ。湖でおれたちを撃つ前に仕掛けていたんだな」

「フォスはどこへ行くと思う？」

「自宅は自爆装置を仕掛けたから、妻のところか、森の隠れ場だろう。ミセス・フォスに知らせておこう」

ミセス・フォスは自宅にも、副支店長として勤めている銀行にもいなかった。退社したばかりだと支店長が教えてくれた。どちらにもフォスのいる気配はなかった。運がよければ、フォスは隠れるために荒野へ向かったのかもしれない。

「奥さんはフォスを恐れているかしら?」モーガンが言う。「わたしなら、離婚を申したてた暴力的で情緒不安定な夫が精神科病棟から逃げだしたら、身を潜めるわ」

ランスは母に電話して、ミセス・フォスの家族と友人の調査を頼んだ。それから、モーガンにきいた。「次はどこへ行く?」

モーガンは食事をとったおかげで顔色がよくなっていたが、それもパーマー夫妻に遭遇するまでのことだった。テッサの祖父母の悲しみは理解できるが、だからといってモーガンを非難したことは気に入らない。

「わたしの家に寄ってもらってもいい? エヴァが風邪で休んでいるの。様子を見たいし、フェリシティの学校が終わるまであと一時間あるから」

「もちろん」十分後、ランスはデーン家の私道に車を停めた。家のなかに入ると、エヴァが力強いハグと笑顔でモーガンを迎えた。

「だいぶよくなったぞ」リクライニングチェアに座ったアートが言った。

モーガンがエヴァの顎を持ち上げた。「明日は学校へ行けるわね」

エヴァがうなずいた。「お祖父ちゃんがマクドナルドでシェイクを買ってくれたの」

「よかったわね」モーガンが言う。「わたしの部屋に用があるの。すぐに戻ってくるから」

母親が部屋を出ていくと、エヴァの視線がランスに向けられた。「その腕、どうしたの？」

ランスは腕を見おろした。絆創膏がはがれていた。「ただのかすり傷だ」

「痛い？」

「ちょっとだけ」

「絆創膏がいるわね」

エヴァに手を引っ張られてキッチンへ連れていかれ、ランスはとろけそうな気分になった。

エヴァが上のほうの戸棚を指さした。「あそこに箱が入ってるの」

ランスは戸棚を開け、救急箱を取りだしてエヴァに渡した。

「ここに座って」エヴァがランスを椅子に案内し、箱をテーブルに置いて開けた。そして、ピンクのプリンセスの絆創膏を厳選すると、ランスの腕に貼った。身を乗りだして絆創膏にキスをする。「もう大丈夫」

ランスはすっかり心が開くのを感じた。タフガイが聞いてあきれる。

「これからジャンナと遊ぶの」エヴァが椅子から飛びおりた。

「ありがとう、エヴァ」スキップしながらキッチンを出ていくエヴァが、入ってきたモーガンとぶつかりそうになった。

「もう行かないと。愛してるわ」モーガンがエヴァの背中に呼びかけた。

モーガンは先に立って家から出ると、立ちどまってアートに行ってきますと言った。

ランスは、ジープのドアハンドルに手を伸ばしたモーガンの右の脇腹のふくらみに気づいた。「拳銃か?」

「そうよ」モーガンはズボンにベルトを締めていた。ホルスターをつけるためだ。

「わかる?」

「ジャケットが張りついたときだけ」モーガンが拳銃を所持しているのは知っていたが、携帯しているのを見たのは初めてだ。

モーガンがホルスターの位置を調整した。「銃を携帯するのは久しぶりよ。たまに射撃場へ行くときしか持っていかないから」

「定期的に練習しているのか?」

モーガンが笑った。「お祖父ちゃんが練習しろってうるさくて」ふたりは車に乗りこんだ。「フェリシティは割と近所に住んでいるの」モーガンが住所を告げ、ランスは車を発進させた。

ウェーバー家はケープコッド風の家に住んでいた。ブルーグレーの下見板や白い木部、黒い鎧戸は塗りたてだ。青々と茂った芝生を、白い柵が囲んでいる。ランスは路肩に車を停めた。玄関へ行くと、ドアをノックする前にフェリシティが開けてくれた。ブロンドの長い髪を三つ編みにして背中に垂らしている。

「どうぞ」フェリシティがうしろにさがった。

玄関は直接リビングルームに通じていた。フェリシティはまっすぐ進み、こぢんまりしたキッチンへ向かった。キッチンの背後に四方に網戸を張ったベランダ《スクリーンド・ポーチ》があり、狭いながらも手入れの行き届いた芝生の庭に面している。ガラス扉を通り抜けてポーチに出た。フェリシティがアディロンダックチェア（戸外用の木製の安楽椅子）に座って膝を抱えた。ランスとモーガンは向かいのふたり掛けの籐《とう》椅子に腰かけた。

モーガンが切りだした。「今日はありがとう」

フェリシティの目に涙が浮かんだ。「テッサが死んだなんて信じられない」

「わかるわ」モーガンが手を伸ばしてフェリシティの膝に触れた。「残念ね」

フェリシティがはなをすする。「ニックは殺してないと思っているんですか？」

「ええ」モーガンがきっぱりと言った。

「わたしもそう思います」

「どうしてだ？」ランスはきいた。

ランスがフェリシティを委縮させてしまうのではないかと、モーガンは心配したが、フェリシティに緊張した様子はまったくなかった。ただ悲しそうだった。

フェリシティが三つ編みを前に持ってきて撫でた。「だって、ニックは本当にテッサのことが好きだったし、すごく優しかったから」

「どんなふうに？」モーガンがきいた。

「親切で思いやりがあって、紳士的と言ってもいいくらい」フェリシティが三つ編みの先を噛んだ。「女の子を傷つけるなんて想像もできない」

「ジェーコブと喧嘩していただろう」ランスは言った。

フェリシティの目に怒りの色が浮かんだ。「それは、ジェーコブがテッサに意地悪をしたから。ニックはテッサを守ろうとしただけです」

ランスは膝に両肘をついた。「ジェーコブが嫌いか？」

「最低なやつよ」フェリシティが顔をしかめた。「女の子をレイプ――」片手を口に押し当て、心を落ち着けてから続ける。「するような人間を挙げろと言われたら、それはジェーコブよ」

モーガンが彼女の発言に引きつけられたかのように身を乗りだした。「どうしてそう思うの?」

「あいつがこれまでしてきたことを考えれば」フェリシティがさっと立ち上がり、グレーに塗られた床を行ったり来たりし始めた。

「ジェーコブがテッサに何かしたの?」モーガンがきいた。

フェリシティが立ちどまり、うなずいた。「夏のはじめにパーティーがあったんです。わたしはその場にいなかったんですけど、テッサが意識を失ったみたいで。次の日にきいたら、ビールを二杯しか飲んでいないって言ってた。でも、すごく調子が悪そうで、パーティーのことはよく覚えていなかった。そのあと、ジェーコブがスナップチャットで写真を送ってきたんです」

「スナップチャットって?」モーガンが尋ねた。

「写真とメッセージを共有できるアプリで、見たあと自動的に消えるんだ」ランスは説明した。「十代の子たちが、写真やメッセージがネットに永久に残る心配をせずに楽しめるよう作られている」

「じゃあ、酔っ払ったり、マリファナを吸ったりしている写真を送ったとしても、証拠は残らないのね。ジェーコブはテッサにどんな写真を送ったの?」

フェリシティの頬を涙が伝った。「裸のテッサに、好き勝手なことをしてる写真」

ランスはモーガンと顔を見合わせた。

「いつのことかわかる?」モーガンがきいた。

「七月のはじめです」フェリシティが自分を抱きしめるように腕をまわした。「正確には覚えていません」

〝ちょうどテッサが妊娠した頃だ〟

「スナップチャットの写真はすぐに消えるから、テッサの携帯電話には残らなかった」ランスはいらだちに駆られた。ジェーコブ・エマーソンという性犯罪者を仕留めてやりたかった。

「一応携帯電話から消えるということになってますけど」フェリシティがショートパンツのポケットから携帯電話を取りだして、スクロールした。「テッサにスクリーンショットを撮らせたんです。証拠を残すために。ジェーコブみたいなやつは、また同じようなことをしかねないから。写真を保存しておかなかったら、後悔するかもしれないと思って。でも、テッサはお祖父ちゃんたちに見られるかもしれないところに保存するのをいやがった。すごく恥じていたんです」

だから、警察にも行けなかった。屈辱感は、訴えを起こすレイプ被害者が三分の一しかいない理由のひとつだ。

「わたしのクラウドに写真を保存しました」フェリシティが言った。

警察がフェリシティの携帯電話の捜査令状を取ったとしても、写真は発見されなかった。それに、もしジェーコブに携帯電話を奪われたとしても、写真を消されることはない。

「いまも保存してある？」モーガンが椅子から身を乗りだした。

「はい。いまダウンロードします」しばらく経って、フェリシティが携帯電話を手渡してきた。それから、見ていられないと言わんばかりに顔をそむけた。

モーガンが画面をランスに見せた。何が映っているか覚悟していたにもかかわらず、その写真を見てランスははっと息をのんだ。意識を失った裸のテッサが、絨毯の上で大の字になっている。きちんと服を着たジェーコブがテッサの脚のあいだにひざまずき、両手で乳房をつかんでいた。

「くそっ」ランスはむかむかし、目をそむけた。

写真は全部で四枚あり、どんどんひどくなった。ランスは一瞬だけ見たあと、立ち上がって窓辺へ行った。写真を眺めるだけで、テッサをふたたび辱めるような気がして、罪悪感を覚えた。この事件が発生してから蓄積された怒りが爆発しそうだ。

ジェーコブ・エマーソンはまだ十七歳だが、テッサにしたことの報いとして叩きのめしてやりたかった。

テッサとはきょうだいのような関係だったなどという言い草は、もう通用しない。モーガンが電話をおろして、フェリシティに話しかけた。「この写真は証拠になるわ。電話を預けてくれる？　それから、供述もしてもらわなければならない」

フェリシティがうなずいた「わかりました」

「どうして警察に見せなかったんだ？」ランスはきいた。

「この二週間のあいだのことしかきかれなかったから」フェリシティが肩をすくめる。「数カ月前に起きたことが重要だとは思わなかったんです。見せればよかったと思うけど、テッサが殺されてからずっと動揺していて、まともに考えられなくて」

〝ホーナーの野郎……〟

ホーナーと地方検事はニックが犯人だと決めつけていて、次の選挙の前に暴力的な犯罪者を町から排除したと市民にアピールするため、ほかの容疑者をきちんと取り調べもせず、あんなに急いで逮捕した。ジェーコブのよいイメージを、そのまま信じた。

モーガンがフェリシティの携帯電話を預かり、ふたりはウェーバー家をあとにした。

「ジェーコブはテッサに薬をのませたと思う？」モーガンが尋ねた。

「証明できない」ランスは先に立って車へ向かった。モーガンがバッグから携帯電話を取りだした。

「誰にかけるんだ？」

「地方検事。話しあわないと」モーガンが画面をスクロールした。「ジェーコブ・エマーソンがテッサの胎児の父親かどうか確認するために、DNAサンプルを入手する必要がある。そのためにわたしができることはいくつかあるけど、ブライスに頼んだほうが手っ取り早いから。いずれにせよ、調査で得た新情報は報告しなければならないし」

証拠開示は互恵的なものだ。検察官はニックの有罪を示す証拠をすべて開示しなければならないが、弁護側も同じ義務を負っている。

「協力すると思うか？」ふたりは歩道で立ちどまった。

「もし反対したら、裁判官はすでに逮捕者がいるという事実に基づいて、わたしたちの要求を棄却する可能性がある。それに、ジェーコブが父親だったとしても、テッサを殺したことにはならない。でも、彼が嘘をついていたことの証明になる。父親はそれをわかっているから、サンプルの提出を必死で阻止しようとするでしょうね」

「だが、これは新たな証拠だ」

「ええ、ジェーコブのＤＮＡサンプルはいつかは入手できるけど、すぐにでも欲しいの。ニックを拘置所から出してあげたいから」モーガンが人差し指で下唇をトントン叩いた。「ブライスは明日、事件を大陪審に提出する。起訴状が発付された日にこの証拠が公になれば、ブライスは恥をかくわ」

「しかし、審理を延期することはできない」

「ええ。それに、いずれにせよ起訴状は発付される。でも、ジェーコブが嘘をついていたことを、ブライスは不満に思うでしょう。嘘をつく証人は合理的な疑いを生む。勝訴する自信がなければ、ブライスは起訴をためらう」モーガンが電話に出た相手に、ブライスに代わるよう頼んだ。「きっとわたしに会いたくなるはずだとお伝えください」一分近く経過した。「ありがとうございます」

モーガンが携帯電話をおろした。「いまから会えるって」目に自信があふれていた。

「どんな気分？」

「ニックに対する訴えに、初めてたしかな欠陥を見つけられた気がする」

三十分後、市のビルに到着し、グローブボックスにふたりの拳銃をしまいこんだ。ランスはモーガンのあとについて検察局のあるフロアへ行った。ブライスの秘書はすぐにふたりを案内した。オフィスに入っていくと、ブライスが立ち上がった。

ランスとモーガンはデスクの向かいの椅子に腰かけた。

ブライスはランスにうなずいてから、モーガンに鋭い視線を向けた。「これはいったいどういうことかね、モーガン?」

モーガンがビニール袋に入れたフェリシティの電話をポケットから取りだした。そして、ビニール越しに写真アプリをタップし、テッサの写真を表示させてから、ブライスに渡した。

ランスは法廷にいるときのブライスを見たことがあった。アカデミー賞を争えるほどの演技派だが、テッサの写真を眺めると、そのポーカーフェイスが崩れた。目に嫌悪の色がかすかに浮かんだのを見て、ランスはほっとした。ブライスが個人的な野心のために、不正に目をつぶるのではないかと恐れていたのだ。

ブライスが電話を置き、顔をこすった。「誰の電話だ?」

「フェリシティ・ウェーバーです」モーガンが答えた。「ジェーコブがスナップチャットでテッサに送った写真です。テッサはスクリーンショットで残したものの、祖父母に見られるのを懸念して手元に置いておくのをいやがったので、フェリシティが自分のクラウドに画像を保存しておいたんです。ジェーコブが今後もテッサやほかの誰かに、似たようなことをしたときのために」

ブライスが椅子の背にもたれた。「それで、きみの要求は？」

「ジェーコブのＤＮＡサンプルです」

「なぜだ？」ブライスがきく。「テッサの体内からニックの精液が発見された。それは変わらない」

「この写真が撮られたのは七月のはじめです。テッサが妊娠した時期と重なります。七月にジェーコブがテッサをレイプして妊娠させたのだとすれば、事件の夜、テッサが彼にその事実を突きつけた可能性があります。それが動機です」

ブライスがテーブルに両肘をつき、両手の指先を合わせた。「しかし、なぜ殺さなければならない？　妊娠させたとして、それが世界の終わりというわけではない」

「ブライス、その写真を見れば、ジェーコブが意識を失っている女の子に猥褻《わいせつ》な行為をしたことがわかります。テッサはとても同意できる状態ではありませんし、ジェーコブが好き勝手にしているように見えます。その夜妊娠したのだとすれば、ジェーコブがレイプしたんです。彼を刑務所に入れることもできたでしょう」モーガンがデスクの上の携帯電話を指し示した。「テッサを殺していないとしても、ジェーコブ・エマーソンは性犯罪者です。これはまったく別の容疑です」

ブライスが歯ぎしりをした。まるで臼歯――と脳――が、ジェーコブの犯罪の証拠をすりつぶそうとしているかのように。

「マスコミはこの写真に飛びつくでしょうね」モーガンがつけ加えた。

ブライスが目に怒りをたぎらせたが、まばたきしてこらえ、ふんぞり返った。

「ジェーコブを連行して取り調べをし、DNAを採取するよう警察に指示する」

「鑑定を早めたいんです」

ブライスは首を横に振った。「それは約束できない。結果が一致したとしても、ジェーコブがテッサを殺したという証明にはならない」

「本件で鑑定を急がせましたよね」モーガンが反論する。「潤滑剤が発見され、事件の夜、犯人がコンドームを使用していることが判明した。ジェーコブが精液を残さずにテッサをレイプし、殺害した可能性があります」

ブライスが腕組みをした。「それはこじつけだな」

「つまり、わたしの依頼人を刑務所に入れるためなら検査を早めるけれど、刑務所から出すためにはできないとおっしゃるんですね？　マスコミに話しますよ、ブライス。あなたが特権階級の裕福な家族の息子を守るために、ニックが拘置所でやつれてもかまわないと考えていると知られたら、評判が悪くなるでしょうね」

「これは、明日の大陪審の審理には影響しない。わたしの証拠は確実だ。きみの依頼人は起訴される」ブライスがにらんだ。

「起訴状が発付されるのはお互いに承知しています。大陪審の審理は完全に一方的ですから。わたしは証拠を提示できません」モーガンは認めた。「さらに、この写真でニックの無罪やジェーコブの有罪を証明する必要がないことも、承知のうえです」携帯電話に指を突きつける。「この写真は合理的な疑いです」

「今日、ホーナー署長と話をした」ブライスが言う。「きみはディーン・フォスのDNA鑑定も要求したそうじゃないか。なりふりかまわずだな、モーガン」

「違います。ただ、徹底的に調査しているだけです」

彼女の言葉が部屋じゅうにこだました。

当初は、単純明快な事件に見えた。ランスでさえ、ニックが犯人だと思っていたのだ。長年のあいだに、刑事司法制度への信頼を失っていた。大勢の犯罪者が罪を逃れている。だが今回は、制度が目的どおりに機能するかもしれない。

モーガンがわずかに身を乗りだした。「ホーナー署長から、昨年ディーン・フォスが告発されたことをお聞きになりましたか？　年鑑委員会でテッサと一緒だったことは？」

モーガンは決して大声を出さなかったものの、その姿勢と口調からは驚くほど威厳が感じられた。実に上品に攻撃態勢に入った。まるでドナ・リード（アメリカの女優）に変装したペリー・メイスン（E・S・ガードナーの推理小説の主人公である法廷弁護士）を見ているようだ。相手方弁護人はびっくりするだろう。

「鑑定を急がせる」ブライスの目はうつろだった。彼もモーガンに直接攻撃されるとは予想していなかったのだろう。「気をつけたほうがいいぞ、ミズ・デーン。きみはあちこちでスズメバチの巣をつついている。いつか刺されるぞ」

31

拘置五日目

ニックはワゴンから晩飯のトレイを取った。振り返ると、ショーティーに手招きされた。近づいていくと、ショーティーは自分が座っているベンチの隣を勧めた。「よけりゃここで食いな」

二日前に殴られて以来、ニックにちょっかいを出す者はいなかった。ニックのどんどん長くなっていく習慣リストに、房の戸口には近づかないという項目が新たに加わった。ほかにも死角を見つけては、避けるようにしている。

ニックはベンチに腰かけた。ここには監視カメラがあるのだから、誰も襲ってこないと自分に言い聞かせながら。

「そんなに腹が減ってないんだ。ビスケットをやろうか?」ショーティーがきいた。

ニックはためらった。言外の意味を読み取ろうとすると、頭が痛くなる。ビスケットをもらえば、何かを返さなければならないのか？　断ったらショーティーは気を悪くするだろうか？

ここに来てからひとつ学んだことがあるとすれば、それは、拘置所は尊敬のシステムでまわっているということだ。最悪のふるまいは失礼な態度を取ること。全員がヒエラルキーのどこかに位置している。侮辱的言動は相手がそう受け取っただけでも、確立された序列を脅かす。

その結果、大混乱が生じる。

それから、あくまでも正直でいれば、前に言ったことを覚えておく必要はない。

「申し出には感謝するが、どうしてそんなことをするのかと不思議に思わざるを得ない。それを受け取ったら、おれになんらかの義務が発生するのか？」

ショーティーがビスケットをニックのトレイに放った。「おまえは頭がいいな。おれたちはしょっちゅう食い物を交換する。だがこれは、一回こっきりの和解の品だ」

ビスケットを断ったら失礼で、ニックが恨みを抱いている印になる。殴られたのもテストだったのか？

「それなら、もらうよ」ニックは言った。ミートローフは段ボールのような味がしたが、腹が減っているので残さず食べた。家ではふやけたサヤインゲンには手をつけないのに、今日は全部たいらげた。

テーブルの反対側に座っているふたりの男が、冗談を言いあっている。ニックを気にも留めていない。もうじろじろ見られなくなったことに、ニックは気づいた。なんにせよテストに合格したのだろうか?

彼らは常に飢えている人間のひたむきさで食べ物を口にかきこみ、食事を終えた。

ショーティーが声を潜めた。「識別番号はもらったか?」

ニックはかぶりを振った。囚人識別番号を割り当てられるのを待っているところで、それがないと電話をかけることも売店で物を買うこともできない。

「最悪だな」ショーティーが言う。「今夜は宴会なんだ。おまえも入れてやってもいい」

宴会とは、囚人たちがツナやラーメン、コーヒー、キャンディなど売店で買った食料を持ち寄って食べることを言う。ニックは一日目の夜に目撃していた。

「誘ってくれて感謝するが、おれも何か持っていけるようになるまで待ちたいんだ。たかりたくない」借りを返さなかったせいで殴られている男を見かけた。

ショーティーがうなずいた。「なら、また今度な」

ニックはチェスをしている囚人のそばへ行き、二試合見物した。ふたりともあまりうまくなかった。どちらが相手でも圧勝できるだろうが、あまりいい考えとは思えない。自分の地位が確立するまでは黙って見ていることにし、勝者に控えめにお祝いを言うだけにとどめた。

壁にかかったテレビは、スペインの昼メロを映している。誰がリモコンを持っているのか、そもそもリモコンがあるのかどうか、ニックは知らなかった。

ショーティーから和解の印を受け取っても、ほとんどの囚人に受け入れられたように見えても、ニックは依然としてうなじの毛が逆立つ思いがした。絶対に気を緩めることはできない。絶えず警戒しているせいで、神経がすり減っていた。ここにいるやつらはみんな同じ気持ちなのか？　ザ・マンはそんなふうには見えなかった。あれは見せかけか？　装甲車のような体つきで、同じくらいでかい仲間に囲まれているとはいえ、アーリアン・ブラザーフッドは六人にひとりしかいない。それに、同じくらい危険そうなギャングがいくつかある。ブラッズのタトゥーを入れた男たちは、いかにも悪そうだ。

そこにある真実を見いだし、ニックはぞっとした。

〝やつらには失うものがないのだ〟

ザ・マンは故殺罪で起訴され、常習犯だと言っていた。裁判が終われば、州刑務所で一生暮らすのか？

彼らが恐れていないのは、警戒心がないのではなく、無関心のせいだ。

ニックは息が苦しくなった。手が汗ばむ。有罪判決を受けたら、自分はどうなるのだろう？　最低でも二十五年間刑務所に入ることになる。最良のシナリオでも、出るときには四十五歳になっている。

そして最悪の場合は、仮釈放なしの終身刑に処せられ、二度と外の世界を見ることはない。コンクリートの檻《おり》のなかで一生過ごすのだ。経験豊富な囚人の話によると、州刑務所では一・二メートル×二・四メートルの房で生活し、一日に一時間、庭に出られるそうだ。

現実が重くのしかかり、目の前が暗くなる。絶望に押しつぶされそうだった。息ができない。

〝やめろ！〟

「大丈夫か？」ショーティーがきいた。

「ああ、なんでもない」ニックは拳で胸を叩き、咳をした。「ちょっと水を飲んでくる」

立ち上がり、パニック発作を必死で抑えこみながら水飲み器へ向かった。テッサは死に、自分は生きているというのに、自己憐憫《れんびん》に浸るなどもってのほかだ。テッサの顔を、笑顔を、目を思い浮かべた。

そのとき、警官に見せられた遺体の写真が頭に浮かんだ。

弱っていて、悲しみに打ちのめされそうなときに頭に入りこんでくる。

苦しいほど会いたいのに、二度と会えないと思うと、自分まで心臓を刺されたような気分になった。

テッサの死んだ姿を想像し続け、怒りをたぎらせた。ここでは怒りは役に立つし、受け入れられる感情だ。怒りによって強く見える。

テッサには振られたが、それは彼女の本意ではない気がした。そうでなければ、あんなふうに泣くはずがない。別れたくないのに、どうして別れなければならなかったんだ？　それまでとてもうまくいっていたのに。

考えれば考えるほどわけがわからず、胸の痛みも増した。

真犯人を見つけたら……。

水飲み器にかがみこんだ。冷たい水が喉を滑り落ちても、煮えたぎった感情は静まらなかった。

隅のほうで、大勢の囚人がトレーニングをしていた。運動器具はないから、自分たちで工夫している。あるふたり組は寝台に寝そべり、互いの体を使って交互にベンチプレスしていた。肩に相手をのせて腕立て伏せをしているペアもいる。ニックにはペアを組めるほど信頼できる相手はいないが、そんなかたい絆《きずな》を築けるほどここに長居せずにすむことを祈った。長いあいだここにいる囚人もいる。

振り返って、チェス盤が置いてあるほうを見た。新たなプレーヤーが試合を始めていた。対戦を見守るのが最も安全な選択肢に思える。部屋を横切る際、テーブルのあいだから出ようとする男と行きあった。男がすぐ近くを通った。近すぎる。そう気づいたときにはもう手遅れだった。

男の肩がニックの肩にぶつかり、そのあとはスローモーションで展開した。オレンジ色の服を着た体がすばやくひねられ、鋭い刃がニックの腹に突き刺さる。繰り返し攻撃され、燃えるような痛みが二度、三度走った。ニックは反射的に、内臓があふれださないよう傷口を手で覆った。指のあいだから熱い血がほとばしる。

誰も助けに来なかった。囚人たちは状況を把握できず、こっそりあとずさりした。巻きこまれたくないのだ。

警報ベルが鳴り響いた。耳の奥でどくどくと脈打つ音のせいで、ニックには遠く聞こえた。全身がぞくぞくし、崩れるようにひざまずいた。

ドアが勢いよく開いた。床に響く足音。叫び声。横に倒れ、コンクリートに肩がぶつかる。

誰かがニックをあおむけにし、傷口から手を引き離した。

傷口を圧迫された。

ニックはまばたきしながら天井を見た。蛍光灯の光がぼやけ、やがて人影にさえぎられて暗くなった。声や姿から、看守だとわかった。

さらなる足音が聞こえる。

誰かがニックの顎をつかんだ。「しっかりしろ」

だが、意識が薄れていき、音も光も消えていった。鼓動がゆっくりになる。痛みに圧倒され、やがて暗闇が訪れると安堵した。

32

モーガンは意気揚々と、きびきびした足取りでビルを出た。「明日ニックに会うのが待ちきれない。ついに運がまわってきたわ。今夜バドの家に寄って、いいニュースを知らせてくる。励ましになるわ」

ニックの父親に一刻も早く希望を与えたかった。

「期待させすぎるのもよくない」ランスはモーガンに歩調を合わせて隣を歩いた。フォスが逃走したと知って、周囲に目を光らせていた。「DNA鑑定の結果次第なんだから」

時刻は午後六時半で、来訪者用の駐車場はがらがらだった。

「でも、検察側の重要証人が嘘をついていたことがわかったし、これでニックとジェーコブが喧嘩をしていた動画もまったく違う意味を持つ。いまとなっては、ニックの供述のほうがずっと信憑性《しんぴょうせい》があるように思えるわ。ブライスは認めたくないでしょうけど、この写真と、犯行現場近くのフォスのキャンプ場の件で、ニックに対する申し立てのあらを山ほど見つけられる」モーガンは突き当たりで歩道からおりた。「ブライスは物的証拠に頼りっきりで、代わりの説明が存在しないことを確認する義務を怠った」

ジープにたどりついたところで、モーガンの携帯電話が鳴った。バドからだ。モーガンは電話に出た。「もしもし、バド。ちょうど電話を――」

「モーガン」バドの声はかすれていた。「いま拘置所から連絡があったんだ。ニックが刺された」

モーガンは体をこわばらせた。「なんですって?」

「刺されたんだ」バドが繰り返した。「収容者に。それしかわからない。病院へ向かっているところだ」

「すぐに行くわ」モーガンは呆然《ぼうぜん》としながらも、説明した。「病院へ行かないと」

ランスが助手席のドアを開けてくれた。「急ごう」

景色がぼやけて見える。「こんなの間違ってる。フェアじゃないわ。ニックは常習犯と一緒に閉じこめられた。保釈金や弁護費用を払えるお金がないから。選択肢がなかった」

モーガンは目を閉じ、冷たいガラスに額を押し当てた。突破口を見つけたと思った。証拠を手に入れ、検察側の主張を崩せたと。だが、間に合わなかった。努力が足りなかった。

「もっと早くフェリシティに話を聞いていれば――」

「やめろ!」ランスがさえぎった。「きみはできる限りのことをした。警察も検察も義務を怠ったから、きみが事件を調査した。新たな容疑者をふたり見つけ、検察側の証人ひとりの信用を失墜させた。きみは何も悔いることはない。これはきみのせいじゃない。責任は地方検事とホーナー署長にある。ふたりが単純明快な事件だと決めつけていたせいだ」

モーガンはうなずいたものの、納得していなかった。あとから考えると、もっとうまくできたはずだ。ニックが逮捕される前に、警察に疑われていることに気づくべきだった。テッサの遺体を見つけたあと、様子を見に行けばよかった。被害者のボーイフレンドだから、第一容疑者のひとりだとわかっていたのに。

ランスが手を伸ばしてモーガンの手を握った。「きみはすごいよ。ただひとり、ニックに手を差し伸べたんだから」

病院に到着すると、救急救命室の駐車場に車を停め、入り口を通り抜けた。廊下で、両手を額に押し当てているバドを見つけた。その三メートル先で、保安官代理が壁に寄りかかっていた。部屋の外にいるということは、ニックの容体が悪いということだ。脱走したり攻撃したりする可能性がないくらいに。

「バド！」モーガンは駆け寄った。

バドが手をおろした。疲れきった目をしている。「いま緊急手術を受けている。手製のナイフのようなもの――〝シヴ〟とかいうので腹を三回刺されたんだ」

モーガンはまばたきして涙をこらえ、バドの腕に手を置いた。「本当にごめんなさい」

バドがモーガンの手に手を重ねた。「あんたが謝ることはない」

モーガンは事件の話はしなかった。いまはそのときではない。「容体はどうなの？」

バドがつらそうに、ぐっと唾をのみこんだ。「出血がひどい。助かるかどうかわからないそうだ」

ランスが先頭に立ち、三人は待合室へ向かった。保安官代理は廊下に残った。ランスが言った。「看護師に確認したんだ。ニックの手術が終わったら、外科医が話をしに来てくれるって」

「誰か連絡してほしい人はいる、バド？」モーガンはきいた。

バドが片手を腰に当てた。「いや、マンハッタンにいる妹がこっちに向かってる。あと数時間で着く予定だ」

モーガンは家に電話し、祖父に遅くなると伝えた。ランスがコーヒーを持ってきてくれたが、ひと口飲んだだけでいやになった。バドがそわそわと歩きまわる。ランスがシャープに電話で状況を報告した。モーガンは椅子に身を沈めて待った。ランスが隣に座る。張りつめた沈黙のなか、数時間が経過した。モーガンは時間の感覚を失い、脚がしびれて何度も立ち上がっては廊下を歩いた。バドの妹が到着し、バドと一緒にうろうろした。

戸口に人影が現れ、モーガンははっとした。緑色の手術着を着た外科医が、マスクを首に巻いたまま部屋に入ってきた。

医師が帽子を取った。「ザブロスキーさん？」

バドはうなずいたものの、部屋の真ん中で立ち尽くした。医師に近づくのを恐れているかのように。

ニックの生死を知るのを恐れているかのように。

「率直に言います。重症です。腹部を三カ所刺されています。最も深刻なのは肝臓の裂傷で、損傷は修復しましたが、大量に出血しました。数ユニットの輸血を行っています」医師はいったん言葉を切り、険しい顔をした。「今後二十四時間が峠です。患者さんは若く健康ですから、重大な合併症を引き起こすことなく手術を乗り越えました。現在は回復期にあります」室内をさっと見まわす。「集中治療室に入ったら、面会できます」もう一度見まわした。「近親者のみですが。何か質問はありますか？」

バドが首を横に振った。

「お気持ちはわかります。いまはまだ混乱しているでしょう。案内に従って、集中治療室の待合室へ行ってください。ニックが落ち着いたら、看護師が呼びに行きます」

医師が部屋を出ていった。

「帰ろう。家まで送るよ」ランスがモーガンの肩に腕をまわした。

モーガンは手が震えていた。拳を握りしめて抑えこむ。一日のストレスと恐怖がついに限界点を超えたのだ。「帰らない。こんな状態じゃ帰れないわ」携帯電話で時間を確認した。「もう真夜中だし」いま帰ったら、祖父を起こしてしまう。

途方に暮れ、手足がぎくしゃくして、いまにもばらばらになりそうだった。肩にまわされたランスの腕の重みだけがそれをつなぎとめていた。

「今夜、あなたの家へ行ってもいい？」モーガンはきいた。

一瞬、ランスの指が腕に食いこんだ。そのあと、力が抜けた。「もちろん。行こう」

　モーガンは彼のあとについて廊下を歩き、外に出た。冷たい夜気が顔に当たる。身が引きしまるようなすがすがしい空気を吸いこんだ。

　ランスは町に戻り、平屋の私道で車を停めた。ランスは何度もモーガンの家に行っているのに、モーガンがこれまで彼の家に来たことがなかったのは妙な感じがした。ランスがサンバイザーのボタンを押して、ガレージの扉を開けた。

　車から降りると、モーガンは農家風のすてきな家を見つめた。「事務所の近くに住んでいるのね。歩いていけるくらい」

「事務所から出ない日は歩いていくけど、そんな日はめったにない。たいてい、一日じゅう車で走りまわっているんだ。足を使う仕事が多い」

　モーガンは彼のあとについてガレージに入った。「いまの仕事を気に入っている？」

「ああ。意外にも」

　二台用のガレージの半分が、アイスホッケーの道具で埋まっている。

「いまもやってるの？」

「ああ。やんちゃな子どもたちに教えている。撃たれてからは、リンクには出ていないが」

　玄関を入ると、そこはリビング兼ダイニングルームだった。奥にキッチンがあり、リビングルームから通じる廊下は寝室につながっているのだろう。家具は最低限のものしかなく、装飾もなくきれいに片づいていて、殺風景と言ってもいいくらいだ。リビングエリアに小さなソファと、テレビに向かってリクライニングチェアが置いてある。驚いたのは、部屋の大部分を占拠している小さなグランドピアノだ。

ランスのあとについてキッチンへ向かいながら、モーガンはぞくぞくするしびれを感じていた。ふたたび手が震えだす。

「何かいる？　腹は減ってないか？」ランスが振り返り、モーガンを探るように見た。

「お茶とコーヒー、どっちがいい？」

「いらないわ」モーガンは外科医の話を聞いていたときのバドの顔を思いだした。

「ニックの容体が気になって」矛盾した感情が心を渦巻いている。怒り、いらだち、無力感、すべてが毒々しく煮えくり返った。「お酒はある？」

「どうかな。見てみる」ランスが三つの戸棚を確認した。回転棚のうしろに、箱に入ったままのウイスキーのボトルがあった。もらいものらしく、ボトルの首に赤いリボンが結んである。「シャープのところで働き始めてから、〝ランスを健康にしよう〟作戦の一環として、酒はほとんどやめたんだ。オーガニックのワインとビールは飲んでもかまわないことになっているんだが。これは、スカーレット・フォールズ署の連中がくれた餞別《せんべつ》だ」

ランスがグラスに少量を注いで、モーガンに渡した。モーガンは少しだけ飲んだ。舌からおなかまで焼けるような感覚が広がり、ようやくいくらかあたたまった。

「シャワーを浴びてきてもいいか？」ランスがきいた。

「もちろん」モーガンはもうひと口飲んだ。「わたしはここにいるわ」

ランスが廊下へ出ていった。

モーガンは瓶を持ってグラスにたっぷり注ぐと、一気にあおった。嵐のあとの洪水のように、徐々にしびれが引いていく。携帯電話が鳴り、ポケットをまさぐって取りだした。

「もしもし」モーガンは息を凝らした。

「バドの妹です。あなたに連絡するよう頼まれました。兄はいまニックのそばにいます。ニックの血圧が少し上がりました。いい知らせです。もう切らないと。バドが呼んでいるので」

「ご連絡ありがとうございました」モーガンは言った。

バドの妹が電話を切った。モーガンはふらふらとピアノに近づくと、椅子に座り、たまたまそこにあったコースターの上にグラスを置いた。小さい頃に習っていたが、いま弾けるのは『チョップスティックス』（人差し指だけで弾く単純なワルツ）くらいだ。

ランスが戻ってきた。ランニング用の半ズボンと、体にぴったりしたTシャツを着ている。首にかけたタオルで頭を拭いていて、ブロンドの短い髪が逆立っていた。

「ニックは持ちこたえてるみたい」

「よかった」

モーガンはいくつか音を鳴らした。「勝手に弾いてごめんなさい」

「別にかまわないよ」ランスがモーガンの隣に腰かけた。

「何か弾いて」

ランスがモーガンのすぐ近くに体を寄せた。モーガンは彼がクラシックロック好きなのを知っていたので、『ハレルヤ』が聞こえてきたときは驚いた。彼が歌いだしたので、さらに驚いた。その声は深くなめらかで、感情がこもっていて抑揚があった。

モーガンはコーラスを一緒に歌ったが、独唱部で声が出なくなった。心の奥深くで何かが砕けた。ランスが独唱部を歌い終え、最後の音が消えて静まり返ったときには、モーガンの目から涙がこぼれていた。

モーガンはランスのほうを向いた。「こんなの間違ってる。十代の子が死ぬなんて。テッサは生きていなきゃ。ニックは週末にどの映画に連れていこうか考えているべきなのに。どうしてこんなことになるの？」

ウイスキーが感覚を麻痺《まひ》させてくれることを願って、グラスをつかんだ。

「酒を飲んでも解決しない」ランスがグラスに手を伸ばした。「何か食べないか？オムレツとか」

「おなかがすいていないの」モーガンはグラスを奪われないよう、手を引いた。「別に解決しなくてもいい。何もかも解決しようとするのに疲れたの。ひと晩だけでも、何も考えたくないだけ」

立ち上がり、キッチンへ行ってウイスキーをさらに注いだ。ランスがついてきた。

永遠にまわり続けるメリーゴーラウンドのように、ずっと頭が混乱していた。切り刻まれ、血と泥にまみれたテッサの姿や傷口の写真、検死報告書、犯行現場の写真が四六時中、脳裏に浮かぶ。まるで網膜に焼きついたかのように。

モーガンはグラスを傾けた。ふたたび焼けるような感覚が広がり、数秒後には神経がなだめられた。深い傷に絆創膏を貼っただけだが、それしかないのならしかたがない。

そうでしょう？

「モーガン……」ランスが体が触れそうなほど近くに立った。モーガンの腕を取って彼のほうを向かせる。

ウイスキーであたたまった体が、彼に触れられてかっと熱くなった。ランスには、モーガンに何もかも忘れさせる力がある。考えるのをやめて、ただ感じさせることができる。

モーガンはグラスを置き、さらにウイスキーを注いだ。「ニックの無実を証明してみせる。たとえ彼が……」最悪のシナリオを口にしたくなかった。最初は、自分が役に立てず、ニックが殺人罪で刑務所に入れられることを恐れていた。彼の人生が終わってしまう。刑務所は危険な場所だが、郡拘置所に五日いただけでニックが殺されかけるとは思いもしなかった。事件を解決したいのは、ニックのためだろうか、それとも自分のためだろうか。

もしニックが死んだら、何もかもなげうったことが無駄になる。

地域の住民に嫌われた。働き始める前に仕事を失った。

世論に逆らったのは、これが初めてではない。デーン家は正義のために尽くしてきた。法を尊重するよう育てられた。法に従わない者はその報いを受けることになる。犯罪者を刑務所に入れるために長年、全力を尽くしてきた。この事件もなんら変わりはない。警察は無実の人間を逮捕した。真犯人はいまも表を歩きまわっているのに、ニックは集中治療室にいて、命を落とすかもしれない。警察がミスを犯したせいで。祖父とチェスをし、庭で子どもたちのためにシャボン玉を飛ばしていたニックが、生死の境をさまよっているなどとは信じられなかった。

フェアじゃない。不公平だ。間違っている。

熱い涙が込み上げる。ふたたびウイスキーをあおった。舌の上にまろやかな味が広がり、頭がぼうっとする。

「つらい夜なのはわかるけど、ウイスキーでは解決しない」ランスが言う。「おれにはわかってる。去年の冬、その方法を試してみた。悪化しただけだった」

モーガンはなおもグラスを傾けた。アルコールは解決策にならないかもしれないけれど、ほかに何も思いつかなかった。「じゃあ、どうすればいいの?」

ニックは朝になっても生きているだろうか?

こんな目に遭ういわれはないのに。ニックが誰かをわざと傷つけるなど信じられない。「あなたはニックの無実を信じている?」

「犯人だと確信しているわけではない」ランスが答えた。「おれたちはまだ真相を突きとめていないと思う」

「わたしは偏った判断をしている? どうしても無実であってほしいから、それを証明するためならなんでもしようとしている？」

体がほてってきた。モーガンはグラスをカウンターに置くと、ランスから離れてジャケットを脱いだ。

「わからない」ランスが両手でモーガンの腕をしっかりとつかんだ。「だが、何があろうと、それはきみのせいではない。きみは検察側の主張に重大な疑問を投げかけた。力を合わせて事件を解決しよう。テッサを殺した犯人を見つけるんだ」

「たとえニックが……」モーガンは最後まで言えなかった。

けれども、ランスは理解してくれた。「ああ。それでも」

モーガンは両手を彼の肩に置いた。ランスがニックの無実を百パーセント信じていないのに調査を引き受けてくれたことを喜ぶべきだ。状況を客観的に見られる人にそばにいてほしかった。歯止めをかけてくれる人に。

明日だ。事件のことは明日考えよう。

いまは自制心を投げだしたかった。考えるのをやめて、ただ感じたい。ウイスキーはその役に立つ。ランスに体を寄せて、シダーの香りを吸いこんだ。背伸びをして唇を重ねる。

とてもしっくりと感じられた。彼の唇はミントの味がした。舌を差し入れても、まだ足りなかった。肌。彼と肌を合わせたい。

彼のシャツの裾を引っ張った。

シャツの下に両手を滑りこませ、背中のかたい筋肉を撫で上げる。がっしりしていて、どこまでも男らしい。触れるほど、味わうほどさらに欲しくなる。目を開けると、深みを帯びた青い瞳に浮かぶ欲望の色が見えた。同じくらい熱のこもったキスをされ、息ができなくなる。

ランスがモーガンのヒップをつかんで引き寄せた。喉の奥からうめき声をもらし、かたくなった股間を押しつける。

モーガンの頭の片隅で小さな声が警告した。この人を求めすぎている。きっと手に負えなくなる。

その声を無視して、隆起した腹筋を撫でた。息を吸いこむ音が聞こえ、彼の体がこわばった。

ランスがそっと体を引き、モーガンの両手を取ってシャツの下から引きだした。

「お茶を淹れるよ。何か食べよう」

「そんなのいらない」モーガンはふたたびシャツに指をかけた。「あなたが欲しいの」

彼の目にまじりけのない欲望が浮かんだ。だが、その目がかたく閉じられ、ふたたび開いたときには消えていた。「いまは自分が何を求めているか、わからなくなっているんだ」

「わかったふうな口をきかないで」モーガンは激しいいらだちを感じた。二年分の悲しみや苦しみが、とうとう怒りに変わった。どうして世の中はこんなに不公平なの？　彼女が心から愛した人は、彼を必要とする家族から奪われた。忘れることなどできない。

そして、彼女の人生でもうひとり愛することができそうな人が、目の前に立っている。悔しいけれど、どうしても欲しかった。

目を閉じて、彼の胸に額を押しつけた。

ランスがモーガンの体に両腕をまわし、頭に頬をのせた。「きみの気持ちは説明できないけど、おれの気持ちならわかる。今夜このまま進めばどうなるか、お互いに承知している。きみにとっては悪魔払いのようなものだ。おれたちは友達で、おれはきみを大事に思っている。きみは美しく、すばらしい女性だ。きみを抱くのは、宗教的な体験に等しい。まともな男なら誰だってこのチャンスに飛びつくだろう。でもおれは、友情を壊したくない。きみが忘れたくなるような記憶を作るつもりもない。寝たことを後悔したくないんだ」

モーガンは彼が自分に気があると気づいていたけれど、これほど深く思われていたことを初めて知った。

今夜は何もかも違ったふうに、激しく感じられる。単に、ストレスの多い一日だったせい？　それとも、この気持ちは本物なの？　ランスの言うとおりだ。こんなときに重要な決断をすべきではない。

彼は正しい決断をしようと努力しているのに、モーガンは自分のことしか考えていなかった。

「ごめんなさい。いろいろしてもらったから、つい求めすぎてしまったわ」モーガンは体を引いた。ひどく恥ずかしくて、ウイスキーの効果が消え去った。「何も感じないことにうんざりしてしまったの」彼の腕のなかから抜けだした。

「わかってる」ランスがふたたびモーガンを引き寄せた。「ごめん」

モーガンはしぶしぶうしろにさがった。「傷つけるつもりはなかった」

「傷つけてなんかいない」それは、彼が止めてくれたからにすぎない。

モーガンは彼のぬくもりが恋しくて、腕をさすった。「シャワーを借りてもいい？」

「もちろん。着替えを貸そうか？」

「助かる」

ランスはモーガンを客用の寝室へ連れていった。「廊下のバスルームを使って。流しの下にタオルがある。シーツは取り替えてあるから。何か必要なものがあったら呼んでくれ」

〝あなたが必要なの〟

でも、言えなかった。

ランスが半ズボンとTシャツを持ってきてくれた。「ズボンは紐がついているから」

モーガンはそれらを受け取り、シャワーを浴びた。どれだけ湯の温度を上げても、ほとんど感じなかった。すっかり麻痺している。

ウイスキーは友達ではなかった。

シャツの丈は太腿のなかほどまであり、ズボンは紐を締めても緩かった。客用寝室のベッドに潜りこみ、ベッドサイドテーブルに拳銃を置いた。だが、眠れなかった。天井を見つめているあいだに、夜明けのグレーの光が空を照らした。モーガンはベッドから出ると、バッグに拳銃をしまい、靴を履いて家の外に出た。

太陽が地平線から顔を出し、空がピンクに変わった。モーガンの車が停めてあるシャープ探偵事務所まで六ブロック歩くあいだ、誰にも出くわさなかった。犯行現場で銃撃されて以来、車に置いておくようになった着替えを手に取る。シャープにもらった事務所の合い鍵をバッグから取りだし、玄関へ向かった。家に帰って子どもたちに会う前に着替えよう。ランスの服を着ている理由を説明するのは難しい。

こするような音が聞こえて、うなじの毛が逆立った。ぱっと振り返ったが、通りには誰もいなかった。六メートル先に、シャープの家の駐車場と隣家を隔てる背の高い生け垣がある。モーガンは警戒しながら、事務所に向かってあとずさりした。生け垣が揺れ動く。朝日を背に受けた人影が生け垣から現れ、その影が芝生に落ちた。

33

ランスはまだ暗いうちに目が覚めた。集中治療室にいるニックや、逃走中の正気でないディーン・フォスや、彼の腕のなかで取り乱したモーガンのことが心配だった。特に、モーガンのことが。

隣の使わなかった冷たい枕に手が触れた。彼女を抱くのを我慢できたのは、まったくの奇跡だ。肉体的な欲望を抱いているだけではない。彼女は理想の女性で、内面からにじみでる美しさと、強さと繊細さをあわせ持ち、そこがたまらなく魅力的だった。あれほどのストレスと責任を抱え、どうやって対処しているのだろう。ランスは母の世話をするだけで、ときどき参ってしまうことがあった。

睡眠不足のせいで、関節がこわばっていた。体が濃いコーヒーと熱いシャワーを求めている。シャープの緑茶では、頭をすっきりさせるのは無理だ。

ベッドから出たとき、人の気配が感じられないことに気づいた。半ズボンをはいて、客用の寝室へ向かった。ドアが少し開いている。なかをのぞいた。

モーガンがいない。

〝くそっ〟

彼女の行き先はひとつしかない。車が事務所に停めてある。ランスはTシャツを着て靴を履き、家の外に出た。フォスはまだ捕まっていない。危険だ。

地平線から太陽が顔をのぞかせていた。ランスは急いでジープに乗りこんだ。事務所の前に停車し、車から飛びおりる。玄関へ続く歩道の途中に、モーガンのトートバッグと小型のダッフルバッグが落ちているのを見て、心臓が跳ね上がった。

銃を抜き、事務所のなかに入った。「モーガン？」

「ここよ」キッチンから女性の声が聞こえたときは、安堵のあまりめまいがした。ふたつのバッグを拾ってなかに運んだ。

モーガンはキッチンのテーブルに着いていた。まだランスの服を着ている。膝がすりむけて血が出ていた。野良犬が彼女の脚にもたれている。シャープがTシャツと半ズボン姿でお茶を淹れていた。

ランスがキッチンへ入っていくと、犬が毛を逆立ててうなり、モーガンとランスのあいだに立った。

ランスは立ちどまった。「何があったんだ？」

「誰かが外にいたの」モーガンが犬の頭に手をのせた。「転んで膝をすりむいちゃった。この子が追い払ってくれたのよ」

「顔は見たか？」ランスはバッグをモーガンの隣の椅子に置いた。

モーガンがかぶりを振った。「隣の家の生け垣から出てきたんだけど、逆光でよく見えなかった。家の裏から犬が走りでてきたら、あわてて生け垣の向こうへ戻っていったわ」

「警察に通報したか？」

シャープが首を横に振る。「相手は何も法を犯していない」

ランスは悪態をついた。「防犯カメラの映像は確認したか？」

シャープは背後にあったｉＰａｄを手に取ると、何度かスワイプしてからランスに渡した。

「逆光だ。平均的な体格で、ジーンズとフード付きのジャケットを着ている。顔を何かで覆っているように見える」

「あまり役に立たないな」ランスは映像を見た。人影はほとんど輪郭しかわからない。生け垣から出てきて二歩も歩かないうちに、ぼんやりした白いものが突進してくると、背を向けて逃げだした。「ロケット犬だな」

「この映像を友人に送って、もっと細かく見られないかきいてみる」シャープが言った。

モーガンが犬の頭を撫でた。「その男がテッサを殺した犯人だとしたら、ロビー・バローネと彼の父親は除外できるわね。ロビーは小さすぎるし、父親は大きすぎる」

「事件とは関係ないかもしれない。隣の家を下見していた泥棒かも」と、シャープ。

「ジェーコブ・エマーソンかもしれないぞ」ランスは言った。「地方検事はすでに父親に連絡したはずだ。DNAを採取されることが不満なのかも」

「ディーン・フォスもいる。通りで女性を拉致しようとするなんてどうかしている。スカーレット・フォールズ警察も保安官事務所も州警察もやつを捜しているのに、捕まらない」

「ケヴィン・マードックも忘れちゃいけない。ジェイミーの未来の義理の父親に怪しい点がなかったのはわかってるが、まだ除外できない」

「完全に除外できる人がひとりいる」モーガンが膝に絆創膏を貼った。「ニックよ。そうそう、バドからメールが来たの。ニックの容体が安定して、お医者さんの見込みより速く回復しているって。峠は越したみたい」

「よかった」ランスは言った。

シャープがモーガンの前にお茶の入ったカップを置いた。

「ありがとうございます」

ランスはモーガンと目を合わせようとしたが、彼女はお茶に入れた蜂蜜をかきまぜるのに集中していた。

突然、モーガンがお茶も飲まずに立ち上がった。「着替えて家に帰らないと。子どもたちが学校へ行ってしまう前に会いたいから」

シャープが絆創膏をモーガンに渡した。モーガンはダッフルバッグを持って部屋を出た。犬があとを追う。バスルームのドアが開いて閉まる音がした。数分後、薄手のセーターとジーンズに着替えた彼女が戻ってきた。犬が向こうずねに張りついている。

「急いで助けに来てくれてありがとうございました、シャープ」

「グロックを持っていて犬がいれば、おれの助けなんて必要なかったけどな」シャープが言った。

「それでも感謝しています」モーガンがキッチンの椅子に置いてあったトートバッグをつかんだ。「数時間後に戻ってきます。フォスの奥さんを捜しましょう」

「そうしよう」ランスは玄関までついていった。

モーガンが立ちどまって犬の頭を撫でた。「ありがとう。ここにいてね。しばらくは」

ランスは犬がついてこないよう気をつけながら、モーガンと一緒にドアの外へ出た。モーガンが車のところで振り返った。「ゆうべはごめんなさい」

「謝ることなんてない」ランスは言った。「きみはニックのことで気が動転していたんだ」

ふたりはしばらく見つめあった。

彼女は悲しげで、あきらめたような目をしていた。「あれはよくなかった。本当にごめんなさい」背を向けて運転席に乗りこむと、ふたつのバッグを助手席に放った。

「二度とあんなことはしない。約束する」

後悔しか生まなかったわけじゃないだろう？

もし状況が違っていれば。もし彼女が亡くなった夫のことをいまも思っていなければ。もし影響を受けやすい三人の純真な子どもたちがいなければ。もしランスの母親の心の病がこれほど手のかかるものでなければ。

もしもばかりだ。

だが昨夜はあれが、正直な気持ちだった。彼女の後悔の種にはなりたくない。

「家に帰ったらメールをくれるか?」ランスはきいた。

モーガンがうなずいてドアを閉めた。

ランスは走り去る車を見送った。心にぽっかり穴が開き、昨夜正しい道を進んだおかげで、彼女を抱く唯一のチャンスを逃したのではないかと思った。

不安を振り払い、事務所のなかに戻った。シャープはキッチンにいた。

「今朝、その男がおれの家の外にいた理由を知りたい」シャープが言った。

「モーガンを尾行したのか待ち伏せしたのか、どっちだろう?」

「いいところを突くな。おれが二階に住んでいるのを知っていたかどうかも気になる」

「犬のことは知らなかったようだ」ランスはキッチンへ入っていった。隅に犬がいて、ふたりを疑わしげに見ている。「ロケット犬にかなり驚いていた」

「あまり見るな。不安にさせる」シャープは犬を無視している。ボウルに餌と水を入れ、まるで毎日そうしているかのように部屋の隅に置くあいだ、犬はテーブルの下で縮こまっていた。「ところで、今朝モーガンはどうしておまえさんの服を着ていたんだ?」シャープが例のごとく単刀直入に尋ねた。

「勘違いするな」ランスは冷蔵庫に近づき、浄水をグラスに注いだ。

シャープが両手を上げた。「おれは何も憶測していないぞ」

「ゆうべ、病院を出るのが遅くなったんだ。だからモーガンをうちの客用寝室に泊めた。何もなかった」なぜか、シャープには知っておいてほしかった。

「もちろん、そうだろう。おまえさんは彼女が弱っているときにつけこむようなまねはしない」

「そうしたかったけど」ランスは認めた。「ばかだと思うか？」

「いや、立派だ」シャープがランスの背中を叩いた。

ドアをノックする音がした。ランスは玄関へ行って窓からのぞいた。「トニー・アレッシだ。ジェイミー・ルイスの親友の」

ドアを開けた。

トニーのモヒカン頭は、鮮やかなグリーンに染め直されていた。「朝早くにすまない。学校へ行く前に寄りたかったんだ。話がある。ジェイミーのことだ」

ランスは脇によけた。廊下に出てきたシャープが、自分のオフィスを指し示した。

「なかで話そう」

トニーがシャープのデスクの前をそわそわと歩きまわった。ランスは壁に寄りかかって腕組みをした。シャープがデスクの椅子に座った。「話ってなんだ、トニー？」

トニーがぴたりと足を止めた。「ジェイミーのことだ」

「彼女に会ったのか?」

「いや。というか」トニーはふたたび行ったり来たりし始めた。「ジェイミーが家出してから、おれたちは湖で週に二回会っていたんだ。おれが食料や、ほかに必要なものを持っていった。あいつはどこにいるか言わなかったけど、心配ないとわかっていた」

「それで、いまは?」ランスは壁から離れた。

「この数週間、ジェイミーは待ち合わせ場所に現れなかった。どこへ行ったかわからない。思いつく限りのところを捜したんだが、誰も見かけてないって言うんだ」

シャープが眉をひそめた。「いつからだ?」

「テッサが殺された夜から」トニーがデスクの向かいにある椅子のうしろで立ちどまり、両手で椅子の背を握りしめた。「すごく心配なんだ」

シャープがうなずいた。「ここに来たのは賢明な判断だった」

「ジェイミーが行くかもしれない場所のリストを作ってくれ」ランスは作戦室へ行き、白紙のコンピューター用紙を取ってきた。そして、シャープのデスクに置いてあったペンをトニーに渡した。

「わかった」トニーが椅子に腰かけ、デスクを使って書き始めた。「でも、もうおれが調べた場所だぞ」

「ジェイミーがほかに助けを求める可能性のある友達のリストも作れ」シャープが言った。

トニーはリストを作成し終えると、シャープのほうへ押しやった。「一番下におれの携帯電話の番号を書いておいた。ききたいことがあったら電話してくれ」

「ありがとう、トニー」ランスは玄関までトニーを見送ったあと、シャープのオフィスに戻った。

「くそっ。ジェイミーを捜しだして、無事を確かめないと」シャープがリストをひらひらと振った。「おれはこのリストをもとに調査を始める。まだこの辺にいるなら、誰かが見かけているはずだ」

シャープが外へ出ていき、ランスは自分のオフィスへ行った。椅子に腰かけたところで、キッチンで犬が餌を嚙み砕く音がした。そのあと、水を飲む音が聞こえてきた。

この町には隠れている人間が多すぎる。ランスたちはジェイミーを彼女自身のために見つけなければならない。警察は、みんなのためにディーン・フォスを捕まえなければならない。

34

モーガンが帰宅したとき、ソフィーはすでに起きていた。キッチンのスツールに立って、パンケーキを作るジャンナを〝手伝って〟いる。

「おはよう」ジャンナがモーガンの目を見て言った。「その後どう?」

「ニックは回復しているわ」モーガンはうなずいた。車のなかでバドと電話で話をした。保安官に伝言を残した。ニックの刺傷事件に関する詳細を聞きたかったのだ。

「ママ!」ソフィーが椅子から飛びおりて、モーガンに駆け寄った。

モーガンはソフィーを抱き留め、額にキスをした。ソフィーをしっかり抱えたまま、廊下へ向かった。「エヴァとミアを起こしに行きましょう」娘たちとにぎやかな朝食をとれば、元気が出るだろう。

娘たちの着替えを手伝い、髪を編んでやったあと、バス停まで見送った。ソフィーはあとでジャンナに子猫の耳にしてもらうからと言って、髪に触れさせなかった。

バスが近づいてくると、モーガンはソフィーの手を握り、ミアとエヴァにキスをした。そして、長女と次女がスクールバスの大きな階段をのぼるのを見守ったあと、ソフィーと家に引き返した。

ソフィーがスキップをした。「今日はジャンナとクッキーを焼くのよ」

「本当に？」

「そうよ」ソフィーがうなずいた。「子猫のクッキー」

「おいしそうね」

「目はチョコレートチップで、おひげはリコリスで作るの」

ドアを開け、家のなかに入った。

ジャンナが朝食のあと片づけをしていた。食器洗浄機の扉を閉めて言う。「道具の入ったかごを持ってきてくれたら、子猫の耳にしてあげるわよ」

「ニャオ」ソフィーがスキップして部屋を出ていった。

「本当にありがとう。ソフィーはすごくうれしそう」

「前にも言ったけど、あの子たちといると楽しいのよ」ジャンナが微笑んだ。「小さな妹ができた気分」

「明日は透析の日でしょう。子どもたちの面倒を見てくれるのはありがたいけど、手に負えなくなったらそう言うと約束して」モーガンは言った。「きちんとコミュニケーションを取っていかないと、続かないわ」

「わかった」ジャンナがふきんで手を拭いた。「でも、透析治療はソフィーの保育園の時間とちょうど重なっているの。そのあとちょっと昼寝できれば、大丈夫よ」

「お給料も決めないと」

ジャンナがかたくなに首を横に振った。「いらない」

「とりあえずこの話は置いておくけど、今度きちんと話しあいましょうね」モーガンはそう言うと、戸口へ向かった。

「あたしの返事は変わらないわ」ジャンナがモーガンの背中に呼びかけた。

モーガンはシャワーを浴びたあと、黒のズボンと綿のブラウスに着替え、右腰のうしろ、ウエストバンドの内側のホルスターにグロックをおさめた。ジャケットを羽織り、フラットシューズを履くと、ソフィーに行ってきますのキスをしてから事務所へ向かった。

殺人事件を解決しなければならない。ニックは命を取り留めたとはいえ、刑務所行きの危機に瀕《ひん》していることは変わらない。

事務所に入ると、廊下を歩いて作戦室へ向かった。キッチンから出てきたランスとぶつかりそうになった。彼の髪はまだ濡れていた。モーガンは昨夜の出来事を頭の片隅に追いやっていたが、シャワージェルのシダーの香りがたちまち記憶を呼び覚ました。筋肉の感触。肌のにおい。唇の味。

顔がかっと熱くなった。

昨夜、モーガンは動揺していて、ウイスキーが抑制を解き放った。だが、今朝は完全なしらふだ。それでもなお彼を求めていることは否定できない。

その先へ進む準備はできているの？

それに、昨夜あんな態度を取ったせいで、ランスに愛想を尽かされたかもしれない。なんてばかだったのだろう。

モーガンは急いで作戦室に入った。ランスがついてきた。

ホワイトボードの前にシャープが立っていた。「その後、ニックの容体は？」

「運転中にバドから電話がありました」モーガンは答えた。「回復の速さに医師たちも喜んでいるそうです。峠を越えて、容体は安定しています。今日の午前中には、集中治療室を出る予定です」

ランスが息を吐きだした。「よかった」

「いまは保安官からの連絡を待っているところです。ニックを刺した犯人と、その動機が知りたくて。ニックを襲った囚人は大きなリスクを負った。それには何か理由があったはず。単純な拘置所内の暴力沙汰かもしれないけど、そうでない可能性のほうがはるかに高い」

ランスが腕組みをした。「所内で殺しを手配するのはそう難しくない。だが、動機はなんだ？」

「依頼人が死亡したらわたしたちが調査を中止すると、真犯人が考えたのかも」モーガンは部屋のなかを行ったり来たりした。「つまり、誰かがわたしたちをうとましく思っている。わたしたちは正しい方向に向かっているのよ」

ランスがロビー・バローネとその父親の写真を指さした。「お袋と話したんだが、バローネ家の痕跡は見つからないそうだ。跡形もなく消えた。だが、組織のメンバーではないかと疑いのある人物とつながる小さな会社をいくつか見つけた。ペーパーカンパニーに隠れて不動産を所有していないか調べている」

シャープが言う。「おれは何人か仲間に連絡を取った。ディーン・フォスの足取りはまだつかめていない。地元、郡、州の警官がいっせいに捜索しているが、フォスは元特殊部隊員だ。簡単には見つからないだろう」

「相手はランボーか」ランスがため息をつく。

「まさに」シャープが同意した。

モーガンは言った。「フォスの奥さんに話を聞きに行きましょう。居場所に心当たりがあるかもしれない」

「その件だが」シャープが頭をさすった。「彼女はすでに警察に協力している。警察が監視している。フォスが接触しようとする可能性があると考えているんだ」

〝先を越された〟

モーガンはホワイトボードを見つめた。「容疑者リストに残っているのは誰？」

「ジェーコブ・エマーソン」ランスが答えた。「今朝、きみを尾行した人物である可能性は？」

モーガンは防犯カメラの映像から取りだした画像をマグネットでボードに貼りつけた。「ディーン・フォスか、ジェーコブ・エマーソンかもしれない。ふたりとも似たような体格ね」

ランスが首を横に振る。「仮に、今朝モーガンを尾行したのと、ニックを襲うよう手配したのが同一人物だとすれば、ジェーコブ・エマーソンが拘置所内での殺しを計画できるようなコネを持っているとは思えない」

「父親が手配したのかも。ミスター・エマーソンの専門は？」シャープがきいた。

モーガンはファイルを開き、ミスター・エマーソンのページをめくった。「医療過誤ですが、飲酒運転の弁護も何件か引き受けています。つまり、法廷や刑務所へ行く機会がある」

モーガンの携帯電話が振動した。「保安官からだわ」

電話に出た。「モーガン・デーンです」

「ミズ・デーン」保安官が言う。「ご用件は？」

「折り返しのお電話ありがとうございます。わたしの依頼人を刺した犯人についておうかがいしたいのですが」

「名前はザッカリー・メネンデス。三件の第一級殺人罪の未決囚です」

「動機はわかっていますか？」

「これまでのところ、メネンデスは黙秘権を行使しています」保安官の声に軽蔑がにじんだ。「しかし、すでに重い嫌疑をかけられています。今後百年は刑務所から出られないでしょう。非常に暴力的な男です。理由もなく人を傷つけます」

モーガンはそうは思わなかった。メネンデスはあのブロックで誰を刺すこともできた。それなのに、どうしてニックを選んだの？「犯人について、ほかに何かわかっていることはありますか？」

「精神衛生上の問題を抱えています。ヘロイン常用者で、五年前に除隊して以来、ホームレスでした」

「軍歴はわかりますか？」ディーン・フォスの知り合いかもしれない。

「いいえ。どこかの特殊部隊にいたようですが、軍はその種の情報を共有したがらないので。あなたの依頼人が拘置所に戻ってきたときのことは、ご心配なく。メネンデスは隔離しました。三件の殺人罪に加えて、殺人未遂罪で起訴されます」

「ありがとうございました」ニックの代わりに訴訟を起こす話はしなかった。モーガンはニックを拘置所には戻さないと決意していた。「事件があったときの監視カメラの映像を見せてもらえますか？」

「もちろんです」保安官は事件が起きたことについて謝罪しなかった。謝罪が落ち度を認めたと解釈され、モーガンにニックの代わりに民事訴訟を起こされる可能性があることを理解しているのだ。

「ありがとうございます」モーガンは言った。

「いいえ。また何かありましたらご連絡ください」保安官が電話を切った。

モーガンは電話の内容を要約してふたりに伝えた。「ニックを刺した男は、特殊部隊にいた。ディーン・フォスと一緒だったかどうか調べられる？」

「フォスの妻に話を聞こう」ランスが言った。「メネンデスか、誰か同僚を知っているかもしれない」

「頑張れよ」シャープがホワイトボードに向き直った。「おれは午前中にジェイミー・ルイスの両親と会う約束をしている。そのあと、メネンデスについて調べてみる」

「ジェイミーの件で収穫はありましたか?」モーガンはきいた。

「いや。最後の目撃情報は、テッサが殺された夜だ」

「なんだかいやな感じがしますね」モーガンはトートバッグを肩にかけた。「無事だといいんですけど」

モーガンとランスはジープに乗りこんだ。沈黙のなか、数ブロックを走った。

スカーレット・フォールズを走り抜けるあいだ、モーガンは助手席の窓の外を見つめていた。町の中心に近づくと、広いポーチのついた、手入れの行き届いた大きな家が並び、きちんと刈りこまれた植え込みや青い芝生が広がっている。しかし、ペンキ塗りたての閉じられたドアの向こうで何が起こっているかは、誰にもわからない。車の窓を少し開けると、すがすがしい朝の空気は、枯れ葉や薪《まき》の煙のにおいがした。モーガンとランスのあいだで高まる緊張は、たき火のごとくパチパチ音をたてている。

モーガンのせいで、ふたりの関係が壊れてしまったのだろうか。

モーガンはランスのほうを見た。「気まずい関係になってしまったかしら」

「なってないよ」だが、彼の素振りは言葉と矛盾していた。歯を食いしばり、ハンドルを一瞬、きつく握りしめた。気をつけて見ていなければ、気づかなかっただろうけれど。

目をそらし、フロントガラスの外を見た。疲れが忍び寄り、厚い掛け布団のごとく手足にのしかかる。モーガンはそれを振り払った。関係を修復するのはあとまわしにしなければならない。事件の解決に全力を尽くすべきだ。

35

ミセス・フォスは狭い区画にある、小さな家が立ち並ぶ住宅団地に住んでいた。家の状態はさまざまだ。芝生をきちんと刈ってある家もあれば、伸ばしっぱなしのところもある。ランスはバンガロー風の家の脇に車を停めた。ペンキははげていないし、外れかけている鎧戸もないが、芝生は手入れをされていない。家の周囲を見渡したが、ディーン・フォスがいる気配はなかった。

通りの向こうにパトカーが停まっている。運転席に座っている若い警官に見覚えがあった。信じられない。ホーナーは元特殊部隊の兵士の監視に新人をつけたのか？

ランスは敷地をじっと見た。「ミセス・フォスは芝刈りをする時間がなかったようだ」

モーガンがトートバッグをつかんだ。「うちの近所にそんな人がいたら、お祖父ちゃんが様子を見に行くわ。そのあと、代わりに手入れしてあげると思う」

「そういう地域じゃないか、ミセス・フォスがそういう隣人じゃないかのどっちかだな」

二軒先の家のガレージの扉が開き、男が道路脇のごみ箱を取りに来た。

「行きましょう」モーガンが車から降りた。

ランスとモーガンはその隣人に近づいていった。空はどんよりしていて、日差しがないせいで肌寒かった。

「こんにちは」モーガンが声をかけた。

その中年の男は、カーキ色のズボンと、胸に電気店のロゴマークが入ったブルーのポロシャツを着ていた。

モーガンが自己紹介してから尋ねた。「フォス夫妻をご存じですか?」

「おれはネッド・バークだ」男が言う。「親しくなりたくないと思うくらいには知ってる。ふたりともあまり愛想がよくないし、旦那のほうは短気だ。おれは三月に引っ越してきたばかりなんだ。窓を開けられなかった。ふたりが喧嘩してる声が近所じゅうに聞こえるから。旦那が引っ越してからは静かになった。完全におかしくなったって聞いたぜ。驚きはしないよ」

「引っ越したあと、ディーンを見かけましたか?」モーガンがきいた。

「ああ」バークがうなずく。「何週間か前に自宅のドアを叩いていた。おれは外に出てって、静かにするよう言ったんだが、人のことに口出しするなと怒鳴られた」

ランスの頭のなかで、フォスのイメージがどんどん悪くなっていく。人を傷つけるよう訓練された、怒ると狂暴になる男。「それで、どうなったんですか？」

「通報した」バークが息巻く。「警察が来るまで十五分もかかったんだ。それまでずっと、やつは奥さんを困らせていたが、サイレンが聞こえたら逃げてった」

「最近、ミセス・フォスと話をしましたか？」モーガンが尋ねた。

「いや。関わらないようにしてるんだ」バークがポケットから鍵束を取りだした。

「そろそろ仕事に行かないと」

「ご協力ありがとうございました」ランスは名刺を渡した。「もしディーンを見かけたら、連絡してくれますか？」

バークが名刺をポケットにしまった「ああ。警察に通報したあとにな。だがおれだったら、ディーン・フォスを捜したりしないね。あいつはいかれてる」

ランスとモーガンがフォスの家に引き返すと、パトカーの外に制服警官が立っていた。

「身分証明書を見せてください」新人警官が言った。

ランスは財布から免許証を取りだした。「おれたちのことを覚えていないのか？」

「覚えていても、免許証番号がいるんです」新人警官はモーガンの免許証も要求した。

「ここで待っていてください」ふたりの免許証を持ってパトカーに戻った。数分後、ふたたびふたりのところへ来て免許証を返した。「ありがとうございました」

ランスとモーガンは玄関へ向かった。ランスが呼び鈴を押した。左側の窓のカーテンが動く。数秒後、チェーンがかかったままドアが開き、隙間から女のほっそりした顔がのぞいた。

「ミセス・フォスですか？」モーガンがきいた。

女は猜疑心《さいぎしん》もあらわに、ためらいがちにうなずいた。「どちらさまですか？」

モーガンが自己紹介をした。「ご主人のことで、いくつかおうかがいしたいことがあるんです。数日前、ご主人とお会いしました」

「あの人に撃たれたとかいう人たち？」ミセス・フォスが尋ねた。

「そうです」モーガンが答えた。

ドアが閉まり、チェーンが外される音がした。ミセス・フォスがドアを大きく開けた。「答える義務があるわね」

「ありがとうございます」モーガンが敷居をまたいだ。

リビングルームはカーテンもブラインドも閉められていて、暗かった。

ミセス・フォスは狭いながらもきれいに片づいたキッチンにふたりを案内した。ビニールの床は染みひとつなく、調理台は天井の照明を浴びて光り輝いている。掃除用洗剤スプレー容器と大量の雑巾が床に置いてあった。ミセス・フォスはオークの円テーブルに着くと、炎症を起こして赤くむけた両手を組んだ。

「何をしたらいいかわからないから、掃除をするの」ミセス・フォスが手の甲をさすった。「どこにでも警官がついてきてくれるんだけど、それでも家の外に出るのが怖くて。昨日は店に行ったの。怖くてたまらなくて、牛乳とパンを買っただけで帰ってきちゃった」

「家の前に警察官がいます」モーガンがミセス・フォスの隣の椅子に腰かけた。

ミセス・フォスが鋭く息を吐きだした。「警察はディーンのことをわかっていないのよ。制服警官ひとりじゃ、あの人を止められない」

「彼が危険だということは、わたしたちも充分わかっています」モーガンが言う。

「殺されかけたんですから」

ミセス・フォスがかぶりを振った。「ディーンが本当に殺したかったのなら、いま頃あなたたちは死んでるわ」

「そんなに名手なんですか?」ランスはカウンターに寄りかかった。フォスは意図的に狙いを外したのではないかと疑っていた。

「的に必ず当てるの。毎回」ミセス・フォスが両手をこすりあわせた。

「ご主人は昔から暴力を振るっていたんですか?」モーガンがきいた。

ミセス・フォスが箱からティッシュを一枚取りだして目を拭いた。「いいえ。すべては去年の冬から始まったの。ディーンが生徒とキスしたって、あのおかしな子が言いだしたときから」

モーガンがテーブルに腕を置いた。「濡れ衣だと思っているんですか?」

「ディーンは問題を抱えているけど、生徒と不適切な関係を持つような人じゃない」

ミセス・フォスはモーガンの視線を受けとめたあと、ランスの目を見た。夫を恐れていても、生徒に手を出していないと信じている。「いまは妄想に取りつかれているけど、善人なの。高潔な人よ」

「でもいまは、怖いんですか?」

「あなたたちにはわからないのよ。妄想に駆られて町を走りまわっているあの男は、本当の彼じゃないの」ミセス・フォスが椅子の背にもたれ、ティッシュをくしゃくしゃに丸めたあと、自分を抱きしめるように腕をまわした。「ディーンはイラクから帰ってくると、別人のようになっていた。向こうで何があったか知らないけど、あの人は壊れてしまったの。でも、セラピーに通ったり、兵役経験者たちと話したり、一年間必死に頑張って立ち直った。そして、もう大丈夫だと思って、教員免許を取ったの。兵役に就いているあいだに、歴史の修士号を取得していたから」

ミセス・フォスがふたたび込み上げた涙をぬぐった。「ディーンは教えることが大好きだった。生きる目的ができたの。生徒たちのことが大好きで、生徒たちにも好かれているようだった。乗り越えたと思ったの。悪夢も見なくなって、ぐっすり眠れるようになった。だんだん昔のあの人に戻っていった」

そこでいったん言葉を切り、小さく身震いしたあと、ため息をついた。「そんなときに、あの子が校長のところへ行って、ディーンが生徒とキスしているのを見たと言ったの。あの人も、問題の相手とされたアリー・サマーズも否定した。証拠はなかった。何も。キミー・ブレイクひとりの証言以外には。でも、彼の評判に傷がついて、キャリアは絶たれた。教師を辞めたあとは、ひどい鬱状態に陥って、怒りっぽくなった。またセラピーを受けるのはいやがったの。もう無理だったのね。すでに一度生まれ変わった。もう一度生まれ変わることはできなかった。憂鬱から抜けだしたあとは、妄想にとらわれ始めた」

ミセス・フォスが黙りこんだ。

「ご主人が、テッサ・パーマーか、ジェイミー・ルイスの話をしたことはありませんか？」モーガンが尋ねた。

「なかったと思うわ。もちろん、ニュースでテッサの名前は知っているけど」

「ザッカリー・メネンデスという男の話は？」ランスはきいた。

ミセス・フォスは首を横に振った「いいえ。どうして？」

「軍で一緒だったのではないかと思いまして」ランスはがっかりした。フォスとメネンデスにつながりがあれば話は簡単なのだが。とはいえ、ミセス・フォスが否定したからといって関係がなかったことにはならない。

「聞いたことのない名前よ」ミセス・フォスが言った。

「五月に何があったんですか？」モーガンが優しく尋ねた。「ご主人はどうして引っ越したんですか？」

「殴られたの」ミセス・フォスがティッシュを顔に押し当てた。うめき声をもらしたあと、はなをすすって手をおろした。「主人のほうがショックを受けていたかもしれない。とにかく、あのとき何かが変わってしまった。あの人が進んで助けを求めようとしない限り、もう一緒には暮らせなかった。正直に言うと、怖かったの。だから、最後通告を突きつけた。治療を受けないなら、結婚生活は続けられないと」

涙が頬を伝ったが、ミセス・フォスはもうぬぐおうともしなかった。「よかれと思ってしたことなの。わたしと別れたくなくて、努力してくれると思っていた。でも、手遅れだった。彼は出ていった。アパートを借りて、電話にも出なかった。わたしはどうしたらいいかわからなくて。本当は、いまも愛してるの。だけど、死ぬほど怖い相手と一緒になんて暮らせない。ディーンが出ていったあとも、夜、目を閉じるのが怖いのよ。彼の行動は理性を欠いていて、予測できない。何度か謝りに来て、家に入れてくれと頼んだの。わたしがだめだと言うと、逆上した。それで、とうとう離婚を申したてたの。助けさせてくれない人を助けることはできないから」

外から犬の吠え声が聞こえてきて、ミセス・フォスがさっと立ち上がった。流しの上の窓に近づき、人差し指で小さなブラインドを押し広げて外をのぞいた。

ランスはキッチンを横切り、彼女の肩越しにのぞきこんだ。「真っ昼間にここへ来ると思いますか？」

「ディーンはそれくらいで躊躇したりしないわ」ミセス・フォスがそっと指を離した。静寂が訪れると、うろうろ歩き始めた。「離婚届が一縷《いちる》の望みに思えたの。あの人は離婚届を受け取った日にここに来て、やり直してほしいと頼んだ。わたしを愛していると言った。だけどやっぱり、セラピーを受けることは拒んだの。もう手に負えなかった。わたしは彼に出ていくよう言った。家から閉めだした。でも、警察を呼ぶまで帰らなかった」キッチンの隅で立ちどまり、振り返ると、両側のカウンターを握りしめた。「あの人はぎりぎりのところにいる。そう感じたわ」

頭上の床板がきしんだ。ミセス・フォスが戸口にさっと目を向けた。数秒後、男が現れた。キッチンにライフルを向ける。

〝どうして入ってこられたんだ？〟

ランスは脈が跳ね上がるのを感じながら、反射的に横へ移動して、武器を持った男と女性たちのあいだに立った。

「動くな」ディーン・フォスの口調は穏やかながらも威厳があった。砂漠用の迷彩服を着ているから、枯れ葉に溶けこんでいたのだろう。顔が泥で汚れ、慣れた手つきでライフルを構えている。

ランスは数少ない選択肢を検討した。銃を抜く時間はない。どうすればフォスから彼の妻とモーガンを守れる？

「動くな」フォスが繰り返した。

「わかった」ランスは両手を上げた。胸の真ん中にライフルが向けられた。

36

ディーン・フォスを目にした瞬間、モーガンの心臓が早鐘を打ち始めた。顔は痩せこけ、目がぎらついている。モーガンは両手をテーブルの上に置いたままにした。フォスがライフルをさっとランスに向けた。「頭の上で手を組め」モーガンをちらりと見る。「あんたもだ」

「ディーン、この人たちは話をしに来ただけよ」ミセス・フォスが言った。

「いや」フォスがかぶりを振る。「こいつらはおまえを連れ去ろうとしているんだ。おまえを傷つけようとしている。おまえの身を守るためには、おれと一緒に来るしかない」

「行かないわ」ミセス・フォスが言った。「あなたにはわたしが必要なの。助けが必要なのよ」

「おれに必要なのは、姿を消すことだけだ。やつらが復讐しに来る」フォスの声が小さくなった。「おれは報いを受けるんだ」顎を上げる。白目をむいた目が狂気に輝いていた。

「ディーン、誰もあなたを傷つけたりしないわ。みんなあなたを助けたいのよ」

「嘘だ」ディーンが叫んだ。拳が真っ白になるまでライフルを握りしめる。「おまえに協力させるために、そう言ってるだけだ」

ディーン・フォスは明らかに偏執病で、おそらく妄想性障害を発症している。モーガンが拳銃を抜いたら、先にフォスがランスを撃つだろう。フォスを説得するしかない。それに、モーガンは人を撃ったことがないし、できることなら避けたかった。ランスを守るためならいとわないが。

玄関をノックする音がした。「ミセス・フォス、どうかしましたか?」

新人警官。

状況が悪化するだけだ。

フォスが目を見開いた。モーガンの髪をつかんで引っ張る。モーガンは叫び、反射的に両手を頭に伸ばした。

ランスが飛びかかろうとしたが、ライフルを顔に突きつけられて動きを止めた。

「大丈夫よ、ランス、ランス」モーガンは立ち上がった。そのほうが痛くなかった。

ランスが胸の前で片手を上げ、半歩さがった。「女性を傷つけたくはないだろう、ディーン」

ディーンが笑い声をあげる。「それがどうした。世の中は間違っている。おれはやってもいないことで責められ、本当に悪いことをしたときは捕まらなかった」

「何をしたんだ、ディーン？」ランスがきいた。

「それは言えない。約束したんだ。だが、報いを受けなきゃならない」フォスはしゃべるリズムに合わせて頭を上下に動かした。「彼女は死んだ。おれのせいで」

「誰が死んだの？」モーガンは尋ねた。テッサを殺したと自白しているの？

新人警官がふたたびノックをした。「ミセス・フォス？」

「なんでもないと言え」ディーンがモーガンを引き寄せた。ライフルはランスに向けたままだ。風呂に入っていないフォスの体から悪臭がする。モーガンは心臓が激しく鼓動し、両手が震えていた。ライフルをおろさせる必要がある。一・五メートルの距離から撃たれたら、ランスの内臓はずたずたになるだろう。

「ディーン」ミセス・フォスが懇願する。「この人たちを傷つけないで。一緒に行くから。ずっと一緒にいましょう」

「おれたちは逃げきれない」フォスがモーガンの髪をつかんだまま揺さぶった。頭皮に激しい痛みが走った。

「わたしがふたりを縛るから、一緒に逃げましょう」ミセス・フォスが説得する。「ふたりだけで。あなたなら姿を消す方法を見つけられるはず。あなたはずっと正しかったもの。ここは安全じゃないわ」

フォスがうなずく。「本気なら、玄関にいる警官をどうにかしろ」

「ミセス・フォス？」新人警官がドア越しに叫んだ。「ドアを開けてくれないのなら、壊します」

「いま行くわ！」ミセス・フォスが大声で返事をし、手のひらをジーンズでぬぐった。それから、声を潜めて言った。「ロープを取ってくる」

ミセス・フォスが走って部屋を出ていった。彼女が戻ってくるかどうか、モーガンは予想がつかなかった。逃げたければ、そのまま家の外に飛びだせる。だが、ミセス・フォスは逃げなかった。ナイロンロープを持ってキッチンに駆け戻ってきた。

「両手をうしろにまわして」ランスに言った。

ランスは言われたとおりにし、ミセス・フォスが手首を縛りつけた。モーガンは耳の奥で脈打つのを感じた。自分まで手首を縛られるわけにはいかない。そうなったら、みんなフォスの思うままにされてしまう。

「結束バンドのほうがよかったのに」フォスが言う。「女の拳銃を取り上げろ」

ジャケットの下の拳銃に気づかれていた。

「なかったのよ」ミセス・フォスが結び目を作った。椅子をランスの背後に持ってきて座らせ、足首を椅子の脚に縛りつける。「これで大丈夫よ」ホルスターからランスの拳銃を抜いたあと、モーガンの銃も奪った。「これはどうすればいい？」

「おれによこせ」フォスが言った。

ランスが拘束されると、フォスはライフルをカウンターに置き、モーガンの拳銃をズボンに挟んだ。それから、モーガンを別の椅子へ引っ張っていった。いましかない、とモーガンは思った。これが最後のチャンスだ。でも、護身術を練習したのは何年も前のことだ。うまくできるだろうか？　失敗したら……。

椅子に座らされる前に両手をさっと上げ、髪をつかんでいる指を押さえつけた。ひざまずいて頭をさげ、フォスの手を反対に曲げる。手首の骨が折れる音がした。力の入らなくなった指が髪を放した。フォスのもう一方の手が伸びてくる。

だめ！　フォスに捕まるわけにはいかない。

恐怖に喉を締めつけられながら、急いで離れた。あえぎながらあおむけになり、足を蹴りだす。フォスが跳び上がってよけようとしたが、モーガンは脚を上げたまま次の攻撃に備えた。

ランスが突然立ち上がった。ミセス・フォスは縛るふりをしただけだったのだ。フォスにタックルし、床に倒れこんだ。もつれながら転がり、ランスが組み敷く。フォスがうなり声をあげながらランスを突き飛ばした。

「ミセス・フォス、入ります」新人警官がドアを蹴った。ドアは開かなかった。もう一度蹴る。

警官が応援を呼んでくれていることを、モーガンは願った。やっとのことで立ち上がり、玄関に駆け寄る。ドアを開けると、警官がよろめきながらなかに入ってきた。バランスを取り戻すと、拳銃を男たちに向けて叫んだ。「動くな」

フォスが急に立ち上がって走りだした。ランスが追いかけてシャツをつかむ。フォスはぱっと振り返り、右手を体に寄せた。

バーン!

銃声が狭い部屋に鳴り響いた。フォスが歩く途中で動きを止めた。ランスは硬直している。モーガンは心臓が跳ね上がった。フォスの胸に赤い染みが広がる。くずおれて膝をつき、ゆらゆら揺れたあと、うつぶせに倒れた。

新人警官はフォスに銃を向けたまま、動けなくなっていた。ランスがフォスのそばにひざまずいた。「タオルを！」

ミセス・フォスが泣きながらキッチンへと走り、ふきんを取ってきた。ランスはそれをフォスの胸の傷口に押し当てた。「救急車！」

新人警官がはっとわれに返り、拳銃をホルスターにしまうと、無線で助けを求めた。

モーガンは膝に力が入らず、ふらふらとランスの隣へ行った。フォスに襲われたにもかかわらず、生きていてほしかった。彼にはどうしようもないことなのだ。正気を失っているのだから。「どう？」

「出血が多すぎる」ランスが言う。「もっとタオルが必要だ」

ミセス・フォスが大量に持ってきた。そして、夫のそばにひざまずき、手を取った。

「ディーン？　ディーン、しっかりして」

ランスがモーガンと目を合わせた。首を横に振る。銃弾は胸の中央、心臓の真上に当たっていた。

モーガンはフォスの首に指を二本当てたが、何も感じなかった。「脈がないわ」

ランスが人工呼吸を開始し、救急車が到着すると、うしろにさがった。救急医療隊員は十分間処置をしたあと、首を横に振った。「死亡を確認しました」

ミセス・フォスがわっと泣きだした。モーガンは彼女の肩に腕をまわした。

その後の数時間は現実感がなく、ぼんやりと過ぎた。大勢の警察官が到着した。モーガンとランスの銃は、弾道検査がすむまで証拠として押収された。フォスを撃ったのは新人警官だと全員認めたのだが、慎重を期して徹底的な捜査が行われた。フォスは木にのぼり、家の裏手の二階の窓から侵入したと、警察は断定した。

モーガンとランスとミセス・フォスは警察署へ行って供述した。それぞれ別の部屋に連れていかれた。モーガンはショックで呆然としていて、ロボットのように話した。警官がジャケットとコーヒーを持ってきてくれるまで、体が震えていることにも気づかなかった。アドレナリンが引いていくと、フォスに引っ張られた頭皮がずきずき痛んだが、いくつかあざができたくらいで怪我はなかった。

窓のない狭い部屋から解放されたときには、お昼を過ぎていた。ランスが待っていてくれた。

ランスが先に立って警察署を出た。室内にいたあいだに太陽が顔を出していて、モーガンはその熱を求めているにもかかわらず、日差しのぬくもりに違和感を覚えた。

「死ぬべきじゃなかった」モーガンは日光を浴びながら身震いした。警官が貸してくれたジャケットは置いてきた。「心の病気だったのよ」

「フォスがテッサを殺したと思うか？」ランスがモーガンのために助手席のドアを開

けた。

モーガンはフォスの言葉を思いだした。「わからない。最初に会ったときと同じで、具体的なことは言わなかった。ニックにとって有益なのは間違いないけど、ちょっと弱いわね」

「テッサの遺体が発見された場所からそう遠くないところにフォスのテントがあった。フォスは妄想に悩まされていた」ランスが助手席のドアを閉めたあと、運転席に乗りこんだ。「鑑識がフォスと犯行現場を結びつけてくれることを期待しよう」

「でも、動機は？」

「妄想に取りつかれていたんだから、テッサをほかの誰かと思いこんだのかもしれない。もし本当に濡れ衣を着せられたのなら、告発をしたキミー・ブレイクと間違えた可能性もある」

「あるいは、もし本当に女生徒に興味を持っていたのなら、テッサに惹かれたのかも」携帯電話が振動し、モーガンは画面を見た。「地方検事からよ」

電話に出た。

「わたしのオフィスに来られるか？」ブライスがきいた。

「はい」モーガンはランスを見た。服がディーン・フォスの血で汚れている。「三十分後でもかまいませんか？」

　ブライスが了解し、モーガンは電話を切った。

「なんだって？」ランスが駐車場から車を出した。

「ブライスが会いたいって」モーガンは時間を確認した。「どういうことかしらね。二時間後に大陪審の審理を控えているはずなのに」

「起訴を取りさげると思うか？」

「あり得るわ」モーガンは頭をさすった。頭皮がまだ痛かった。「事務所でおろしてくれれば、わたしの車で行くわ」

「検察局まで、おれが送っていってもいい」

「あそこなら安全よ。それに、あなたはシャワーを浴びて着替えたほうがいいわ」

「そのあとの予定は？」ランスが事務所へと車を走らせた。

「ニックに会いに行く」モーガンはいい知らせを持っていけるよう、指を交差させて祈った。

　事務所に到着し、ランスがミニバンのそばでモーガンをおろした。「病院で会おう」

　モーガンは自分の車で検察局へ向かった。おなかが鳴っていて力が出ないので、自動販売機でエムアンドエムズのピーナッツ味を買い、それを食べながらブライスのオフィスへ向かった。ブライスの秘書は速やかにモーガンを通した。モーガンは予想がつかないままオフィスに入った。

ブライスが立ち上がり、デスクの向かいの椅子を勧めた。ニックを弁護していなければ、昨日からここで働く予定だった。ブライスと夕食をともにしてから一週間半しか経っていないのに、ずいぶん長く感じた。

ブライスは椅子の背にもたれてしばらくモーガンを見つめたあと、身を乗りだした。

「ニック・ザブロスキーに対する起訴を取りさげる。無実を確信しているのではない。ディーン・フォスの不可解な自白によって重大な疑念が生じたからだ。警察は捜査を続行し、今後、きみの依頼人に対する起訴を求めないという保証はない」

だが、いまのところは、ニックは拘置所に戻る必要はないのだ。モーガンは安堵と怒りの入りまじった感情に襲われたが、何も言わずにおいた。ニックを拘置所――彼が刺された場所に入れたことでブライスを非難しても、役に立たない。できるだけ言葉を慎むのが賢明だ。余計なことを言えば、検察に情報を与えることになる。

「有罪が立証されなければ、法的見地からしてニックは無罪です」モーガンは言った。

ブライスはそれについては、発言を控えた。「監視を解いて、ニックの手錠を外させる」

モーガンはうなずいた。「これから病院へ行って、ニックに話します」

ほかの誰かがテッサを殺した罪で有罪になるまで、世論を変えるのは必ずしも簡単でないことは、ふたりとも知っていた。

「きみは粘り強く捜査した、ミズ・デーン」プライスが手を差しだした。「改めてきみを採用するのもやぶさかではない」

モーガンは握手をした。手を引っこめようとしたが、放してもらえず、いやな感じがした。ブライス・ウォルターズに何もかもが不愉快で、友好的な態度を取られると余計に信用できなかった。「せっかくですがお断りします」

「好きにすればいい」ブライスが手を放し、背筋を伸ばした。作り笑いを浮かべていても、その目にはいらだちがにじみでている。何かたくらんでいるのだ。いったい何を？

「ジェーコブのDNA鑑定に対して、ミスター・エマーソンはどんな反応を示しましたか？」モーガンはきいた。

「だいたい予想どおりだ。フィリップ・エマーソンはタウンシップを相手取ってハラスメント訴訟を起こすつもりだ」

「それは無理でしょう」

「心配していない。例の写真が有罪を証明している。テッサが生きていて証言すれば、ジェーコブを性的暴行で起訴しただろう」ブライスがデスクの前に出てきた。

「起訴しないんですか？」モーガンは失望感でいっぱいになった。テッサが報われない。椅子から立ち上がった。

「被害者の証言とＤＮＡの証拠がある場合でも、性的暴行で有罪判決を得るのは難しい。どちらもないとすれば……」ブライスが肩をすくめた。「結果は見えてるだろう」

「だから、ほとんどのレイプ犯が野放しになっているんです」モーガンは言った。

モーガンは検察局をあとにした。地方検事補の仕事を失ったことに少しも未練はない。オールバニ郡の地区検察局の地方検事は、権力を持っていても、ブライスのように独裁的に支配することはなかった。

ニックに自由の身となったことを早く伝えたかった。まだ安心はできないけれど。ディーン・フォスの供述が取れればよかったのだが。テッサを殺した真犯人を見つけたとニックに話したいけれど、あの曖昧な発言では確信が持てない。ニックを拘置所から出すには充分合理的な疑いでも、評判を回復するのは難しい。

それよりも問題なのは、フォスが真犯人でなければ、殺人犯がいまもスカーレット・フォールズに野放しになっているということだ。

37

ランスはシャワーを浴び、清潔な服に着替えてから、フォスが引き起こした事件についてシャープに説明するため事務所へ向かった。去年の秋の銃撃事件をまたしても思いださせられた出来事だった。

オフィスに入っていくと、シャープはデスクでノートパソコンに向かっていた。ランスは椅子に腰かけ、貧乏ゆすりをしながら、フォスの家であったことを報告した。

シャープがパソコンを閉じた「正当な発砲だったのか?」

ランスは数秒間の山場を頭のなかで再現した。「フォスはライフルをキッチンに置いていた。モーガンの拳銃を身につけていたが、手には持っていなかった。フォスは逃げようとした。おれが追いかけた。フォスが振り返った瞬間、新人警官が発砲した」

シャープが口を引き結んだ。「おまえさんを撃っていたかもしれない」

「だが、撃たなかった。狙いは正確だったたし、おれは責めない」ランスは貧乏ゆすりを止めようとしたが、フォスの家でアドレナリンが噴出されたせいでいらいらしていた。「発砲前に、新人警官の視点からどう見えたかわからない。知ってのとおり、あっという間の出来事だ。彼は瞬時に判断しなければならなかった。フォスは振り返ったとき、左腕の下に右手を挟んでいた。モーガンの拳銃を抜こうとしているように見えたのかもしれない」

「フォスの手首が折れていたことを、新人警官は知る由もなかった」

「だが、知っておくべきだったこととして判断されるだろう」

「だろうな」シャープがため息をつく。「本当にモーガンが折ったのか？」

「ああ」ランスはじっとしていられず、立ち上がってデスクの前を行ったり来たりし始めた。「驚くことじゃないよな。父親も祖父も警官だった。妹は刑事で、兄はニューヨーク市警のSWATにいるんだから」

「パールやハイヒールに目をくらませられるんだ」

「人は見かけによらないな」ランスは立ちどまり、片手をうなじに当てた。

「どうした？」

「わからない。まだ銃撃で興奮してるのかも」

「ところで、ひとつわかったことがある」シャープが老眼鏡をかけて目の前の書類を見た。「ニックを刺した男——メネンデスには、妻と六歳になる息子がいた。子どもは心臓病だ。医療費が負担になって破産に追いこまれた。ところが、ミセス・メネンデスは最近、銀行口座に多額の預金をした。その前の残高が十一ドルだったことを考えれば、大金だ」

「誰かがメネンデスに金を払ってニックを襲わせたんだな」

「ああ」シャープの目がきらりと光った。

「誰だかわかったのか？」

シャープがうなずいた。「保安官は口がかたいかもしれないが、おれは刑務所に独自のコネがある。そいつによると、保安官は殺しを命じた男を知っている」

ランスはぴんと来た。「テッサ・パーマーの父親だな」

「当たり。刑務所のなかから命じたんだ。所内でいくらかの影響力を持っているらしい」

「金も扱えたんだな」

「保安官事務所が金の流れを追っている。じきに資金源を突きとめるだろう」

「それなら、動機は復讐か」

「ああ。かわいそうに、ニックはやってもいないことで拘置所に入れられたうえに、刺されたんだ」

ランスの携帯電話が鳴った。「モーガンからだ」ニックが釈放されると聞いて、ランスは安堵に包まれた。「よかった。病院で会おう」

電話を切ると、会話の内容をシャープに伝えた。「ニックに対する起訴が取りさげられたそうだ」

「バンザイ」

「喜ぶのは早い。ニックはまだ容疑者のままだ」

シャープが断言する。「フォスの自白は曖昧だったが、ホーナーと地方検事に事件を洗い直させる力がある。それに、鑑識がフォスのDNAを採取して、現場で発見された証拠と比較するだろう」

ランスはふたたびそわそわと歩きだした。「おれはディーン・フォスが真犯人だという確信が持てない」

「フォスは重い障害を負っていた。自分が何をしているかもわからなかったのかもしれない」

ランスは足を止めた。「誰かと間違えて刺したというならわかるが、レイプというのは納得いかない。まったく別の犯罪だ。ディーン・フォスの人物像と一致しない。ミセス・フォスも夫が犯人だとは思っていなくて、別の理由で恐れていた」

シャープが立ち上がり、廊下へ出て作戦室に移動すると、ホワイトボードの前に立った。「フォスでないなら、誰がテッサを殺した？」

「残る容疑者は、ジェーコブ・エマーソンとケヴィン・マードックだけだ」

「おまえさんの直感を信じよう。おまえさんもモーガンも、相手の嘘を見抜けるくらい経験を積んでいるが、ジェイミーが姿を消したのと同時期の事件だという以外に、ケヴィンに対する嫌疑を裏づける証拠はない」

「そのとおり」ランスはシャープの隣へ行き、ジェーコブの写真を指さした。「ジェーコブが七月にテッサに性的暴行を加えたのは事実だ。同じことを繰り返したと考えてもおかしくない。抵抗されて、かっとなったんだ」

「ジェーコブは家にいたと、父親が証言している。携帯電話のＧＰＳがそれを裏づけている」

「フィリップ・エマーソンが嘘をついているか、ジェーコブが父親に気づかれずに家を抜けだしたのかもしれない。よくあることだ」

シャープがボードを端から端までざっと見た。「そのとおりだ。レイプがこの犯罪の原動力になっている。男が欲しいものを目にして、それを奪おうとするときにレイプは起きる」

「フォスは奥さんを殴った」

「フォスの暴力は、恐怖や妄想に端を発していた」

「ああ。だがそれでもミセス・フォスは、夫は高潔な人間で、生徒を傷つけるようなことは絶対にしないと言っていた。レイプはパワーだ。攻撃的だ。フォスは追いつめられた動物みたいに、自分を守ろうとしていた」

「レイプ犯は女性に敬意を払わない。ジェーコブは意識を失っているテッサを暴行し、敬意がないことを実証している」シャープがジェーコブの写真をボードの中央に移した。「テッサを殺したというたしかな証拠はないが、第一容疑者だ」

「あの写真で、ジェーコブは笑っていた。テッサに屈辱を与えることを楽しんでいたんだ」

「表情は証拠にはならない」シャープが言う。「振り出しに戻ろう。ジェーコブはパーティーでテッサを見かけた。ニックと一緒にいた。それで頭に来た。デートしたとき、セックスの誘いを断られたのかもしれない。自分は薬をのませなきゃできなかったのに、ニックとはしていた。彼女は、ジェーコブに与えなかったものをニックには与えていた」

ランスは推理を続けた。「ジェーコブは家から抜けだした。コンドームを持っていった。テッサをレイプするつもりで。彼女が与えてくれないものを奪う権利があると思いこんで」

「テッサがまだ湖にいたことをどうして知っていたんだ？」シャープがきいた。

「それはわからない。ジェーコブが帰ったとき、テッサは車のなかで泣いていた。まだいるだろうと思っただけかも」

「あの夜、テッサはジェーコブの自宅に電話をかけた。電話を受けたのは本当はジェーコブだったか、父親とテッサの会話を盗み聞きしたのかもしれない。電話の内容は不明だ。フィリップ・エマーソンの供述は、息子を守るために変えられた可能性がある。ナイフはどうだ？　ジェーコブが彼女を殺すために持っていったと思うか？」

「どうかな。脅してレイプするために持っていって、かっとなったのかも。自制心に欠けているようだから」

ふたりは視線を交わした。

「どれも証拠はない」シャープが言った。

「ああ」

「あのパーティーに参加して、警察の事情聴取を受けていない人物がひとりいる」

シャープは急いで部屋を出ていき、ジェイミー・ルイスの写真を取ってくると、マグネットでボードに貼りつけた。「あの夜を最後に、誰も、親友でさえジェイミー・ルイスの姿を見ていない。午前中いっぱいかけて、トニーのリストにあった場所を調べた。ジェイミーの友達全員に電話をかけて、彼女がよく行くとトニーが言っていた場所を半分見てまわった。これまでのところ、影も形もない。ジェイミーは殺人を目撃し、恐ろしくなって町を出たのかもしれない」

「あり得るな」ランスはうずくうなじをさすった。「病院へ行く前に、エマーソン家に寄ってみる。運がよければ、家族は出かけていてメイドと話せるかも」

「気をつけろよ。フィリップ・エマーソンはすでにハラスメントを訴えているんだから」

ランスは肩をすくめた。「相手はタウンシップだろう。おれたちは私立探偵だ」

「わかってるくせに」

「ああ」ランスは自分の部屋へ鍵を取りに行った。「このあとの予定は？」

「ジェイミーの隠れ場所のリストの残りを当たってみる。袖の下を用意して、引退した仲間に協力を頼もうと思ってる。この町を知り尽くしてるからな。ジェイミー・ルイスがこの辺りにいるのなら、捜しだしてみせる」

「何かわかったら連絡する」ランスは玄関へ向かった。

ランスが路肩に車を停めたとき、エマーソン家は静まり返っていた。数分間、監視するつもりだったが、エマーソン家はガレージを使っているので、誰が家にいるか外から見ただけではわからない。カメラの望遠レンズで窓をのぞいた。見えるのは、掃除中のメイドだけだった。

さらに十分、見張りを続けた。ジェーコブもフィリップも見当たらなかった。〝あいつらに遠慮するのはもううんざりだ〟

ランスは車から降りると、玄関へ行って呼び鈴を鳴らした。

メイドが出てきた。五十代半ばで、地味なグレーの制服に白いエプロンをつけ、白髪まじりの茶色の髪をきっちりお団子にしている。

「ご用件は？」メイドが尋ねた。

「ミスター・エマーソンに会いに来ました」ランスは微笑んだ。

「前にいらした方ですね」メイドが眉をひそめる。

「ええ。ミスター・エマーソンはご在宅ですか?」

「どちらのミスター・エマーソンのことですか?」メイドがきき返した。

未成年のほうにいやがらせをしたと訴えられたら困る。「ミスター・フィリップ・エマーソンです」

メイドが首を横に振った。「申し訳ありませんが、ミスター・エマーソンはお出かけになっています。伝言を承りましょうか?」

「お願いします」ランスは名刺を差しだした。「お話をうかがいたいとお伝えください」

メイドが名刺を受け取った。「今後はアポイントメントを取っていらしてください」

「誰が来てるんだ、マイラ?」メイドの背後の廊下から声が聞こえてきた。

ジェーコブ・エマーソンだ。ランスを見ると、顔がこわばった。「なんの用だ?」

「きみのお父さんにききたいことがあったんだ」ランスは微笑んだ。

「度胸があるな。それは認めるよ」ジェーコブがメイドを押しのけた。「ここはぼくに任せろ、マイラ。仕事に戻って」

メイドがうなずいてうしろにさがった。

「この家を嗅ぎまわっても無駄だ。証拠は見つからない。ぼくはテッサを殺してなんかいないからな」ジェーコブが腕組みをした。

「意識を失った彼女に猥褻な行為もしていないんだろうね？」ランスはきいた。

ジェーコブが唇をゆがめた。「父が帰ってきたら、怒るだろうな」

〝こいつは未成年だ。殴ったらだめだ〟

だがランスは、ジェーコブの顔をぶん殴って冷笑をかき消してやりたかった。「お父さんが出かけているのは、またきみの尻拭いをするためかな？　フルタイムの仕事だな」

「何も知らないくせに」ジェーコブの顔が真っ赤になった。「父さんは立派な人だ。いまも病気の友達の見舞いに、病院へ行っているんだ。言いがかりをつけるのはやめて、うちの敷地から出ていかないと、警察に通報するぞ」

しかし、ランスはすでに車に向かって歩きだしていた。エマーソンが病院にいるのだ。

ニックが入院し、モーガンが訪れている場所に。

偶然の一致か？

この事件で起きたことを考えれば、ランスはニックとモーガンの身の安全を偶然の一致に賭けたくなかった。

自分たちは間違っていたのか？　事務所でモーガンに忍び寄ったのは、ジェーコブではなくてフィリップ・エマーソンだったのかもしれない。ジェーコブのDNA鑑定を求めたのはモーガンだと、フィリップは知っていたはずだ。それで、腹を立てたに違いない。親は子どもを守るためならなんでもする。フィリップはどこまでやるつもりだろう？

38

彼は激しい怒りがふつふつとわいてきて、抑えきれなくなった。

モーガン・デーンがすべてを台なしにしてしまう。ほかの人間が逮捕された。彼がでっち上げた証拠は確実なものだった――ミズ・デーンが首を突っこんでくるまでは。

彼女を止めなければならないのは明らかだ。だが、どうやって？　元警官の相棒が常にそばにいて、ボディーガードのようにふるまっている。

ひと晩かけて、彼女に調査をやめさせる計画を練った。その一――拘置所でやりそこねたことをやり遂げる。死んだ依頼人は弁護できない。

正面玄関から病院のなかに入った。市立病院ではなく、中規模の地域病院で、セキュリティが甘い。ロビーの受付にはふたりしかいなかった。年配の女がパソコンで患者の部屋番号を調べ、上品な笑みを浮かべながら入館許可証を渡している。そのうしろに五十代半ばの警備員が座っていて、コーヒーを飲みながらカウンター越しに、病院のＩＤをつけたスーツ姿の男と話していた。病院管理者か？
彼は買い物袋を足元に置き、殺菌剤で手を除菌したあと、許可証を受け取った。そ
れから、ゆっくりとエレベーターへ向かった。誰かに紙袋の中身を尋ねられることは
なかった。誰も気にしていない。
エレベーターに乗りこむと、防犯カメラが彼をとらえた。だが、何も隠さなければ
ならないことはない。
いまはまだ。
三階で合法的な用事をすませた。このあとは行き当たりばったりでやるしかない。
ニック・ザブロスキーは今朝、集中治療室から四階に移されていた。
公共の廊下とあまり人の通らない廊下を隔てる両開きのドアの陰に隠れた。そして、
"放射線"、"心臓カテーテル検査"と書かれた案内板を通り過ぎ、一番近くのトイレ
に入った。
昨日、制服を扱う店で緑色の手術着を購入した。それに着替え、着てきた服をたた
んで買い物袋に入れた。衣装はゴム靴まで本物だ。ごま塩頭のかつらをかぶり、黒縁
眼鏡で目を隠した。さらに、口にカット綿を詰めこんで、顔の形を変えた。別人のよ
うな出来栄えに満足すると、廊下に戻った。

誰の注意も引かないよう、携帯電話の画面をスクロールしながら廊下を歩いた。核磁気共鳴画像法《MRI》と表示された部屋から、患者を車輪付き寝台にのせた雑役係が出てきたので、立ちどまった。検査を受ける前に患者に準備処置を施すために使われている部屋には、誰もいなかった。壁際にデスクがあり、椅子に白衣が無造作にかけられている。彼は左右をちらりと見たあと、さっとなかに入って白衣をつかむと、すぐに出た。ポケットにクリップで留められた名札には、若い男の写真がついていた。問題ない。名札を裏返して写真を隠した。そして、買い物袋からナイフを取りだし、白衣のポケットに入れた。

　廊下を歩き続け、エレベーターに乗って四階へ行った。

　廊下の右手の病室に、熟睡している高齢の男がいた。その部屋は、〝接触予防策〟を求める黄色のカードがつけられていた。戸口の横に、手袋やマスク、手術着をのせたカートがある。彼は買い物袋を〝医療廃棄物〟と表示されたごみ箱に詰めこんだあと、カートからマスクを取ってつけ、手術室から出てきたばかりを装った。

　廊下の先のナースステーションに、看護師が大勢いる。戸口に見張りはいなかった。おそらく、部屋のなかに保安官代理がいるのだろう。

　彼は戸口の向こうをちらりと見た。部屋のなかにも見張りはいない。

好都合だ。

警察の怠慢だが。

自分に責める資格はない。そのおかげで、仕事がやりやすくなるのだから。

とはいえ、急いだほうがいい。いつ誰がやってきてもおかしくないのだから。彼は部屋に入り、邪魔が入ったときのために、ベッドの足元にあったカルテを手に取った。

ニック・ザブロスキーはすやすやと眠っていた。まぶたはぴくりとも動かず、呼吸は深く、一定のリズムで胸が上下している。鎮静剤の効果か、あるいは極度の疲労のせいか。両方かもしれない。

片方の腕に点滴がしてある。手錠ははめられていなかった。意外だ。しかし、どうでもいいことだ。ニックはベッドから出られるような状態ではない。

反撃することもできないだろう。

心電図モニターにつながれていないので、心臓が停止しても警報は鳴らない。ナイフを使う必要さえないだろう。もっと穏やかでうまいやり方がある。

思ったよりも簡単にいきそうだ。これがすんだら、次はモーガン・デーンだ。すべてをめちゃくちゃにしたあの女に、報いを受けさせてやる。

彼は空きベッドの上の枕をつかんだ。

39

意識が引き戻されるのを感じた。

ニックは抵抗した。絶対に目覚めたくない。この前意識が戻ったときは、猛烈な痛みに襲われた。

痛みを感じるのは生きている証拠だ。確実に死んだと思っていたのに。とはいえ、あまりにも激しい苦痛に、死んだほうがましだとさえ考えた。

薬による昏睡《こんすい》から目覚めながらも、そのまま眠り続けようと踏ん張った。ベッドに横たわり、ワイヤーやチューブで縛りつけられている。どうせ動けないのだから、起きても無駄だ。

動いたほうが回復が速まると看護師に言われたが、よくなるための動機が見つからない。早く治るほど、拘置所に戻る日も早まるのだ。

回復する意味があるだろうか？

ニックの有罪は立証されていないと、モーガンが陪審員をひとり説得できたとしても、すでに町じゅうが彼が犯人だと決めつけている。真犯人が捕まるまで、世間はニックを無実とは見てくれないだろう。そのときでさえ、彼こそが犯人だと思い続ける人もいるかもしれない。

テッサの姿が脳裏に浮かび、体の痛みを一瞬、忘れた。見えないナイフでえぐられた痛みのほうが勝っていた。

テッサ。

死んでしまった。

やはり、目覚める必要はない。助けてくれなくてよかったのに。あのまま出血多量で死んでしまいたかった。

意識が薄れていくに任せ、暗闇を歓迎した。闇にのみこまれたかった。

ゴム靴が床にこすれる音がした。数年前、盲腸の手術で入院したことがあったが、そのときは看護師が病室にしょっちゅう出入りしていた。だが今回は、必要なときしか部屋に来ない。そして、そのときはたいてい、痛い思いをさせられた。病院の職員たちからの敵意が感じ取れた。強姦と殺人で逮捕された男の世話をする気になれないのは当然だ。

テッサの死に際を思うと、悲しみがいや増した。彼女のほうがはるかに苦しんだのに、自分を哀れむなどとんでもない。

ニックは片脚を伸ばした。少し動いただけで切断された腹筋が緊張し、新たな激しい痛みが体を突き抜けた。息をすると苦しくて、止めようとした。

だが、体が言うことを聞かなかった。息を止めることはできない。口を開くと、肺が空気を吸いこんだ。普段より深い呼吸が、気絶しそうなほどの痛みをもたらす。

あいにく、気を失うことはなかった。

〝くそっ、痛い〟

ゆっくりとした浅い呼吸をすることに集中した。そのうち、眠ることをあきらめて目を開けた。窓から差しこむ日光がまぶしい。目を凝らすと、緑の手術着を着て動きまわる人影がぼんやりと見えた。

別にめずらしいことではない。

何度かまばたきすると、徐々に視界がはっきりしてきて、男の姿が形を取った。白髪がある。中年の医師だ。

医師が枕を手に近づいてきた。ニックを起き上がらせるつもりなのだろう。

ニックは口を開けて言った。「無理です」ところが、しわがれた声しか出なかった。

唾をのみこんで、もう一度言おうとした。

しかしそのとき、枕を顔に押しつけられ、口をふさがれた。男のほうへ手を伸ばそうとしたが、その腕は点滴のチューブにつながれていた。もう一方の手で男の服をつかんで引っ張ったものの、新生児くらいの力しかなかった。

肺がひりひりする。腹部の痛みが激しくなった。

だが、それもあと少しの辛抱だ。ニックはあきらめ、あらがうのをやめた。

そして、終わりを待った。

40

モーガンはエレベーターを降りた。起訴が取りさげられたことを、早くニックに伝えたかった。案内に従ってニックの病室へ行き、なかに入る。

ベッドに医師が覆いかぶさっていた。最初は心肺蘇生《そせい》法を行っているのかと思った。だがそのあと、ニックの顔の上の枕が見えた。

〝なんてこと〟

ニックを殺そうとしている。

モーガンはショックを振り払った。

「やめなさい！」モーガンは男の襟をつかんで引きはがした。ニックを窒息させることに集中していた男は不意をつかれ、床にひっくり返った。眼鏡が吹き飛び、黒い髪がはがれ落ちて、白髪まじりのブロンドが現れる。

しかし、モーガンは床に落ちたかつらには目もくれなかった。

〝ニック！〟

ベッドに駆け寄った。

「助けて！」

声が廊下の向こうまで届くことを願いながら叫ぶ。

「誰か来て！」床に倒れた男に背を向けないようにしながら、ニックの顔から枕を取り上げた。

〝息をしている？〟

人差し指で呼び出しボタンを押した。

〝早く来て〟

男がすばやく立ち上がった。モーガンはニックと男のあいだに立ち、男と向きあった。

男の顔を見た瞬間、衝撃が走った。

フィリップ・エマーソン。

手術着と白衣を着たエマーソンが、目の前に立っていた。顎のラインが妙にふくらんでいる。エマーソンが口のなかに手を入れ、カット綿をふたつ抜き取った。

「このアマ」エマーソンが白衣のポケットからナイフを取りだした。

ナイフの刃が蛍光灯の光を受けてきらめく。モーガンはぞっとした。周囲を見まわし、武器や盾として使えそうなものを探す。逃げることはできなかった。ニックを守らなければならない。けれども、彼女とエマーソンのあいだには、何もなかった。何ひとつない。

ベッドを囲むカーテンにさえ手が届かなかった。背中を汗が伝い、心臓が早鐘を打ち始める。武器がない。自分の身を、ニックのことも守るすべがない。

「どうしました？」看護師があわてて部屋に入ってきた。ベッドの足元に来たところで、ようやく状況に気づいて立ちどまった。大きく見開いた目で、エマーソンとモーガンを交互に見つめる。

「助けを呼んで！」モーガンは叫んだ。

看護師が部屋を飛びだした。

エマーソンがモーガンめがけて突進した。ナイフの先が腹部にまっすぐ向かってくる。モーガンは前腕でかろうじてさえぎった。

だが、エマーソンはふたたび飛びかかってきた。「おまえがわたしの人生をめちゃくちゃにしたんだ」

モーガンは息切れして、動けなくなった。

ニックを残してはどこにも行けない。このときほど、武器があればと思ったことはなかった。恐怖のあまりぞくぞくしたが、逃げることはできない。

ニックを殺させたりしない。

戸口に警備員が現れ、拳銃を抜いてエマーソンに狙いを定めた。「動くな。ナイフをおろせ」

しかし、警備員の手はひどく震えていて、銃をしまってほしいと願いたくなるほどだった。誤ってモーガンやニックを撃つ可能性は充分にある。

エマーソンがモーガンの二の腕をつかんで引き寄せた。背中を胸に押しつけ、ナイフを喉に当てて、人間の盾にした。

「どけ。どかないとこの女を殺すぞ」エマーソンが二の腕を握りしめた。

エマーソンの熱い息が耳にかかり、体から立ちのぼる刺激臭が鼻をついた。エマーソンはモーガンを引っ張りながら横に移動した。

ふたりがすり足で戸口へ向かうあいだ、警備員はずっと銃を向けていた。たとえ誤ってでも引き金を引けば、モーガンを撃つだろう。

エマーソンはモーガンを引きずりながら歩いた。警備員があとずさりする。廊下に出たらどうなるだろう？　さらに警備員がいるはずだ。追いつめられ、逃げ道はないと知ったら、エマーソンはどうするだろうか。

エマーソンの前腕がモーガンの喉を締めつけ、ナイフの刃が首の横に触れた。モーガンはそちら側にあるのが頸動脈《けいどうみゃく》か頸静脈か思いだせなかったが、どうでもいいことだ。どちらかでも切られれば、命はない。

41

ランスは廊下を走った。

雑役係が大声で呼びとめた。「そっちへは行けません。このフロアは立ち入り禁止です。人質事件が発生しました」

ランスは無視して、滑りながら角を曲がったあと、急に立ちどまった。

エマーソンがうしろ向きで廊下に出てくる。医者の格好をし、モーガンの喉にナイフを突きつけ、盾にしていた。ランスは穏やかな男だが、その瞬間、フィリップ・エマーソンを殺したいと思った。

腰に手を伸ばしたあとで、警察からまだ拳銃を返してもらっていないことに気づいた。

〝くそっ〟

だが幸い、予備の拳銃がある。渡すよう言われなかったし、ランスもわざわざ申しでなかった。

心臓がバクバクしている。モーガンを絶対に守ってみせる。しかし、エマーソンの目は悪意に満ちていた。

警備員が銃をエマーソンとモーガンに向けている。慣れていないらしく、手がひどく震えていた。誤ってモーガンを撃つかもしれないと思うと、ぞっとした。

廊下の突き当たりで立ちどまった。「彼女を放せ、エマーソン！」

モーガンが少しだけ動いてくれたら……一発で仕留められる。

「あと一歩でも近づいたら、このきれいな喉をかき切ってやる」エマーソンが妙に冷めた声で言った。

エマーソンはそれを望んでいる。終わりにしたい願望が表情に表れていた。自分が追いつめられたことをわかっている。この状況から抜けだす道はふたつしかない――刑務所に行くか、撃たれて死ぬかだと。モーガンを道連れにしたがっているように見えた。

モーガンがランスと目を合わせた。首から引き離そうとするかのように、片手でエマーソンの前腕をつかんでいる。苦しそうに言った。「息ができない」

「黙れ！」エマーソンが喉から腕を離し、代わりに髪をつかんだ。頭がうしろに傾き、喉がむきだしになる。だが、首と刃のあいだに数センチの隙間ができた。

「ジェーコブがテッサを殺したことはわかっている。もうかばっても無駄だぞ」ランスは言った。

「ジェーコブはやってない」エマーソンが叫んだ。「ばかどもめ。わたしが殺した」

「嘘をつくな」ランスは言い返した。「ジェーコブは七月にテッサに薬をのませてレイプした。そして、自分には与えられなかったものをニックが手に入れたのを見て、かっとなった。テッサに思い知らせてやろうとして、度を越したんだ」

エマーソンは首を横に振り続けた。モーガンの喉の近くでナイフが震えている。

ランスはエマーソンの気を散らそうとした。「テッサが妊娠していたことは知ってるか？」

エマーソンの目が血走った。「まさか」

「警察は公表しなかったが」

「嘘をつくな」エマーソンが廊下を見渡したあと、ゆっくりとランスのほうへ進み始めた。「さがれ」

ランスは話し続けた。「息子をかばうのは当然だ。それが親というものだからな。だが、ＤＮＡ鑑定の結果が出たら、子どもの父親がジェーコブだということが証明される」

「違う！」エマーソンがエレベーターに通じる廊下のほうへ頭を傾けた。「さっさとどかないと、女を殺すぞ」

エマーソンがもはやこれまでだと思っているのなら、どのみちモーガンを殺すかもしれない。目が憎しみでぎらついている。

モーガンが太腿に置いた手を、まるでランスの気を引こうとするかのように振った。それから、指で三、二、一と示した。

〝何をする気だ？〟

モーガンが腰を落とし、ナイフと首のあいだにさっと手を振り上げた。ナイフが腕の外側に当たって、血が流れでた。

彼女が床に伏せると同時に、ランスはエマーソンに向かって発砲した。二度引き金を引いた。

銃弾はエマーソンの肩と胸に命中した。エマーソンがうしろに倒れる。手からナイフが滑り落ちて床に転がった。

モーガンが寝返りを打ってよけ、ランスは突進した。エマーソンの腕を踏みつける。エマーソンの指が必死にナイフを捜していた。

「あんたは自分のしたことの報いを受ける」ランスは怒りに燃えながら、エマーソンを見おろした。「あんたの息子もだ」

「息子は関係ない」エマーソンがあえぎながら言う。「わたしがテッサ・パーマーを殺したんだ」

ランスはエマーソンに体を寄せた。「テッサがジェーコブにレイプされたことを言い触らすと脅したのか？」

「違う」エマーソンが首を横に振る。「警察から連絡があるまで、あんな写真があることさえ知らなかった」唇をなめた。「彼女を愛していた」

ランスは耳を疑った。「なんだと？」

「初めて会ったときから、彼女を愛していたんだ」エマーソンの額から汗が噴きだす。傷口から血があふれでて、緑の手術着と盗んだ白衣を赤く染めた。「あんなに美しいものを見たことがなかった。彼女はわたしを裏切ろうとした。彼女がわたしにあんなことをさせたんだ。全部彼女のせいだ」

医師が駆け寄ってきて、エマーソンの治療を始めたが、エマーソンはランスのシャツをつかんで話し続けた。

「よく聞け。わたしが死んだときのために。ジェーコブはやってない」エマーソンがふたたび唇をなめた。「パーティーから帰ってきたジェーコブから、テッサのことでニックと喧嘩したと聞いた。彼女から電話がかかってきたとき、息子は自分の部屋にいた。彼女はガゼボで待っているとわたしに言った。わたしが来なければ、わたしのことをみんなにばらすと。彼女は別れ話をする気だとわかった。ニックと一緒にいるために。ふたりがつきあっていることはジェーコブから聞いていたが、もう一度彼女を抱きたかった」苦しそうに二度呼吸をしてから続ける。「終わったら、彼女が泣きだした。二度とこんなことはしないと言った。祖父母に話すと。わたしは怒った。わたしに盾突くなどとんでもない。彼女を愛していたんだ。そのあとのことは、殺したときのことはよく覚えていない。記憶が曖昧なんだ。自分を抑えることができなかった。終わってから、自分が何をしたのか気づいた……あの夜、彼女がニックといたことを知っていたから、彼の家へ行って庭にナイフを埋めた」

力尽きて、ランスのシャツから手を離した。ランスのシャツから手を離した。「やったのはわたしだ。ジェーコブじゃない」最後にそう言うと、白目をむいて気絶した。

ランスは拳銃をホルスターにおさめてから、モーガンのところへ行った。看護師が彼女の腕を包帯で圧迫している。手首から肘まで、腕の外側が切られていた。とはいえ、大きな怪我ではなく、ランスは安堵に包まれた。

彼女を失っていたかもしれない。

「聞いてたか？」ランスは怪我をしていないほうの手を取った。

「ええ」モーガンは痛みのせいか、ついに明らかになった真実のせいか、険しい表情をしていた。「テッサは十二歳のときにここに越してきたの。いつから始まっていたのかしら」

「まったく、いやになるな」雑役係がふたりがかりでエマーソンを車輪付き寝台にのせて運び去った。ランスはもう少し狙いが正確だったらと思わずにはいられなかった。エマーソンのしたことを考えれば、同情などできない。

「重罪だわ」モーガンが言った。

発覚を防ぐために殺人を犯さなければならないほど、昔から続いていたことだった。

「テッサはきっと妊娠したことを打ち明けるつもりだったんだろうが、その前に殺されたんだ」ランスは廊下の向こうに消え去るエマーソンから目をそらした。「エマーソンとジェーコブのどっちかが父親か。ひとつの家族にふたりもモンスターがいたとはな」

モーガンの顔は青ざめ、痛みにゆがんでいた。エマーソン家の話はもうたくさんだ。やつはもう逃げられない。やつのことは、あとでたっぷり思い悩めばいい。ランスがモーガンの手をさすると、モーガンは痛みをこらえて微笑んだ。

医師がモーガンに近づいてきた。「診せてください」包帯を取って傷口を調べた。

「これはひどいな。何針か縫わないと」

モーガンがうなずいた。「でも、首を切られるよりはましです」

首を切られていたかもしれないと思うと、ランスはぞっとした。

「すごかったな。あの状態から抜けだすなんて」ランスは言った。

ディーン・フォスの手首を折ったときのことを考えれば、彼女の勇敢な行動は予想してしかるべきだった。だがいまもなお、モーガンの女性らしい外見とその身体能力がなかなか結びつかなかった。

モーガンはものすごく強い、女の子らしい女の子だ。その事実に慣れなければならない。

「父とお祖父ちゃんから護身術を習ったと、前に話したでしょう。でも、ときどき練習したほうがいいわね。体が覚えていてよかった」モーガンは歯を食いしばりながら、ランスと若い医師の手を借りて立ち上がった。「わたしが抜けだしさえすれば、あとはあなたがなんとかしてくれるとわかっていた」

ランスはモーガンの手を握りしめた。

「救急救命室へ行きましょう」看護師がモーガンを車椅子へと導いた。

ランスはモーガンの手を握ったままでいた。この先、どこへ行こうとかまわなかった。

決して彼女を離すものか。

42

モーガンは包帯を巻いた腕をかばいながら、ジープの助手席に乗りこんだ。「いま何時?」

「もうすぐ午前零時だ」ランスが助手席のドアを閉めたあと、運転席に乗りこんだ。「痛むか?」

「いいえ。まだ大丈夫」鎮痛剤のせいでぼうっとしている。口のなかにコットンを詰めこまれたような感じがした。

「十五分できみの家に着く」

モーガンは車に乗っているあいだのことを覚えていなかった。うとうとしていたのだろう。気づいたときには自宅に到着していて、ランスに支えられながら家のなかに入った。

祖父がドアを開けてくれた。ジャンナも廊下で待っていた。

「大丈夫だ」ランスが言う。「鎮痛剤でぼんやりしているだけで」

「寝室まで連れていってくれたら、あとはわたしがやるわ」ジャンナがふたりのあとについて廊下を歩いた。

「怪我をしたのは腕よ。歩けるわ」モーガンはそう言ったものの、足元がふらついた。ランスがモーガンを抱えるようにしてベッドまで連れていった。「アルコールだけでなく、鎮痛剤にも耐性がないようだな」

モーガンは大の字になった。「聞こえてるわよ」だが、体を起こすことはできなかった。頭が働かない。

「この子の命を救ってくれて感謝する」戸口で祖父が言った。

「いいえ。彼女が自分で自分の身を守ったんです」

ランスの言葉に、モーガンは驚いた。「ちょっと違うわ」つぶやくように言う。ランスがいなければ、いま自分はここにいないだろう。

ランスが背筋を伸ばし、ベッドから離れた。

モーガンはその手をつかんだ。目に涙が込み上げる。感謝と、それ以上の感情を込めて言った。「ありがとう」

「どういたしまして」ランスが身をかがめ、モーガンの手にキスをしてからベッドの上に置いた。「ゆっくり休んで」

いつの間にか眠っていたようだ。ふたたび目を開けたとき、ブラインドの隙間からまばゆい朝の光が差しこんでいた。モーガンは腕で目を覆った。腕に鋭い痛みが走る。

体を起こした。まだ昨日のズボンをはいている。けれども誰かが、血まみれのブラウスからフランネルのシャツに着替えさせてくれていた。裸足で、毛布がかけられている。モーガンは肩をそっと上にずらして枕にもたれた。口のなかがからからに乾いていた。

「調子はどう？」ジャンナが戸口に立っていた。

「チョークを食べたみたいな気分よ」

「水を持ってくる？」

「お願い」モーガンは頭を振った。「それから、コーヒーも」

「ランスが念のために鎮痛剤を置いていってくれたわよ」

「できるだけ市販の薬を使うことにするわ。それより強いと耐性がないみたいだから」モーガンは脚をベッドからおろした。

「慎重にね」

「わかってる」モーガンはゆっくりと立ち上がった。めまいはしない。だが、バスルームを使って出たときには、立っているのがつらくなって、ベッドに戻った。頭痛がする。

ジャンナが水とコーヒーを持ってきてくれた。

「人生最悪の二日酔いになった感じがするわ」

「コーヒーがきくわよ」ジャンナがコーヒーを手渡した。「でも、依存症の心配はないと思うわ。ちゃんと目が覚めたし」

モーガンはコーヒーを飲んだ。極上の味だった。「子どもたちは？」

「学校へ行ったわ。三十分前にバスが来た」

「ソフィーは？」

「お祖父ちゃんがスヌーザーと外へ行かせた。あなたを起こしたくなかったのよ」

カフェインのおかげで少し頭がすっきりした。「そうだ、今日は水曜日よね。透析の日でしょう」

「ひとりで大丈夫？　なんならタクシーで行くわよ。アートが家にいられるように」

モーガンはコーヒーを飲み干した。「カフェインをとったからもう大丈夫。腕を切っただけのことだし」

「ゆうべはものすごくだるそうだったわよ」ジャンナが戸口でためらった。

「もう薬が切れたから、大丈夫」モーガンはジャンナを安心させるために、ベッドから出た。頭がくらくらしたけれど、寝室を出るジャンナを作り笑顔で見送った。みんなが出かけたら、すぐにベッドに戻ろう。

「ママ！」ソフィーが走ってきた。

「ソフィー！」祖父の声がする。「ママは怪我してるんだぞ」

ソフィーがあわてて立ちどまり、スニーカーが木の廊下できゅっと音をたてた。

「大丈夫よ。ハグして」モーガンはかがみこみ、怪我をしたほうの腕を上げた。

ソフィーがそっとハグをし、頬にキスをしたあと、くるりと背を向けてドアに駆け戻った。「お祖父ちゃんが保育園まで送ってくれるの」ハローキティのバックパックを背負うと、祖父の手を引っ張った。「早く行こう。遅れちゃう」

「本当に大丈夫か？」祖父が心配そうな目をした。

「大丈夫」モーガンは言った。「もう一杯コーヒーを飲むわ」

「一時間で戻ってくる」

ジャンナがソフィーの手を取り、三人は玄関から出ていった。鍵が閉まる音が聞こえた。

モーガンは早速寝室へ向かった。ところが、カフェインをとったせいで眠れなかった。あきらめてキッチンへ行き、コーヒーのお代わりをマグカップに注いでベッドに戻った。

昨夜、フィリップ・エマーソンにナイフを突きつけられたとき、人生は短いと気づいた。

多くの人を失ったにもかかわらず、自分の命が脅かされて初めて、それを実感した。この二年間、モーガンは人生を無駄遣いしていた。子どもたちだけを生きがいにしていたけれど、それは間違いだった。

ベッドサイドテーブルから、二年間読まずにいた手紙を取りだした。夫の筆跡で書かれた封筒の表書きを見て、目に熱い涙が込み上げる。〝モーガン〟

「ごめんなさい」封筒を開けながら、写真立てのジョンに語りかけた。「いままで読めなくて」

イラクへ発《た》つ前に夫が書いた言葉が、涙でかすんだ。家に帰れなかったときのために、指揮官に託した手紙だ。突然、これまで読まなかったのが身勝手なことに思えた。長い手紙ではない。ジョンは言葉数の多い人ではなかった。詩人ではないけれど、善良な人だった。常に率直に話し、思ったことを言った。最後の手紙も同じだった。

〝モーガン
きみがこれを読んでいるということは、ぼくは帰れなかったんだね。すまない。ぼくの妻でいるのは大変だっただろう。でも、これだけはわかってほしい。ぼくはきみと子どもたちを心から愛していた。たとえ一万キロ離れていても、最後に思い浮かべるのはきみたち四人の姿だ。一緒に過ごした時間は短かったけど、きみたちの愛を宝物として持っていくよ。
ぼくは愛国心のために命を捧げたんじゃない。きみやエヴァやミアやソフィーのような人たちの安全と自由を守るためだ。ぼくは義務を果たした。今度はきみの番だ。きみ自身の人生を生きることで、ぼくの人生を称《たた》えてほしい。きみが幸せになることが、ぼくを裏切ることになるなんて考えないでくれ。生きて、笑って、愛するんだ。遠慮するな。頑張れ。

愛を込めて　ジョン〟

モーガンは涙をぬぐうと、手紙をたたんで引き出しに戻した。子どもたちに遺《のこ》すため、貸金庫に移そう。もう一度読むことはないだろう。
写真立てを手に取った。「あなたの言うとおりよ。わたしはずっと、死んだように生きていた。そんなの子どもたちにも、わたしにもよくないことよね。気づかせてくれてありがとう」

子どもたちの寝室へ写真を持っていき、ドレッサーに置いた。ジョンを、彼と愛しあったことを一生忘れないけれど、決別するときが来たのだ。

自分の人生を生きなければならない。

43

ランスはアイスアリーナに入っていった。子どもたちはすでにウォーミングアップを始めていて、リンクをぐるぐるまわる様子を、コーチのザックが見守っていた。

ザックが振り返った。「よう、ランス。スケート靴を持ってきたのか？」

「ああ」ランスはベンチに座り、スニーカーから黒のスケート靴に履き替えた。

「理学療法士には言ってあるのか？」

「軽く滑るくらいならいいと許可が出たんだ」ランスは紐を結んだ。「だから、無茶はできない」

とはいえ、リンクにおりたつと最高の気分だった。

子どもたちが駆け寄ってきた。体当たりされると思って一瞬パニックになった。ところが、彼らは距離を空けてランスの周りを滑りながら励ましの言葉を叫んだ。

「ランスコーチ！」

「すごい」

ランスは笑みを浮かべた。一年半前、警官を嫌っていた彼らは、ランスにほとんど話しかけなかった。信頼を得るのに時間がかかった。だが、撃たれて入院したときは、ひとり残らず見舞いに来てくれた。

ランスは指示に従って短い時間でリンクから上がったものの、スケート靴を脱いでリンクサイドからザックを手伝った。

自宅の私道に車を停め、ガレージの扉を開ける頃には暗くなっていた。いい日だったのに、気分が晴れない。昨夜、モーガンを家まで送ったあと、彼女から連絡がないせいだ。しかし、事件は片づいたのだ。今後は一緒に過ごす時間が減るだろう。殺人事件が起きる前の関係に戻るのか？　それでいいのか？

〝くそっ〟

ランスがガレージにいるあいだに、シャープのダッジ・チャージャーが近づいてくるのが見えた。シャープが車から降り、ファイルを脇に抱えて私道を走ってきた。

「聞いて驚くな」

「どうした？　そんなに興奮して」ランスは家に招き入れた。

シャープがファイルを振った。「おまえさんとモーガンの直感が当たったった。ヴァネッサ・ルイスの婚約者だ」

「ケヴィン・マードックに前科はなかったんだろう」ランスは明かりをつけ、キッチンへ向かった。

シャープがカウンターの上でファイルを開いた。「ケヴィン・マードックにはな」

ランスはシャープの肩越しにのぞきこみ、禿げ頭の太った男の写真を見た。「誰だ?」

「ケヴィン・マードックだ」シャープが満面の笑みを浮かべた。

「じゃあ、ヴァネッサ・ルイスの婚約者は誰なんだ?」

シャープがページをめくった。「バイロン・ディクソン。登録性犯罪者で、三年前にフロリダから引っ越してきて、ケヴィン・マードックになりすました。ディクソンは十三歳の少女をレイプし、十一年服役した。仮釈放のひと月後にここに引っ越してきて、性犯罪者登録を逃れるために新しい身分を使った。そして、ヴァネッサと親しくなり、つきあい始めた。会計士なのは本当で、自宅で所得税や小企業の会計を引き受けていた」

「かわいそうに、ジェイミー」ランスは怒りに駆られたものの、驚きはしなかった。国内には七十五万人の登録性犯罪者がいる。州境をこっそり越えて網の目をくぐるのは難しいことではない。

「ああ、やつに何かされたに違いない。それで、母親が結婚することに耐えられなかったんだ」シャープがファイルを閉じた。「FBIに通報した。ディクソンは十五分前に連行された。ジェイミーはもう心配しなくていい」

「なら、彼女を捜しだせば一件落着だ」

「捜索を続けているが、影も形もない」

「ジェイミーの友達のトニーに連絡してみるよ」ランスは言った。「彼ならもう大丈夫だってことを伝えられるかも」

「早く知らせたかったんだ」シャープがファイルを手に取った。「モーガンから連絡はあったか？」

「いや」

「だから、そんな情けない顔をしているのか」シャープが首を横に振った。「電話してみろ。好きなんだろ。自分の殻を破れ」

「シャープ、何度も言っただろう。お袋のことがある限り、おれは誰ともつきあえない」

「ばかなことを言うな」シャープが言い返す。「おまえさんは怖がっているだけだ。

モーガンはこれまでの女とは違う。おまえさんが彼女を見る目つきでわかる。大切な人なんじゃないのか」

ランスはシャープから、真実から目をそむけた。

「おやすみ、シャープ」

シャープはむっとしながら玄関へ向かった。「ばかなやつだ」

シャープが出ていくと、ランスはピアノの前に座って陰気な音楽にふけった。コールドプレイの曲を弾き始めたとき、呼び鈴が鳴った。シャープ以外に突然訪ねてくるような相手はいない。ランスは玄関へ行った。

のぞき穴から、モヒカン頭の長身の男が見えた。ランスはドアを開けた。トニー・アレッシの隣に、背の高い痩せた少女が立っていた。

ジェイミー・ルイスだ。

「入って」ランスは脇によけた。

ジェイミーがよろめいた。トニーが彼女の腕をつかんで自分の肩にまわし、明るく照らされたキッチンへ連れていった。そのとき、ジェイミーがとても具合が悪そうなことにランスは気づいた。肌が真っ白なのに、ほてっている。

「座って」ランスはキッチンの椅子を引きだした。

ジェイミーが腰をおろした。

「病気なんだ」トニーがモヒカン頭に手をやった。「ほかに連れてける場所がなくて」

ランスはジェイミーの前にかがみこんだ。しばらくシャワーを浴びていないようだ。髪がべとついていて、うつろな目をしている。額に手を当てた。「熱があるな」

「家には帰れない」ジェイミーがつぶやいた。

「帰れるよ。ケヴィンはもういない」

ジェイミーが目をしばたたいた。

「ケヴィンはケヴィンじゃなかった」ランスは言った。「フロリダの性犯罪者だった。でも、もう心配しなくていい」

「頭のおかしな子の言うことなんて誰も信じないって、あいつが言ったの」ジェイミーが泣きだした。

「わかってる」ランスは鍵束をつかんだ。「きみを病院へ連れていって、お母さんに連絡する。もう大丈夫だから」

ジェイミーは立ち上がったとたんにくずおれた。ランスが抱えてジープまで運んだ。病院へ向かう途中で、ジェイミーの母親に電話をかけた。看護師がジェイミーをトリアージ室に案内し、ランスとトニーは待合室へ行った。

ヴァネッサ・ルイスが入り口から駆けこんできた。顔に涙の跡が残り、恐怖の色が浮かんでいる。「あの子はどこ？　無事なの？」

ランスは立ち上がった。「看護師が連れていきました。なかに入れてもらえると思いますよ」

ヴァネッサが受付で名前を告げた。

「わたしがあの子にモンスターを近づけていたなんて、信じられない」ヴァネッサがポケットからティッシュを取りだした。「とてもいい人に見えたんです」

「彼は性犯罪を繰り返しています」ランスは言った。「これが初犯ではありません。やり方をわかっているんです」

電子錠ドアが開いて、手術着を着た看護師が名前を呼んだ。「ミセス・ルイス？」

ランスも声をかけた。簡単にはいかないだろう。ジェイミーもヴァネッサも、これを乗り越えるには時間と専門家の助けがいる。

44

二日後

金曜日、ランスは母の様子を見に行ったあと、昼前に事務所へ行った。シャープは電話中だった。部屋の隅に置かれたベッドで犬が丸まっている。ランスは戸口の前で手を振った。それから、自分のオフィスのトランプ用テーブルに着くと、目の前の一冊のファイル――父の事件のファイルを見つめた。

まだ開いていなかった。父に何があったのか知りたい。とはいえ、シャープが二十三年間調べ続けても手がかりを見つけられなかったのに、いまさら見つかるだろうか？

一応は折り合いをつけた過去に、またとらわれてしまうかもしれない。過去を掘り返すことで、母に及ぼす影響も考えなければならない。

玄関のドアが開いた。モーガンが入ってくるのを見て、ランスは驚いて立ち上がった。火曜の夜、彼女の家まで送って以来会っていなかった。

　シャープのオフィスから犬が飛びだしてモーガンを出迎えた。ランスはそれを羨ましく思いながら、犬に話しかける彼女のばかみたいに高い声に耳を澄ました。

「なんてかわいい子なの。シャープにお風呂に入れてもらったの？」

　犬の足の爪が木の廊下にカチカチ当たる音に続いて、モーガンの足音が聞こえてきた。

　ランスは作戦室へ行った。モーガンはホワイトボードをきれいにし、ニックの事件で集めた証拠をファイルに綴《と》じていた。今日はスーツを着ておらず、黒のセーターにジーンズ、茶色のブーツといういでたちだ。襟元に、グレーと青緑色のシルクのスカーフを巧みに巻いている。袖口から腕の包帯がのぞいていた。まだ顔色は悪いものの、青い目は澄んでいて、いつものごとく美しかった。

　まだ犬に話しかけている。「その新しい首輪と名札、すてきね」

　犬はモーガンの足元に座り、首をかしげて聞いていた。首輪は紫色で、〝ロケット〟と刻印されたショッキングピンクの名札がぶらさがっている。

　モーガンはこれからどうするのだろう、とランスは思った。ニックに対する起訴は取りさげられたから、もう弁護をする必要はない。彼女に毎日会えないのは寂しいが、そのほうがいいだろう。一緒に働いたら、気持ちを抑えられなくなってしまう。

ランスは戸枠に寄りかかった。「腕の具合はどう？」

モーガンが振り返った。「ちょっとむずむずするだけで、大丈夫よ」ホワイトボードに貼ってあった容疑者の写真をはがして箱にしまった。

「手伝おう」ランスはボードの反対側から取りかかった。「こういうのはどうするんだ？」

「とりあえず取っておく」モーガンが犯行現場の写真をつまんだ。「ブライスから連絡をもらったあとで決めるわ」

「まだ連絡がないのか？」

「ええ」モーガンが包帯の縁をかいた。「ニックが退院する前に、公式発表を行ってほしかったんだけど。これ以上近所の人と揉めごとを起こしたくないから」

「何かありそうなのか？」

「なんとも言えない。エマーソンを起訴するのにどうしてこんなに時間がかかるのかしら。正式に逮捕されたことが報道されない限り、みんないつまでもニックが犯人だと思っているわ」

携帯電話が鳴り、モーガンが画面を確認した。「ブライスからよ」

　モーガンが電話に出た。困惑したように眉間にしわを寄せる。ブライスの声がもれ聞こえたが、何を言っているかまではわからなかった。

「わかりました。ご連絡ありがとうございました、ブライス」モーガンが電話をおろした。顔が真っ青だ。「DNA鑑定の結果が出たの」

「それで？」戸口に現れたシャープがきいた。

「確定できなかったそうです」モーガンが腕組みをする。「通常は、父親である確率が九十九パーセント、つまり子どもの生物学的な父親であることが正確に確認できるか、ゼロパーセント、つまり絶対に父親でないかのどちらかだけど、ジェーコブ・エマーソンがテッサの胎児の父親である確率は二十六パーセントだった」

　ランスは愕然《がくぜん》とし、壁に寄りかかった。「ジェーコブと胎児が異母きょうだいだからか。父親はフィリップだ」

「いろんな意味で不快だわ」モーガンが手を伸ばして犬の頭を撫でた。犬が彼女の向こうずねにもたれかかった。

「この親にしてこの子ありか」シャープが言う。「父親のしたことを考えれば、ジェーコブが女性に敬意を払わないのもうなずける」

「そうですね」モーガンが身震いした。「このふた家族は知り合い……友人同士だった。一緒の時間を過ごした。数年前、お祖父さんが心臓発作を起こしたとき、テッサがエマーソン家に何度か泊まったこともあったのよ。テッサは十二歳くらいのときから、フィリップに性的虐待を受けていたのね」

シャープが拳を壁に叩きつけた。「おれが撃ち殺してやりたかった」

モーガンが言葉を継ぐ。「警察はエマーソン家を徹底的に捜索した。フィリップの書斎のクローゼットの裏から、テッサの写真と、テッサのものと思われる髪の毛が入った箱が発見されたの。ブライスによると、写真は六年前、両親を亡くしたテッサが祖父母の家に引っ越してきた頃のものまであった。フィリップはテッサへの強姦と殺人の容疑で起訴された。今日これから、公式発表するそうよ。つまり、ニックへの疑いは晴れたわ」

「この失敗は、市長の選挙運動に影響を及ぼすだろうな」シャープが言う。「因果応報ってやつだ」

「検察と警察は責任逃れに必死になっている。市長は両方と距離を置くでしょうね。この大失敗の埋め合わせをする時間が残っているとは思えないけど」

「ホーナーを解雇して全責任を取らせると思っていた」

ランスは肩をすくめた。「まだその可能性はある。成り行きを見守ろう。検察はジェーコブのことはどうするつもりだ?」

「悔しいけど、できることはないと思う。被害者の証言がない限り、どうしようもないわ。そういえば今朝、保安官と話したの。メネンデスの妻の銀行口座に入金した人物を突きとめたそうよ。意外な人物だった」

「テッサのお祖父さんか?」ランスは推理した。

モーガンがかぶりを振った。「お祖母さんよ。警察に証拠を突きつけられて、うちの玄関に牛の心臓を張りつけたことも認めた。今朝、逮捕されたわ」

「ディーン・フォスの自白については何かわかったのか?」

「ええ。ディーンと同じ部隊にいた人がミセス・フォスにお悔やみの電話をかけてきたの。ディーンはイラクの少女を誤って射殺したそうよ。それ以上詳しいことは教えてもらえなかった。極秘任務中に起きたことだから、話せないんですって」

「気の毒だな」シャープが首を横に振った。

「フォスはテッサが殺される場面を目撃して、とうとう正気を失ったんじゃないかしら。エマーソンを止められなかったことに罪悪感を抱いたのかも」モーガンは最後の写真を箱にしまい、蓋を閉めたあと、部屋を見まわした。「全部箱に詰めて保管しましょう」

「ニックが立ち直ってくれるといいんだが」シャープが言った。

「ありがたいことに、怪我は治るでしょうけど、心を癒すほうがずっと大変だわ」モーガンが箱を床に置いた。「今朝、バドと話したの。家を売りに出すんですって。ニックを連れて、しばらくマンハッタンの妹さんのところで暮らすそうよ。都会で一からやり直せるんじゃないかって」

「ニックのためにはそれがいいかもしれないな」ランスは言った。「おれも報告がある。ヴァネッサ・ルイスから今朝、連絡があった。ジェイミーが退院して、自宅で肺炎の治療を続けるそうだ。新しい精神科医の予約を取ったそうだが、病院でジェイミーを診た専門家たちは、双極性障害という診断はでたらめだと考えている。偽ケヴィンにいたずらされ、頭のおかしな子の言うことなんて誰も信じないとか言われて、ジェイミーは精神状態が不安定になった。できるだけ避けていたけど、母親が結婚すると言いだして、ケヴィンが引っ越してきたら虐待がひどくなるとわかっていたから、逃げだしたんだ」

「偽ケヴィンは国だけでなく、フロリダ州とニューヨーク州からも嫌疑をかけられる」シャープが言う。「長いあいだ出てこられないだろうな」

「よかった」ランスは話を続けた。「ケヴィンはネットの学習障がい児の親の支援グループでヴァネッサに狙いをつけたようだ」

「最低だな。刑務所でくたばればいい」シャープが廊下に出ながら言う。「モーガン、オフィスを片づけるでも、備品を注文するでも、助けが必要なときは言ってくれ」

ランスは戸口をぱっと見たが、シャープはすでに姿を消していた。「いまのは聞き間違いじゃないよな?」

「ああ」廊下から返事が返ってきた。

モーガンが頬を赤らめる。「シャープが事務所に誘ってくれたの。弁護士がいたら強みになるからって」

「それに、彼女は優秀だからな」シャープがキッチンで叫んだ。「ここの格も上がる。まっとうな事務所に見えるだろう」

モーガンがドアを閉めに行った。「わたしがここで働いてもかまわない?」ランスに歩み寄る。

「もちろん」モーガンが目の前に立っても、ランスは動かなかった。

実際、どんな気分だ?

呆然としている。

「本当にそれでいいのか?」ランスはきいた。

「いまの状況にぴったりだと思うわ。子どもたちが生まれた頃、ジョンは離れた場所にいて、わたしは働きづめだった。それがおかしいということに気づかなかったの。でもこの二年間、家にいて、子どもたちと過ごす時間を大事にしたいと思うようになった。ここならたまに忙しいときがあるとしても、勤務時間は自分で決められる。あなたのボスは融通をきかせてくれるんでしょう」

「ああ」シャープがドアの向こうで叫んだ。

モーガンが片手をランスの胸に当てた。「あなたこそいいの？　わたしたちの関係上」

ランスは胸がどきんとした。「おれはいいよ。全然」やれやれ。ばかみたいだ。

「よかった。じゃあ、デートにでも行かない？」

〝行く行く！〟

〝いいかげんにしろ、落ち着け〟

ランスは咳払いをした。「いいね」だが、利己的に考えるわけにはいかない。モーガンは母に一度、それも調子のいい日にしか会っていない。自分が何に足を踏み入れようとしているのかわかっていないのだ。ランスとつきあったら、面倒なことになるかもしれないことを。

「よかった。ボスが職場恋愛を認めてくれるといいんだけど」モーガンの口元に笑みが浮かぶ。

ランスはその唇にキスしたかった。

「奨励するぞ」シャープの声がドア越しに聞こえてきた。

「あっちへ行っててくれ、シャープ」ランスは片手をモーガンの腰に置いて引き寄せた。「まず何をする?」

「わからない」モーガンがランスに寄りかかった。「デートなんて十年ぶりだから」

「ランチは?」

「いいわね」

「さっさとキスしろ」シャープが叫んだ。

ランスは身をかがめ、唇を重ねた。やわらかくあたたかい唇に、時間をかけてキスをする。モーガンが満ち足りたため息をもらし、体を預けてきた。やわらかい体が彼の腕のなかにしっくりおさまった。優しいけれど、それ以上を期待させるキスだった。

ランスは唇を離した。「おれたちは最高のチームだ」

「ええ」モーガンが微笑み、ランスの首に腕を巻きつけて引き寄せると、今度はそれほど優しくない、息もできないようなキスが始まった。

明日どうなるかなんてわからない。ランスとモーガンは巨大船を沈められるほどの重荷を抱えていて、母がランスの生活にもたらす混乱をモーガンは知らない。

しかし、モーガンにぴったりと寄り添われ、ランチだけですむはずがないと、ランスは思った。今日はこの瞬間を生きよう。このキスにたどりつくまで、長いあいだ待ったのだ。

だが、待ったかいがあった。

いつものように、エージェントのジル・マルサルと、モントレイク・ロマンスのチーム全員、特に編集長のアン・シュルップ、ディベロップメンタルエディターのシャーロット・ハーシャー、著者の番人／技術の女神のジェシカ・プーアのおかげです。

物語の警察小説としての面でご尽力いただいたリアン・スパークスに深く感謝します。彼女のおかげで、数週間分の調査を省くことができました。

訳者あとがき

二〇一一年にデビューして以来すでに二十冊以上の作品を世に送りだし、五百万部以上を売り上げているベストセラー作家、メリンダ・リーの最新シリーズ、モーガン・デーン・シリーズ一作目をお届けします。

地方検事補として順調にキャリアを築いていたモーガン・デーンは若くして軍人の夫を亡くし、故郷の祖父の家に身を寄せて三人のまだ小さい娘の子育てに専念していました。二年がまたたく間に過ぎ、夫を失った傷は依然として癒えないものの、そろそろ前に進むべきだと、地元の検察局で検事補に復帰する決意をします。

そんな折、モーガンの子どもたちのベビーシッターをしていた十八歳の高校生が殺害される事件が起きます。容疑者として逮捕されたのは、モーガンの家の向かいに住む二十歳の青年、ニックでした。無実を信じるモーガンは、検察局への再就職をあきらめてまで、ニックの弁護を引き受ける決心をします。犯罪者を刑務所に送りこむことに人生を捧げる警察官一家に生まれた彼女にとっては、苦渋の決断でした。

そして、モーガンが調査協力を依頼したのが、負傷して警察官を辞職し、現在は私立探偵をしている高校時代のボーイフレンド、ランス。一緒に仕事をしていくうちに新たな魅力を知り、お互いに惹かれあっていくのですが、ランスのほうにも簡単には前に進めない理由がありました。重い精神病の母親を抱えていて、子どもの頃からその世話にかかりきりだったのです。


事件を調べていくうちに、のどかな町スカーレット・フォールズに潜む闇が徐々に明らかになっていきます。冤罪、虐待、病気など深刻なテーマを扱っている一方で、かわいらしい三人娘、健康オタクの探偵事務所の所長、頑固だけれどあたたかい祖父など魅力ある登場人物たちが脇を固め、緊張をやわらげてくれます。

また作者が拳法空手二段で護身術を教えていることもあって、強く頼もしいヒロインが誕生しました。

本作は、ヒロインであるモーガンの愛と再生の物語だと言えるかもしれません。失意の底にあった彼女が、正義を貫くことで新たな人生の扉を開け、新しい愛も見つけてしっかりと顔を上げて生きていく——そんなヒロインの生命力に胸を打たれる作品です。

本シリーズは本国ではすでに五作目まで出版されている人気シリーズで、次作ではモーガンは、幼い子どもを残して失踪した母親の行方を追います。こちらもご紹介する機会があればうれしく思います。

最後に、本書を翻訳する機会を与えてくださり、訳出に当たって数々のアドバイスをくださった方々に、この場を借りて心よりお礼申し上げます。

二〇一八年十二月

ザ・ミステリ・コレクション

悲《かな》しみは夜明《よあ》けまで

著者　メリンダ・リー

訳者　水野涼子《みずのりようこ》

発行所　株式会社 二見書房
東京都千代田区神田三崎町2-18-11
電話　03(3515)2311［営業］
03(3515)2313［編集］
振替　00170-4-2639

印刷　株式会社 堀内印刷所
製本　株式会社 村上製本所

ISBN978-4-576-18199-8
https://www.futami.co.jp/

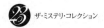

二見文庫 ロマンス・コレクション

略奪
キャサリン・コールター&J・T・エリソン
水川 玲［訳］
〔新FBI シリーズ〕

元スパイのロンドン警視庁警部とFBIの女性捜査官。謎の殺人事件と〝呪われた宝石〟がふたりの運命を結びつけて——夫婦捜査官S&Sも活躍する新シリーズ第一弾！

激情
キャサリン・コールター&J・T・エリソン
水川 玲［訳］
〔新FBI シリーズ〕

平凡な古書店店主が殺害され、彼がある秘密結社のメンバーだと発覚する。その陰にうごめく世にも恐ろしい企みに英国貴族の捜査官が挑む新FBIシリーズ第二弾！

迷走
キャサリン・コールター&J・T・エリソン
水川 玲［訳］
〔新FBI シリーズ〕

テロ組織による爆破事件が起こり、大統領も命を狙われる。人を殺さないのがモットーの組織に何が？ 英国貴族のFBI捜査官が伝説の暗殺者に挑む！ 第三弾！

鼓動
キャサリン・コールター&J・T・エリソン
水川 玲［訳］
〔新FBI シリーズ〕

「聖櫃」に執着する一族の双子と、強力な破壊装置を操るその祖父——邪悪な一族の陰謀に対抗するため、FBIと天才的泥棒がタッグを組んで立ち向かう！

恋の予感に身を焦がして
クリスティン・アシュリー
高里ひろ［訳］
〔ドリームマン シリーズ〕

グエンが出会った〝運命の男〟は謎に満ちていて…。読み出したら止まらないジェットコースターロマンス！ 超人気作家による〈ドリームマン〉シリーズ第1弾

愛の夜明けを二人で
クリスティン・アシュリー
高里ひろ［訳］
〔ドリームマン シリーズ〕

マーラは隣人のローソン刑事に片思いしている。でもマーラの自己評価が2.5なのに対して、彼は10点満点で…。〝アルファメールの女王〟によるシリーズ第2弾

そのドアの向こうで
シャノン・マッケナ
中西和美［訳］
〔マクラウド兄弟 シリーズ〕

亡き父のために十七年前の謎の真相究明を誓う女と、最愛の弟を殺されすべてを捨て去った男。復讐という名の赤い糸が結ぶ、激しくも狂おしい愛。衝撃の話題作！